Aus Freude am Lesen

Wirtschaftswunder! Herrliche, komische Zeiten waren das – nicht nur in der alten Bundesrepublik. Es gab sie auch auf einer kargen, einsamen Insel im Nordatlantik. Die Sonne, die Island in den sechziger Jahren in eine Goldinsel zu verwandeln schien, ging im Westen auf. Alles kam aus Amerika: das Fernsehen, die Rockmusik, die langen Schlitten und das große Geld. Unerhörte Zeiten brachen an – auch im Camp Thule, dem Barackenviertel von Reykjavík, wo sich Tommi, der Krämer, und seine Frau Lina, die Wahrsagerin, durchs Leben schlagen ...

Einar Kárason, geboren 1955, ist einer der wichtigsten skandinavischen Autoren der Gegenwart. Berühmt wurde er durch seine Trilogie »Die Teufelsinsel«, »Die Goldinsel« sowie »Das Gelobte Land«. Sein Roman »Sturmerprobt« stand auf der Shortlist des Nordischen sowie des Isländischen Literaturpreises. Für »Versöhnung und Groll« erhielt er den Isländischen Literaturpreis. Kárason lebt in Reykjavík.

Einar Kárason bei btb:
Versöhnung und Groll. Roman (75252)
Sturmerprobt. Roman (73859)
Feindesland. Roman (73482)

Die Trilogie aus dem Wilden Norden:
Die Teufelsinsel. Roman (74234)
Die Goldinsel. Roman (74235)
Das Gelobte Land. Roman (74236)

Einar Kárason

Die Goldinsel

Roman

Aus dem Isländischen
von Marita Bergsson

btb

Die Originalausgabe erschien 1985 unter dem Titel
»Gulleyjan« im Verlag Mál og menning, Reykjavík.

MIX
Papier aus verantwortungsvollen Quellen
FSC® C083411

Verlagsgruppe Random House FSC-DEU-0100
Das für dieses Buch verwendete
FSC®-zertifizierte Papier *Munken Pocket*
liefert Arctic Paper Munkedals AB, Schweden.

1. Auflage
Wiederveröffentlichung Juli 2011,
btb Verlag in der Verlagsgruppe Random House GmbH, München

Published by agreement with Forlagið, www.forlagid.is

Umschlaggestaltung: semper smile, München
Umschlagmotiv: © Julian Calverley / Corbis
Satz: IBV Satz- und Datentechnik GmbH, Berlin
Druck und Einband: CPI – Clausen & Bosse, Leck
RK · Herstellung: BB
Printed in Germany
ISBN 978-3-442-74235-6

& another kettle of fish
you’ve pickled me into …

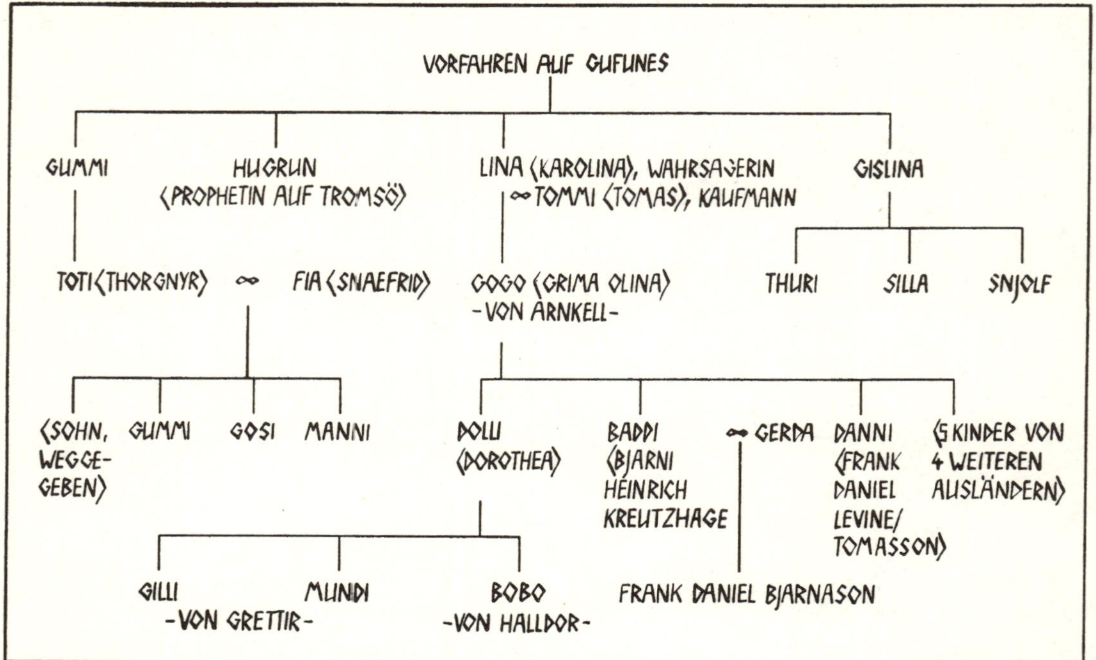
VORFAHREN AUF GUFUNES
GUMMI
HUGRUN ⟨PROPHETIN AUF TROMSÖ⟩
LINA ⟨KAROLINA⟩, WAHRSAGERIN ∞ TOMMI ⟨TOMAS⟩, KAUFMANN
GISLINA
TOTI ⟨THORGNYR⟩ ∞ FIA ⟨SNAEFRID⟩
GOGO ⟨GRIMA OLINA⟩ -VON ARNKELL-
THURI
SILLA
SNJOLF
⟨SOHN, WEGGEGEBEN⟩
GUMMI
GOSI
MANNI
DOLLI ⟨DOROTHEA⟩
BADDI ⟨BJARNI HEINRICH KREUTZHAGE
∞ GERDA
DANNI ⟨FRANK DANIEL LEVINE/TOMASSON⟩
⟨5 KINDER VON 4 WEITEREN AUSLÄNDERN⟩
GILLI
MUNDI
-VON GRETTIR-
BOBO -VON HALLDOR-
FRANK DANIEL BJARNASON

I

Auf ins Schneetreiben

In der wechselvollen Geschichte der Familie waren dies die goldenen Jahre …

Obgleich die Insel selbst zu jener Zeit nicht eben als Hort der Glückseligkeit gelten konnte, denn das Glück wohnte in einem anderen Erdteil, westlich des Großen Meeres, das zumeist kalt war und dräuend und grau aufgepeitscht und mit solcher Gewalt gegen die Küste brach, dass man noch tief im Landesinnern, ohne von all diesem schweren Wasser auch nur etwas zu sehen, die Brandung hören konnte, wenn man das Ohr an die Erde legte.

Indes, die Familie der Wahrsagerin im Alten Haus hatte ihren Anteil am Glück, und zwar durch Gogo, Tochter der Wahrsagerin und entweder Mutter oder Großmutter der übrigen Hausbewohner; die stand drüben im Westen als Ehefrau in Ansehen, und alles, was von ihr kam, verbreitete einen Schimmer jener Sonne, die Gogos Leben erhellte. Und obendrein waren die beiden Brüder aus dem Hause ja auch gen Westen gereist, und der ältere von beiden, der Baddi, kam so verwandelt und weltmännisch und umwerfend flott zurück, dass es niemanden gewundert hätte, wären ihm noch Engelsflügel aus den Schultern gewachsen. Wogegen der andere Bruder zwar gleichfalls westwärts fuhr, schweigsam und verschlossen, von dort jedoch fast noch einsilbiger zurückkehrte;

wiewohl so baumlang, dass er die Kinder an den guten Riesen aus dem Märchen erinnerte; leise und schwermütig schlich er durchs Haus, obgleich er doch in Amerika zum Manne hatte werden sollen, und mit der Zeit konnte jeder sehen, dass ihm alles hier unten auf dieser Erde fern und fremd war …

Wenn die Sonne schien, setzten sie sich manchmal mit einer Kanne Kaffee vor die Haustür, doch die langen, dunklen Wintertage in diesem Lande mussten gleichfalls durchgestanden werden. Die Jüngsten im Hause, Dollis Kinder, suchten sich irgendwie zu beschäftigen. Ganze Nachmittage lang saßen sie und spielten Siebzehnundvier um ein paar Pfennige, die Onkel Baddi ihnen großmütig überließ; abends spielten sie gelegentlich »Geist aus der Flasche« und mussten aufpassen, dass Großmutter sie dabei nicht erwischte; die Wahrsagerin sah es nicht gern, wenn die unschuldigen Kinderchen sich mit dergleichen Teufelswerk abgaben. – Bei so was kommt nichts raus, bloß Fluch und Verheerung!, sagte sie, die so wunderlich und eigensinnig war, dass sie die Worte gebrauchte ganz nach Belieben. Manchen Abend schlichen sich Dollis Kinder hinauf in den Alkoven ihres schweigsamen Onkels. Und wenn Danni gut aufgelegt war, erzählte er ihnen Geschichten, abenteuerliche Geschichten von Knirpsen, die genauso hießen wie jene, die da mit offenem Mund auf dem Teppich saßen und lauschten; in seinen Erzählungen konnten Gilli und Mundi schneller rennen als jeder andere auf der Welt, wogegen bei ihrem kleinen lahmen Bruder Bobo mit seinem Holzfuß nie erwähnt wurde, wie schnell der laufen konnte; es war auch überflüssig, der kleine Bobo konnte nämlich in den Geschichten fliegen, wann immer er wollte. – Diese Kinder in Dannis Geschichten gerieten immer wieder in Lebensgefahr, einmal waren sie in ihre kleine Hütte im Wald geflohen und hatten alle Türen und Fenster verrammelt, weil ein großer böser Wolf sie verfolgte. Doch dieser Wolf hier ließ sich durch eine verschlossene Tür nicht hindern. Er holte tief Luft und fauchte dann so gewaltig gegen das Haus, dass es den vor Angst schlotternden Kindern über dem Kopf wegflog; um ein Haar hätte die Geschichte mit einem großen traurigen Auweia geendet. – Nach solchen Geschichten von Abenteuern und Lebensgefahr legten sich die Kinder ins Bett mit einer Gänsehaut vor Schaudern und den Kopf voll von fauchenden Wölfen und wegfliegenden Hütten. Im Alten Haus freilich hatten sie nichts zu fürchten und schliefen letzten Endes doch ruhig ein; kein Sturm konnte diesem betonwandigen Haus etwas anhaben, mochten auch ringsum die elenden Baracken im Sturme zittern. Wie eine unbezwingbare Festung stand das Alte Haus mitten im Viertel. Dieses Haus: Inmitten der Baracken schien es wie der Allmächtige, der den Fliegen ihr kurzes, nichtiges Leben einhaucht; wie die Ewigkeit neben der Vergänglichkeit. Die Betonmauern wurden nie gestrichen. Waren einfach grau, vom Wetter gezeichnet wie das Land selbst, wie Findlinge in der Heide. Und in seiner unerschütterlichen Standhaftigkeit mochten die Kinder des Hauses ruhig schlafen, trotz der abendlichen Erzählungen ihres Onkels im Alkoven; trotz der Geschichten, die so viel gewalttätiger und ereignisreicher waren als die Abenteuer in den Kinderbüchern, die man in diesem Hause ebenso selten wie andere Bücher zu sehen bekam.

Doch doch, es gab schon Bücher hier; immer wieder schlichen sich Bücher ein, die dann wieder verschwunden waren. Durfte man sie vielleicht nicht anschauen? Mit Büchern soll man heimlich umgehen; vielleicht schwinden ihre Kraft und Heiligkeit vor geöffneten Gardinen, im Licht des Tages. Die Passionslieder des berühmten isländischen Dichters lagen unter dem Kopfkissen der Wahrsagerin verborgen, der

Riese hielt seine Schriften über Fliegerei und Magie in seinem engen, dunklen Winkel versteckt. Und schließlich Dolli: Während ihre Kinder heimlich »Geist aus der Flasche« spielten oder den Geschichten ihres Onkels lauschten, versackte sie von Zeit zu Zeit in Buchlektüre und heulendem Elend; manchmal schwang sie sich auf, mobilisierte ihre schärfste Vernunft, und dann hatte sie nichts anderes im Sinn, als das bisschen, das sie in dieser Welt ihr Eigen nannte, zusammenzuhalten und es mit Zähnen und Klauen zu verteidigen, wie ihre Großmutter. In solchen Phasen agierte Dolli unerbittlich und entschlossen, sprach in herrischem Ton und reinigte eifrig mit einem Tafelmesser die Ritzen zwischen den Dielen. Dem setzte regelmäßig ein Windhauch ein Ende, der ihr von bittersüßer Sehnsucht nach nichts oder vielleicht nur nach dem Leben flüsterte, das ihre Mutter Gogo geführt hatte, und dann sah Dolli sich selbst, mit Schrubber und Kopftuch und schmerzenden Beinen, binnen weniger Jahre eine verbrauchte alte Frau, die nur noch eines erwarten kann: zu sterben, ohne jemals die Schönheit eines laubüberwachsenen Schlossgartens bei goldenem Wein erlebt zu haben, oder zu tanzen, eng umschlungen, geliebt und verehrt; und darauf verfiel sie in jenen Zustand, den Lina jämmerlich nannte, und nur die Bücher konnten ihr den Kummer ertragen helfen: Geschichten über die schönsten Blüten, die im Schatten dahinwelken, und Samen, die niemals Blumen werden … Bücher, die man nie zu sehen bekam, außer in jenen Stunden, da sie aus Schränken und Nachttischschubladen hervorquollen und sich zu Haufen stapelten; große und kleine, wo Trauer und Sehnsucht über das Meer fliegen und weder Grenzen noch Standesschranken kennen; und einige dieser Bücher waren so überwältigend, dass eine kleine Zeile den Menschen treffen konnte wie ein elektrischer Schlag; fünf Zeilen, und die Augen nehmen nichts mehr wahr außer einer farbenfrohen Fata Morgana, selbst wenn eben diese Zeilen zum hundertsten Male vor dich treten, wie in dem Buch über *Viktoria und den Sohn des Malers*, wo Liebe ist *wie ein Enzian, der sich schließt, wenn er Atem spürt, und stirbt, wenn er berührt wird … Und Liebe war Ursprung der Erde und Herrscherin der Welt; doch all ihre Wege sind bedeckt mit Blumen und Blut …*

Wenn Leben aus Leiden besteht, dann ist Leben auf dieser Insel … Komm in die Hauptstadt und spüre, wie sogar die Leere dicht und würgend sein kann, schau den Leuten im Milchladen ins Gesicht; scharfer Wollgeruch, wenn die regennassen Kleider dampfen, Argwohn, und hinter dem unsteten Blick Härte. Besäße ich auch alle Taschengeschäfte der Welt, so wage es doch keiner, sich an diesem Einkaufsnetz zu vergreifen! Die Wände der Häuser weinen. Zugvögel seufzen im trügerischen Schutz der Äste, der Dachfirste oder kreischen vor Wut, weil sie hier an diesem Ort gelandet sind. Die grauen Gefühle jedoch, die an den Seelen nagen, werden nicht von Sturm und Regen gespeist, sondern mästen sich an der Hoffnung auf helle Tage, die mit dem Sonnenlicht wie ein Blitz in eine Höhle fallen, und die Höhlenbewohner erblinden und werden irre. Die hellen Tage brechen herein wie das Jahresfest einer Firma, wo werktags schweigender Hass und Zwietracht regieren: Sobald der Tanz beginnt, ist die Fröhlichkeit zu wild, um noch wahrhaftig zu sein; jedem Sonnenstrahl folgt ein rasender Katzenjammer: Selbstmord, Prügel, Scheidung, zerbrochene Freundschaft; sogar die Stationen der Kinderpsychiatrie füllen sich. Denn vielleicht ist die Stadt wie jene unheimliche Geisterbahn im Tivoli, die sich als simpel und blöde entpuppt, wenn die Putzfrau kommt und mit müder Lebenserfahrung das Licht einschaltet … Sieh, dies alles kann ich dir bieten, sagt die Stadt, wie ein fliegender Händler, der seine Glasperlen auf einem verschlissenen Tuch vor der Hauswand ausbreitet. Hier glitzern nun alle Wunder, von denen ihr geglaubt habt, dass der Nebel sie berge, und womöglich ist es nur gut, wenn die grauzerrissenen Wolken sich wiederum sammeln und über die Dächer senken, manchmal so tief, dass sie zwischen die Häuser kriechen, und Feuchtigkeit macht alles nass und klamm und nährt dennoch die Träume von hellen Tagen mit Blumenmeer und Vogelsang; belebt die Hoffnungen aufs Neue, die im vergangenen Jahresfest der Sonne wurzeln.

Und willst du die Dunkelheit kennenlernen, dann komm auf diese Insel, wenn der sterbensgraue Polarwinter einfällt und alles erstarren lässt, was nicht schon in den Nachtfrösten des Herbstes verwelkte. Lerne sie kennen, diese Dunkelheit, so dicht, dass sie dich zu vergiften scheint oder zumindest zu ersticken. So finster, dass du deine eigenen Hände nicht siehst, obgleich du die Schmerzen spürst, wenn sie verdorren und absterben; vielleicht verdorrst du gänzlich, stirbst von Monat zu Monat mehr ab, und die Dunkelheit kann immer noch schwärzer werden, steigt jedes Mal dichter aus dem schwächlichen Licht, das allmittäglich widerwillig sein Haupt erhebt, leichenblass die Augen einen Spalt öffnet, blinzelt, doch einen Augenblick später vergeht und verweht. Wie eine gestammelte Mahnung vom Totenbett. Wenn dir das Leben lieb ist, wage dich nicht hinaus in den tobenden Nordsturm, der siegessicher die Häuser peitscht und die Holzzäune zerbricht. Komm ins Camp Thule, in dieses verlassene Kasernenviertel, das die Menschen im Alten Haus als Zentrum von Reykjavík betrachten, und sogar dort kann man sich in den engen Gassen zwischen den Baracken verlaufen, wenn das Schneetreiben zunimmt. Nirgends ein Lebenszeichen. Vielleicht liegt es im Winterschlaf unter der schweren Last. Vielleicht nicht. Der Lärm ist nicht menschlich, glücklicherweise. Du verlierst die Orientierung bei diesem Umherstreifen, und vielleicht auch deinen Sinn für Farbe. Könntest dir einbilden, dich auf einem unendlichen Eiszeitgletscher verirrt zu haben, wo alles nur eine Schattierung ist von Schwarz, Weiß und Grau, Schwarz, Weiß und Grau ... Außer einem Blinklicht, einem roten Blinklicht, das sich durch die Schwärze seinen Weg bahnt. Im rasenden Flug der Eiskörner undeutlich Hlyns Baracke, und – das ist das Leben, was du siehst: Ein Lebenszeichen an dem Krankenwagen, der Hlyn, den Automechaniker, birgt, von dem eine Stimme im Wind sagt, er habe einen Weg aus der Baracke freischaufeln wollen, jedoch einen Herzanfall bekommen, den Schieber in den Händen. Dies ist ein Lebenszeichen, am Rande des Blickfeldes schemenhaft das graue Gesicht des alten Mannes; du als Letzter im Viertel siehst dieses Gesicht, mit Ausnahme der Schiefen Lauga, die ihrem Mann zu folgen versucht, den Schürzenzipfel an den Augen, und vielleicht ist ihr Wimmern der kurze zusätzliche Laut, den du im Sturme vernimmst, bevor die frierenden Krankenpfleger die Doppeltüren zuschlagen und der Wagen auf Schneeketten davonkriecht, durch die Schwärze und die Schneewehen, zur letzten Reise des Mechanikers, der nicht einmal ein richtiger Mechaniker war, sondern nur ein geschickter Bastler, und dem diese Garage zum Gebrauch überlassen wurde, als das Camp am Ende des großen Krieges für die einheimische Bevölkerung freigegeben wurde.

Und dem trügerischen Mittagslicht droht gleichermaßen ein Herzanfall, daher ist es wohl das Gescheiteste, sich heim ins Alte Haus zu trollen, das für alles sorgt, bevor die tintenschwarze Dunkelheit von Neuem hereinbricht. Dort ragt das Haus steingrau aus dem Zwielicht, doch pass auf an der

Eingangstür, sie könnte in die Öde verschwinden, wenn die Windböen sie zu fassen bekämen, und dann triebe der Nordsturm ungehindert Schneewehen in den Flur. Und als hätte die ganze Dunkelheit an jenem Tag Reklame für ihre Kraft gemacht, nimmt sie sogar dem Licht in den Häusern die Luft, die Schalter antworten nur mit einem leisen Knacken; vielleicht ist einer der Stahlriesen, die die Elektrizität von den Wasserfällen über die Hochheide tragen, dem Beispiel vieler anderer in den Siedlungen gefolgt, hat sich zerbrochen und flach dem Angriff des Winters gebeugt. Doch Tommi, der Kaufmann, hat in seiner Weisheit dafür gesorgt, dass es im Hause immer funktionierende Taschenlampen gibt, um solche Situationen zu meistern; Kerzen sind verboten, denn Karolina, die Wahrsagerin, hat alles lebendige Licht aus ihrem Hause verbannt und verflucht.

Wie Mücken sammeln sich die Menschen um die Lichtkegel, die das Dunkel durchschneiden. Tommi und Danni, die Bescheidenen, sitzen bei einer kleinen Lampe in der hintersten Ecke der Stube und reden über Zeiten, die nur deshalb bedeutsam sind, weil sie der Vergangenheit angehören. Der junge Mann hört zu. Der alte Tommi spricht. Die Wahrsagerin behauptet, Tommi könne von nichts anderem erzählen als von seinem Leben in jenen längst vergangenen Tagen, da er als Schnapsbruder und leichtlebiger Junggeselle über die Weltmeere segelte, doch das stimmt nicht, denn nun, im Lichtkegel der Taschenlampe, ist es der Fluch der Sauferei, der seine Gedanken beherrscht; alle Freunde und Verwandten, die in der Hölle des Alkohols zu Grunde gegangen sind.

– Wie Mási, mein verstorbener Bruder. Seit wir geboren wurden, im Abstand von einer halben Stunde, waren wir unzertrennlich. Einen besseren Menschen als ihn gab es nicht, und willkommen war er überall, wo er auch hinkam, so liebenswürdig und hilfsbereit, wie er war. Tüchtig bei jeder Arbeit. Und dann? Zwanzig war er ungefähr, gleich alt wie du, Danni, da landete er im Dreck. Versoff seine ganze Habe. Und es gab einfach nichts, was ich für ihn tun konnte.

– Und was dann?, sagte der junge Mann mit einem Gesicht, als höre er die Geschichte zum zwanzigsten Mal.

– Ja, er war ständig betrunken, man hat so manches erzählt, wie er ums Leben kam, sogar, dass er auf dem Weg zum Klo gestorben ist. Damals hatte ich es schon längst aufgegeben, mit ihm zu saufen. Obwohl ich noch weitergetrunken habe. Viel zu lange.

– Ja.

– Aber dann hatte ich diesen merkwürdigen Traum. Mási, mein Bruder, erscheint mir, mit Schnee und Eisklumpen im Bart, und sagt: Tommi, mein Bruder. *Setz den Korken auf die Flasche.* Damals hatte ich, äh-äh, da lebte ich schon in der Stadt, und wir hatten uns kennengelernt, deine Großmutter und ich, damals hatte ich noch eine halbe Flasche, und die hat seither keiner mehr angerührt.

– Bis jetzt vor kurzem, fügte Tommi nach kurzem Schweigen hinzu und schielte nach Baddi.

Baddi stand im Rampenlicht. Hatte sich an der Stubentür im Licht der Taschenlampe aufgebaut und hantierte mit Dannis Expander. Der Draufgänger versuchte, den Expander zu spannen, besaß jedoch zu wenig Kraft oder Geduld. Daraufhin klemmte er ein Ende hinter den Türgriff, zog mit der einen Hand und spielte mit der anderen auf den Strängen wie auf einer Gitarre. War in seiner eigenen Gedankenwelt. Murmelte vor sich hin. *Gonna git some … real true, down to earth, go gettin', rock'n'roll beat into this one now.* Nickte leicht mit dem Kopf, dass die schwarze Brillantinelocke in die Stirn fiel. Keuchte der Stehlampe Fetzen von Elvis entgegen.

Drüben in der Küche brannte ebenfalls eine Taschenlampe. Sie gehörte Grettir, und die Batterien waren so kraftlos, dass man zusehen konnte, wie das Licht mit jeder Sekunde nachließ. Im Lichtschimmer saßen Dolli und Grettir und beredeten zum hunderttausendsten Mal die Vorbereitungen zu ihrer Hochzeit, nach dieser langjährigen Verlobung. Dolli wollte die Trauung am liebsten so schnell wie möglich hinter sich bringen, und Grettir bemühte sich nach Kräften, ihr nicht auf die Nerven zu gehen; allem, was sie sagte, von Herzen zuzustimmen, jaja, mein Schatz, ganz wie du willst; trotzdem hatte alles keinen Zweck, denn binnen kürzester Zeit war sie mit den Nerven fertig und hackte auf dem Zukünftigen herum. Dem etwas angejahrten Zukünftigen; Grettir war inzwischen über vierzig, und Lina, der Wahrsagerin, schien fast unglaublich, wie so ein Wurzelzwerg ein solch hohes Alter erreichen konnte.

Dann verlosch das Licht, Dolli hörte mit dem Geschimpfe auf, und Grettir fand es ratsam, sich von der Dunkelheit verbergen zu lassen. Wenig später stöbert Dolli im Haus herum, und drüben aus der Stube hört man sie sagen: – Na, waren das nicht eigentlich zwei?! Und jetzt bietet sie ihre lauteste Stimme auf, irgendwas ist eine ganz verdammte Frechheit und Selbstsüchtigkeit, schließlich wohnen noch mehr im Hause, und es nützt gar nichts, dass Tommi sagt, er habe dem Jungen erlaubt, das Licht mit hochzunehmen, weil Lina sich jetzt einmischt und von dem Maß redet, das endgültig voll wäre.

Und die beiden stürmen die Treppe hinauf und stoßen Dannis Alkoven auf; der Mann im Schrank schrickt zusammen, er liegt gekrümmt in einer Ecke, die Lampe über einer Schreibkladde festgeklemmt, die er zu verstecken sucht, als der Sturmtrupp hereinbricht. Immer diese Heimlichkeiten. Das macht die Sache gewiss nicht besser für ihn, und er kriegt allerhand zu hören, während sie die Lampe herunterreißen, die er mit irgendeinem Patentsystem an der gerahmten Fotografie befestigt hat, die nun von der Wand fällt, auf dem Boden zerspringt, so dass die beiden armen Frauen sich fürchterlich erschrecken. Sie verschwinden mit einigen gestöhnten Jessesmarias und Bekreuzigungen; zurück bleibt der junge Mann, der sich in den Finger schneidet, als er versucht, im Schein eines Streichholzes die Scherben aufzusammeln. Die Tränen stehen ihm in den Augen, und wahrhaftig, die riesigen Schultern beben vor Schluchzen. Denk dir bloß! Ein zwanzigjähriger Mann heult wegen eines alten Fotos, er im Fußballtrikot.

Dannis Tagebuch:

Manchmal erwache ich … nein, manchmal öffnen sich nachts die Augen, die Lider heben sich wie hochgezogen, und ein bleiches Licht sickert in den Schlaf oder Traum, meine Hand auf dem Kissen bewegt sich wie aus einem anderen Leben, schwillt zuerst an und wird blaurot, die Haut reißt und verändert die Farbe, und dann ist es, als verfaule sie und verdorre, als platze sie auf und schrumpfe; und die weißen Knochen treten hervor, und da verstehe ich, was geschieht, und versuche zu schreien, doch meine Zunge ist starr, und ich fühle den tödlichen Frost in den Schädelknochen, und die ewige Kälte zerrt mich unter die Erde … und obgleich ich daraus erwache, komme ich nur halb zu mir! …

Mutter weinte. Zuweilen lagen die Kinder mitten in Nacht und Dunkelheit wach, stundenlang, mit großen Augen, verwundert und mäuschenstill. Das Schluchzen, das Heulen in der Woche vor Grettirs und Dollis Hochzeit; niemand wusste, ob sie vor Kummer oder Glück weinte, nach diesen elf Verlobungsjahren im Alten Haus.

Vielleicht erinnerte sie sich, wie feierlich und prachtvoll der Hochzeitstag ihrer Mutter Gogo gewesen war, als sie *Charlie Brown himself from Kansas, USA*, heiratete (der Tag, der für die Familie ebenso bedeutungsvoll war wie die erste Weihnachtsnacht für die gesamte Christenheit); damals entflammte die Hoffnung auf ewiges Wohlergehen, damals wurde ihr Dasein vom Licht erhellt, von dieser Zeit an lebte die Familie nicht länger wie die Schwarzen Feen im Märchen, und im Gedächtnis aller, die sich dieses Tages entsannen, stand ein heller Stern am Himmel, Engelsgesang tönte in der Ferne, und ein paar ratlose Weise erschienen auf der Hauptstraße (dort, wo jetzt die Bushaltestelle ist); vielleicht dachte Dolli an den schwarzen Lincoln, Charlies Präsidentenwagen, und verglich ihn mit Grettirs Auto, das trotz seiner Größe doch nichts anderes war als ein alter Leichenwagen mit eingeschraubten Sitzbänken von einem Moskvitsch hinten auf der Sargladefläche und außerdem so morsch und schrottreif, dass er einem Wiedergänger auf dem Friedhof glich; wie Frankenstein mit all den Narben im Gesicht; vielleicht erinnerte sich Dolli an Charlies wunderbare Freunde, die ihn zum Hochzeitsfest begleitet hatten, und lachte dabei unter Tränen, wenn sie sie mit Grettirs wenigen Freunden verglich, zwei oder drei antiquierten Verwandten aus dem Ostland, zahnlos, schielend und stumm, Schnupftabak in Nase, Mund und Augen … Oder vielleicht dachte Dolli an das schneeweiße Brautkleid mit dem Schleier, in welchem ihre Mutter geheiratet hatte; selbst war sie zähneknirschend unzufrieden mit allen Kleidern, die man diese Woche in der Stadt auftreiben konnte. Und am schlimmsten war, zugeben zu müssen, dass die Fetzen wahrhaftig nicht unelegant waren, so auf den Kleiderbügeln … Mit etwas mehr Weitsicht wäre es das geringste Problem gewesen, sich eigens ein Brautkleid anfertigen zu lassen, jetzt, wo Geld da war. Wohnraum gab es ebenfalls genug, und mit hinreichend Zeit zum Überlegen und Organisieren hätte es die Hochzeit des Jahrhunderts werden können. Aber Warten war selbstverständlich ausgeschlossen. Nach all dem Zögern und Verschieben hatten sie die Hochzeit mit einer Spanne von sechs Tagen für Vorbereitungen angesetzt, und allen war klar, dass dieser Termin nicht verschoben würde; die ultimative Frist liefe aus, jener Sonntag im Februar war der absolut letzte Tag, *it's now or never,* wie Baddi bisweilen sagte. Obgleich es in vieler Hinsicht der denkbar schlechteste Tag war, ein offensichtlicher Unglückstag, und die Bewohner des Viertels schauten verblüfft drein, als sie die Einladung zur Hochzeit erhielten, denn am gleichen Tag sollte auf dem Friedhof von Fossvogur der Mechaniker Hlyn beigesetzt werden, mit Exequien vorher und Leichenschmaus nachher in seiner T-Baracke, der schönsten und feinsten Baracke des Viertels.

Und der Tag rückte heran, Dunkelheit und Gram in den Zügen der Wolken, die bleischwer auf den Hausdächern lasteten. Grettir erwachte als Erster, vielleicht nicht unbedingt vor Erwartung; in letzter Zeit war er unausweichlich in aller Herrgottsfrühe aufgewacht. Während der vergangenen Wochen hatte er sich keinen arbeitsfreien Tag mehr gegönnt und wusste an diesem Morgen im Alten Haus nichts Rechtes mit sich anzufangen. Ließ trotzdem die Arbeitskleidung liegen und befasste sich mit dem frischgebügelten Sonntagsstaat über der Stuhllehne. Den Sonntagsanzug hatte er seit Jahren nicht mehr getragen und entdeckte daher erst dort in der Dunkelheit des Schlafzimmers, dass er ihm zu eng geworden war, so eng, dass er die Arme nicht an den Seiten herunterhängen lassen konnte, sich nicht zu setzen wagte, nicht einmal den Schweiß von der Stirn trocknen konnte, den es ihn gekostet hatte, die Pracht anzulegen, denn *auf* der Stelle wären alle Nähte geplatzt. Selbst das Ausziehen des Anzugs war kaum weniger gefährlich; immerhin müsste er ihn für das Ereignis wieder anlegen, und die nächsten sieben Stunden ging er wie auf glühenden Kohlen, watschelte einsilbig, aufgedunsen und kurzatmig durchs Haus.

Tommi kam wenig später auf die Beine; er wollte die friedlichen Morgenstunden nutzen, wo er allein in der Küche sitzen konnte, unrasiert und im Unterhemd, mit baumelnden Hosenträgern und ohne sein Gebiss. Und obwohl er an diesem Morgen das Feld nicht für sich hatte, beeinträchtigte ihn das wenig; Grettir war eifrig damit beschäftigt, sich so wenig wie möglich zu rühren, und störte Tommi daher nicht beim Kaffeetrinken.

Als man unten Dolli und Lina aus dem ersten Stock hörte, wie sie sich gegenseitig anbrüllten, hatte im Radio ein Morgenkonzert mit Barockmusik angefangen, die Kinder des Hauses saßen am Küchentisch bei Großvater, der ihnen mit seinem Gebiss Grimassen schnitt und ihnen Milch mit Kaffee und Zucker einschenkte. Schneeflocken fegten über den hart gefrorenen Boden rings ums Haus. Dolli vor dem großen Spiegel hatte an allem etwas auszusetzen und versuchte, den Tränen nahe, am Schnitt des Brautkleides noch etwas zu ändern; das rosafarbene, enge Kleid glitzerte wie Zuckerwatte. Lina huschte mit Nadel und Faden um sie herum, die Knöpfe und Stecknadeln in ihrem Mundwinkel hüpften und tanzten, wenn sie die Lippen bewegte, was sie fast ununterbrochen tat. Ab und zu betrachtete Dolli sich schaudernd im Spiegel, zerrte hier und zupfte da und lamentierte, alles wäre so hoffnungslos und tragisch, schluckte jedoch schnell weitere Klagen hinunter und schwieg, als Lina drohte, entweder hielte sie das Maul, oder sie müsste im Hüfthalter zur Trauung gehen.

Die Kinder spürten die Spannung in der Luft. Die Zwillinge hingen in solchen Zeiten gewöhnlich an Mutters Rockzipfel, doch diesmal ging das nicht, denn Dolli stieß Schreie aus, sobald sie ihrer ansichtig wurde, fürchtete, sie würden das rosa Zuckerwattenkleid versauen. Beim Vater Unterstützung zu suchen hatte auch keinen Sinn, der stand hilflos und halb versteckt hinter der Stubentür und schaute sie mit großen Augen wortlos an. Der kleine Bobo hingegen igelte sich ein, flüchtete hinaus in die Einsamkeit des Waschhauses und schnitzte sich, auf einer umgedrehten Bütte sitzend, ein Holzmesser. Blieb jedoch nicht lange allein, da Tommi sich zum Zeitvertreib einfallen ließ, das Fenster in der Waschküche zu reparieren, das schief in den Angeln hing, seit man den Anbau gezimmert hatte. Die Zwillinge folgten ihm, und als Danni aufgestanden war, stöberte er sie dort auf. Grettir schlurfte ebenfalls hin und sah schweigend zu, und zuletzt erschien Baddi höchstselbst an der Waschküchentür, ausgeschlafen und sanft lächelnd.

– Ich hab schon geglaubt, alle wären über die Mauer geflohen, sagte er, als er die Versammlung in Augenschein nahm. – *Home is where the heart is,* fügte er hinzu, ließ sich auf der umgedrehten Bütte nieder mit seinem Neffen Bobo im Arm und fing an, drei Geschichten auf einmal zu erzählen, von einem Sänger, der das Klavier anzündete, einem Schauspieler, der Lui Lui beschuldigte, seine Nikolausmaske gestohlen zu haben, und von einer blutrünstigen Gruppe Taubstummer draußen in Vatnsmyri.

Die eigentliche Trauung sollte an diesem Sonntagnachmittag im Rahmen eines Gottesdienstes in der Pfarrkirche stattfinden, im Beisein der meisten Bewohner des Viertels. Grettir war inzwischen blau angelaufen vor Atemnot, während die Braut nervös den Blick über die Kirchenbänke schweifen ließ. Die Kinder ließen die Köpfe hängen und horchten auf die Fragen des Pastors – Bis dass der Tod euch scheidet – und das Jawort der Eltern. – Jetzt ist die Katze im Sack, murmelte Tommi, während Lina ihm einen strengen Blick zuwarf.

Das Fest hinterher? Wie bereits erwähnt, gab es an diesem Nachmittag zwei Feste im Camp Thule. In der gesamten Familiengeschichte derer vom Alten Haus war die finanzielle Situation nie üppiger gewesen als gerade in diesem Jahr. Hell und warm füllte sich das Haus mit Verwandten und Nachbarn, die Tische bogen sich unter teuren Kuchen aus der Bäckerei und Plätzchen aus England und Amerika, es gab Zigarrenrauch und Gläserklingen und sogar einige schwarzgekleidete Mädchen mit weißen Schürzen, die mit glühend heißem Kaffee in rotkarierten Kannen umhergingen. Der alte Tommi bat das Männervolk zum Rauchen in die Stube, und die Frauen sammelten sich in Küche und Esszimmer, doch seltsamerweise sprach man wenig und lachte gar nicht. Dolli zog sich nach zehn Minuten vom Fest zurück, schloss sich in ihrem Schlafzimmer ein, und alle bedauerten den Bräutigam, der sich in leichter Konversation zu üben versuchte, indem er hin und wieder ein – Na? oder – Sakra! einschob, dabei allerdings höchst unglücklich dreinschaute. Und vielleicht dachten alle mit Schuldgefühlen an den Begräbniskaffee in der T-Baracke, wo die Witwe, die Schiefe Lauga, mit unbenutzten Gedecken für nahezu dreißig Mann wartete, kalt und verfroren, nachdem sie hinter dem Sarg hergehumpelt war, mit dem Priester, und ihren beiden Söhnen: Olaf Perverso, der immer noch einen Hirnschaden hatte und wunderlich war, nachdem sein Bruder, Otto, der Installateur und Raufbold, ihn fast mit dem eigenen stinkenden Schweißsocken erdrosselt hatte. Und die Tante von Hlyn war ebenfalls dort, so alt, dass sie nicht ohne Hilfe gehen konnte und nie behalten konnte, wer nun gestorben war, und damit wären bereits alle aufgezählt, abgesehen von dem Vereinsvorstand der Briefmarkensammler, welche den Sarg trugen, aber die Vorstandsmitglieder hatten es eilig, sie durften nicht so lange von ihrer Arbeit fernbleiben, dass sie an diesem Begräbniskaffee im Thulecamp hätten teilnehmen können.

Später tat es den Leuten leid, dass sie aus Gedankenlosigkeit die Schiefe Lauga um ihre Feier betrogen hatten; tatsächlich war die alte Waschfrau während der nächsten Woche gebeugt und niedergeschlagen anzusehen, Tommi hatte Gewissensbisse, weil er nicht zur Beisetzung seines Nachbarn und zum Leichenschmaus erschienen war; immerhin hatte dieser seinerzeit den Fußballverein Kauri mitbegründet. Sogar die hartgesottene Wahrsagerin Karolina bekam Gewissensbisse. Und selbst die Braut, Dolli, sagte, für sie wäre es das Allerschlimmste, dass die Sache so gelaufen wäre, sie quälte sich damit herum, und schließlich suchte sie Lauga auf und sprach darüber, welch eine Panne das gewesen war, wie dumm von ihnen beiden, eine unentschuldbare Gedankenlosigkeit, dass man nicht einfach die beiden Anlässe und Feiern zusammengelegt hätte …

Und die Hochzeitsreise ging ziemlich in den Teich. Niemand hatte vorher an eine solche Reise gedacht, erst am Tage nach der Hochzeit. Die Jahreszeit eignete sich schlecht für Fahrten ins Landesinnere; immerhin kaufte das frischgetraute Paar am folgenden Sonntag Kekse und Malzbier und stopfte die Kinder in den Leichenwagen, um einen Ausflug zu unternehmen. Wohin? Bloß ein Stück ostwärts und dann mal sehen, doch kaum waren sie gestartet, da verkündete der Sprecher im Radio, die Straßen nach Osten seien kaum befahrbar für normale PKWs, und Grettir meinte, er wolle kein Risiko eingehen, die Reifen wären abgefahren, die Steuerung reagiere eigenwillig, und der Reservereifen hätte keine Luft. Und Dolli, die praktisch die ganze Zeit gegen diese Fahrt gewesen war, doch den Dingen ihren Lauf gelassen hatte, zog das Taschentuch hervor und fing an zu heulen, weil er ihr jetzt auch das noch kaputtmachte. Lachte unter Tränen: – Hahaha, ein platter Reservereifen! Wahrhaftig, das sieht dir ähnlich! Grettir schwieg, die Kinder saßen mit gesenkten Köpfen auf dem Rücksitz und hofften allmählich, sie würden bloß umdrehen und heim ins Alte Haus zu Oma und Opa fahren. Doch Grettir meinte, er kenne eine andere, herrliche Route, und nach einigen Widrigkeiten waren sie weit oben in der Heidemark gelandet. Im Wagen war es eiskalt, die Heizung ausgefallen. Der Wind heulte und wirbelte den wochenalten Schnee auf, der sich in Wehen hinter jedem Grasbüschel gesammelt hatte. Irgendwo dort mitten in der Einöde blieb der Leichenwagen stecken, und während Grettir sich damit abrackerte, irgendwas von den Vorderrädern loszutreten, versuchte Dolli, die Stimmung in dem nasskalten Auto aufzuheitern, die Kinder sollten mit ihr zusammen dem Kerl Ätschibätschi machen; sie drehte sich zu ihnen um mit einem falschen Lächeln unter todtraurigem Blick und sagte: – Seht euch bloß diesen Knirps an! Die Kinder reagierten nicht, und daraufhin versuchte Dolli sich noch zu steigern: – Seht ihn euch an, den alten Taugenichts! Den elenden Gnurpsel! – Den kleinen Hurenbock!, nannte sie ihn schließlich, ihre Stimme brach, und sie drehte das Gesicht weg und betupfte sich die Augen mit dem Taschentuch. Grettir war in Kalamitäten, und zuletzt riss ihm der Geduldsfaden, er schimpfte wie ein Rohrspatz, fauchte und schnaubte, und Dolli fand, jetzt hätte er ihr endgültig die Hochzeitsreise verdorben; als das Auto endlich freikam, konnte man nicht weiterfahren, weil Dolli sich draußen im Heideland auf einem Grashöcker niedergelassen hatte, saß da, in ihre Jacke gewickelt, und schaute zu Boden, weigerte sich, Grettir einen einzigen Blick zu schenken, auf ihn zu hören, strafte das Auto mit Verachtung, saß bloß da und schüttelte sich, und auf dem Rücksitz weinten leise die Kinder …

Dannis Tagebuch:

Weil letzten Winter das Wetter so schlecht gewesen war, als Schwester Dolli und Grettir heirateten, hatten sie geplant, ihre Hochzeitsreise jetzt im Sommer nachzuholen, doch als sie abfahren sollten, wollte Dolli nicht mit, obwohl Grettir sich unten auf dem Flughafen einen Weapon-Jeep geliehen hatte. Grettir wollte aber unbedingt fahren und lud Großvater und Bruder Baddi und mich ein, aber die beiden anderen konnten nicht, und deswegen sind wir zu dritt los, ich, Grettir und Onkel Snjolf, auf Gänsejagd. Onkel Snjolf war den ganzen Weg hinauf blendender Laune, und sang immer … Die ganze Welt ist wie verhext / Veronika der Spargel wächst … *und nippte ständig an einem Schnaps, den sie Jamaica nannten, und ich fand das reichlich blöd, weil Snjolf mich immer umarmen wollte, und er roch fürchterlich aus dem Mund. Dann erzählte er irgendwas, wie er Polizist am Isafjord gewesen war, und zeigte mir ein Bild von sich mit einer Polizeimütze, aber einmal, als wir halten mussten und Onkel Snjolf draußen gegen das Hinterrad pinkelte, da sagte Grettir, das wäre überhaupt keine Polizeimütze, sondern eine Schirmmütze, wie die Hafenlotsen sie tragen, und er hätte sie nur geliehen bekommen. Aber für mich war es in Ordnung, denn der Snjolf ist so ein prima Kerl, richtig* cosy. *Hinterher fing er an, mir alles Mögliche zu schenken, seine Brieftasche mit ungefähr fünfundzwanzig Kronen, die Taschenuhr, die Anstecknadel von den Anonymen Alkoholikern und seine Manschettenknöpfe, und er gab mir einen Klaps auf den Kopf und sagte, alles in Ordnung, nimm es bloß, Danni, mein lieber kleiner Freund; wo er doch selbst so klein ist, dass er mir kaum bis an die Schultern reicht. Fast hätten wir in der Strömung festgesessen, als wir durch den Fluss wollten, ein Riesenaufruhr, und Grettir gab Gas und bremste abwechselnd, aber das Auto sank immer tiefer ein, und Grettir hatte eine Scheißangst, dass Wasser in den Motor kommen könnte, deswegen mussten wir raus, Snjolf und ich, und schieben. Das Gletscherwasser war eiskalt, man fand kaum Halt, und Snjolf konnte überhaupt nicht schieben, hielt sich bloß am Reservekanister fest. Ich schob und schob, und endlich kam das Auto frei, so plötzlich, dass Snjolf abrutschte und schreiend den Fluss runtergeschwemmt wurde. Ich musste ihm nachschwimmen, und er war schon fast ertrunken, als ich ihn zu packen kriegte und rüber zu Grettir auf das Ufer schleifen konnte. Es war zwar kalt, aber die Sonne schien, und wir wurden schnell trocken, und Snjolf schüttete noch mehr Jamaica in sich rein.*

Als sie mit der Jagd anfingen, sagten sie, dass sie sich nicht trauten, dem Jungen eine Schusswaffe in die Hand zu geben, wo ich doch schon über zwanzig bin, aber ich machte mir nichts draus. Dort gab es Gänse an irgendeinem See, und Grettir wollte sich auf der einen Seite langschleichen und abdrücken, während Snjolf auf dieser Seite bleiben sollte und sie erwischen, wenn sie zu fliehen versuchten, denn wie Grettir sagte, wenn sie aufgeschreckt werden, würden sie direkt über unseren Köpfen hochfliegen. Und dann drückte Grettir ab, und die Gänse tauchten genau vor uns auf, und ich sagte zu Snjolf, schieß doch, Snjolf, jetzt musst du schießen, aber er wedelte nur mit der Schrotflinte herum und sagte dann, er hätte keine Gänse gesehen. So lief das zweimal. Gänse haben wir keine gekriegt.

Dann schliefen wir im Zelt, und die beiden haben sich derartig besoffen, dass ich sie alles andere als lustig fand. Vor lauter Radau kriegte ich kein Auge zu. Snjolf versuchte immer, wie ein Opernsänger zu singen, so irgendwie SPAA-RA-RA, *das reinste Gejaule, fand ich. Dann bin ich eingeschlafen, und nachts wachte ich auf, da hatte es angefangen zu regnen, und Grettir half gerade Snjolf, sich auszukotzen. Der arme Snjolf. Ich konnte nicht mehr schlafen. Nächsten Tag fuhren wir heim, durch strömenden Regen und Nebel, und dem Snjolf war so übel, dass er ununterbrochen sagte, er müsste sterben, und Grettir musste alle naselang anhalten, weil Snjolf sagte, er müsste kotzen, konnte aber nicht kotzen, sondern ließ nur den Kopf aus der Hecktür hängen und die Zunge baumeln und sagte, er würde sterben, und Grettir überlegte schon, ob er ihn nicht nach Selfoss ins Spital bringen sollte. Aber Snjolf wollte nicht, meinte, das würde nichts nützen. Ich versuchte ihm zu helfen, gab ihm alles zurück, was er mir geschenkt hatte, auch das Geld und die Uhr, und daraufhin ging es ihm ein bisschen besser. Ich glaube, Grettir fühlte sich auch nicht ganz wohl, er sah so bleich aus. Als wir endlich nach Hause kamen, drehte Schwester Dolli völlig durch, zuerst heulte sie, dann drosch sie mit der Wurzelbürste auf Grettir los, fing wieder an zu weinen, rannte ins Schlafzimmer hoch und schloss sich ein. Grettir hinterher, versuchte reinzukommen und rief, Dorothea, Schätzchen, hör auf damit, sprich doch mit mir!, aber Dolli schrie bloß, das Ganze wäre eine Sauftour gewesen und vielleicht sogar eine Schürzenjagd und ein Herumgehure, und nur wegen Grettir wäre Onkel Snjolf jetzt so todkrank, und wenn er sterben würde, dann wäre es seine (Grettirs) Schuld. Mich beschuldigte sie auch, sagte, das wäre alles nur passiert, weil ich mit dabei war. Und wo die Gänse wären. Wo die verdammten Gänse wären, sie könnte wahrhaftig keine Gänse sehen, und Grettir sagte, be-*

ruhige dich doch, Dorothea, Schätzchen! Seine Schrotflinte wäre kaputt gewesen und die andere in Reparatur, und da hätte er Snjolf die Knarre geliehen, aber Dolli meinte, das wäre alles bloß ein Haufen Lügen und sie würde Onkel Snjolf fragen, ob sie da oben auf dem Lande nicht bloß herumgehurt hätten bei dieser Jagd, wenn bloß der arme Snjolf nicht sterben würde, bevor sie ihn fragen könnte, und dann fing sie wieder an zu heulen und schmiss drinnen im Zimmer irgendwas auf den Boden. Doch ich glaube, das mit dem kaputten Gewehr von Grettir ist sogar wahr, ich bin mit ihm in den Laden gefahren, um ein fehlendes Teil zu holen, was er bestellt hatte, und da sagten sie etwas von auf der Warteliste stehen, und Grettir antwortete, er hätte auf seinen Gewehren am liebsten nichts stehen, noch nicht mal seinen Namen. Onkel Snjolf ist zum Glück nicht gestorben, er bekam nur einen derartigen Schnupfen, dass er gar nicht mehr durch die Nase atmen konnte und nur noch mein lieber Daddi sagte, wenn er mich sah.

Und die Weihnachten jener Jahre, sie warfen ihren Glanz über den verharschten Schnee, über gute und glückliche Zeiten, die Fensterhöhlen der Baracken und das Alte Haus, eingehüllt ins Licht der Sterne. Die ganze Familie genoss das Zusammensein, außer natürlich Gogo, und dennoch war ihr Aufenthalt in Amerika eine ebenso notwendige Voraussetzung für das Fest wie der Geburtstag des Erlösers.

Das Haus wurde komplett überholt. Dolli machte sich mit Schrubber und Putzlappen über die Holzverkleidung her, Grettir legte seine Schrotflinte weg und begann, handwerklich geschickt wie er war, dies und das zu reparieren; flickte wacklige Stühle, ersetzte gesprungene Bodenfliesen und zog die Türgriffe wieder an, die sich im Laufe des Jahres durch das Türenknallen gelockert hatten. Der flotte Baddi höchstselbst strich das Wohnzimmer, überpinselte alles mit hellblauer Wandfarbe und arbeitete hingebungsvoll von morgens bis abends, während er das Weihnachtsgeplärr aus dem US-Radiosender mitsummte. *Run run Rudolph. All I want for Christmas is a rock'n'roll electric guitar.* Trotz seines enormen Arbeitstempos arbeitete er sauber und genau, kein Tropfen zog Tränen, und nicht der winzigste Spritzer landete auf dem knirschenden Arbeitsanzug, den Tommi für Großmutters Liebling gekauft hatte.

Baddi war glänzender Laune, er fühlte sich immer wohl, wenn er in Arbeitsklamotten steckte und schaffen konnte. Immerhin war *Proletarier* für ihn ein Ehrenname. Nachmittags unterbrach er die Arbeit, legte am Küchentisch seine ihm tariflich zustehende Kaffeepause ein; eine starke, schweigsame Natur, Hände um den Kaffeebecher gespannt, einen Gewerkschaftssong vor sich hin summend, wettergegerbtes Gesicht.

»*You load sixteen tons,*
what do you get?
Another day older
and deeper in debt ...«

Leerte dann den Kaffeebecher mit einem entschlossenen Gesichtsausdruck, der zu verstehen gab, dass es jetzt losginge, Jungs, schließlich machte es einem ja auch nichts aus, eine ganze Frühjahrssaison im Fischfang durchzuhalten, und stapfte in die Stube, um die Arbeit zu beenden. Das Werk zu krönen, indem er auf die eine Wand ein riesengroßes Bild malte. Aber die Kunst ist kein Spaß, und ein Genie braucht Ruhe, deswegen schloss er hinter sich ab, und die Familie schlich flüsternd durchs Haus. Selten ist die Eröffnung einer Kunstausstellung mit größerer Ungeduld erwartet worden, und als sich die Tür spät am Abend des Dreiundzwanzigsten endlich öffnete, drängte sich die Menge in den Raum.

Vor den Augen dieser erdverwurzelten Familie öffnete sich der Zauber großer Kunst: Rudolph das Rentier, wahrhaftig, wie es mit dem Schlitten über Berge und ein bewaldetes Tal flog, glänzende Pailletten am tiefblauen Nachthimmel; es glimmerte über den Bergspitzen und in der Spur des fliegenden Schlittens durch die Weiten des Himmelsgewölbes. Und die Bäume, das waren richtige Zweige vom Weihnachtsbaum, die er in die Wandverkleidung gebohrt und mit Watte und Engelhaar geschmückt hatte.

Fast die ganzen Weihnachtstage lagerten Dollis Kinder davor und starrten das Wunder an.

– Das ist Amerika, meinte die kleine Gilli, die die Gruppe der Geschwister anführte. So war das Amerika, wo Oma Gogo in einem weißen Prinzessinnenkleid auf einer rotgoldenen Wolke umherschwebte, Oma Gogo mit den Geschenken. Doch sogar die Geschenke von Oma blieben hinter diesem Bild zurück, es überragte selbst den Weihnachtsbaum, der immer als Weltwunder bestaunt worden war, jenen riesenhohen, silbrig angemalten Weihnachtsbaum aus Keflavik. Dass der nach so vielen Weihnachten ein bisschen gelitten hatte, spielte keine Rolle, weil Gogo jedes Mal zum Fest einen solchen Haufen Dekoration schickte, dass man damit den größten Weihnachtsbaum des Landes hätte einhüllen können, den, der auf dem geheiligten Platz vor dem Parlament und der Domkirche stand, ein Geschenk von der Hauptstadt Norwegens …

Im Alten Haus wurde Weihnachten ernst genommen. Tommi arbeitete nicht, Lina las weder aus den Karten noch aus dem Kaffeesatz, Baddi soff nicht, Dolli ließ Danni in Frieden. Das Einzige, was man tat, abgesehen vom Abschrubben in der Badewanne, falls das ging (zu dieser Jahreszeit bildete sich in der Badewanne draußen im Waschhaus meist eine Eisschicht), waren gute Werke.

Gute Werke: Nachdem das Haus fertig geschmückt war, so dass die Wände aussahen wie ein Korallenriff, wurde die restliche Dekoration an die armen Leute aus den Baracken ringsum verteilt. Eine feingemachte Delegation bewegte sich, mit Geschenken beladen, durch das Viertel. Einer trunksüchtigen Witwe, die sich noch nie einen Weihnachtsbaum gekauft hatte, überreichte Baddi eine zwei Fuß hohe Weihnachtsbaumspitze. Einem anderen Haushalt, wo der Hausherr das Geld versoffen hatte, das seine Frau für den Baum zusammengespart hatte, schenkte Dolli eine Tischdekoration, unter der sich noch der kräftigste Eichentisch gebogen hätte. Greta, die kleine Frau von Hreggvid, dem Kugelstoßer, bekam einen Türkranz mit der Geburt von Bethlehem. Der Kranz wurde auf die Sperrholzplatte genagelt, die den Eingang verschloss, anstelle der Tür, die der Hausherr vor einigen Tagen in seinem Suff in Einzelteile zerlegt hatte. Saeunn, die Katzennärrin, bekam einen Mistelzweig.

Am Abend, als alles in Feiertagsstimmung war, fand die Wahrsagerin die Mandel in ihrem Pudding. Als Belohnung erhielt sie eine Flasche Rasierwasser.

Und in sein Tagebuch notierte Danni unter anderem:

24. (Weihnachten)

Was einem Weihnachten verdirbt, ist, dass sich alle um sechs Uhr abküssen müssen. Ich bin sicher, dass auch die anderen davor Angst haben, aber ich habe das ganze Jahr über Angst davor. Wenn es auf sechs zugeht, kriege ich kalte Hände und fange an zu zittern, die letzten zehn Minuten spricht schon keiner mehr mit dem anderen, und dann schlägt die Uhr im Radio die

Stunde, und man ist sich klar, dass einem nichts übrig bleibt, als sich zusammenzureißen. Ich versuche immer, bei den Kindern anzufangen, wie die anderen auch, und dann tun alle so, als ob nichts wäre, und lächeln. Baddi macht das Ganze nichts aus, der hat keine Angst, glaub ich, bleibt immer cool *und legt nur seine Wange gegen die der anderen und schmatzt mit den Lippen. Einmal hab ich das versucht, als ich meine Schwester Dolli küssen musste, davor hab ich immer am meisten Angst, aber ich merkte, wie unnatürlich das war, und sie hat auch gemerkt, dass ich nur Baddi nachmache, der eben ein ganz anderer Typ ist, und dann bin ich rot geworden und hab versucht, die Sache wieder hinzubiegen, indem ich so tat, als hätte ich nur Spaß gemacht und müsste sie noch mal küssen, und ich kann noch nicht mal weiter darüber schreiben.*

Zum Jahreswechsel war der Frieden vorbei; doch während jener Jahre, als alles nach Wunsch lief, schwelgte die Familie nicht nur an Weihnachten in Glück und Eintracht. Zwischendurch konnte ein guter Tag kommen, wo Baddi nicht betrunken oder verkatert war und Dolli die Nerven behielt, weder weinte noch sich herumstritt und nicht einmal ihren Bruder Danni traktierte, der seine Ruhe hatte und daher weniger trübsinnig war, nicht weglaufen musste wie sonst, den Tränen nahe, oder sich in seinem Alkoven einschloss mit seinen Geschichten und geheimnisvollen Heften und Flugmodellen und Zinnsoldaten, sogar mit Püppchen, wenn man Dolli glauben mochte; nein, Danni hatte die Bürde von Schwermut und Enttäuschung von seinen Schultern geworfen und erzählte den Geschwistern unten in der Küche von seinen Ideen, und sie verstanden sich prächtig. Das Wetter draußen war gut, Baddi in der Laune für Späße, warf mit Witzen um sich, die meist aus einem Wort und drei Andeutungen bestanden.

Und manchmal gab es fantastische Musik auf dem US-Sender, einen Hit nach dem anderen, und dann summten alle mit, brummten mit, schlugen den Takt; besonders wenn das Lieblingslied kam, dieser einmalige Song, der siebzig Wochen lang ganz oben auf der Hit-Liste des Alten Hauses stand; wenn der kam, schmetterten alle zusammen wie ein versiertes Gesangstrio, übertönten das Radio. Dolli übernahm den Part der Vorsängerin, Baddi sang die Begleitung dazu und schnipste mit den Fingern, und Danni *(Mr. Bassman)* buppte und dubadubaduppte zu den Trillern von Dollis Anie (es fehlte bloß noch, dass der alte Tommi sich auf einem Hocker niederließ und anfing, mit einem Esslöffel auf den Schenkel zu klopfen, und die alte Wahrsagerin Maultrommel spielte, dann hätte die ganze Familie unter dem Namen »Dolly and the Ole House Drifters« an einem Sängerwettstreit teilnehmen können); an jene glücklichen Stunden in Frieden und Eintracht erinnerte man sich in der Familie noch lange: Wie die drei Geschwister in der Küche saßen und gemeinsam *Everybody is somebody's fool* spielten und sangen.

Aber die Eintracht ging zu Bruch, vielleicht am folgenden Wochenende oder sogar am Abend danach, wenn Baddi zulangte und sich in eine besoffene Raserei steigerte, die an einen Präriewolf bei Vollmond erinnerte, und das Haus beherrscht wurde von der Angst vor ihm und seinen Freunden, Dolli erlitt einen Nervenschock und Schweißausbrüche und Herzanfälle, und dann schrie sie derart ungeheuerlich, dass es manchen im Viertel noch schlimmer vorkam als das hysterische Gelächter von Saeunn, der Katzennärrin. Am Ende prügelten sich die beiden Brüder, und dann erzitterte das ganze Haus und das gesamte Viertel, denn Baddi kannte tödliche Schläge und Finten, Danni dagegen schien unerschöpfliche

Muskelkräfte zu besitzen und hätte den Superknaben ohne Zweifel auseinandernehmen und wieder zusammenbinden und verknoten können, doch dazu fehlte ihm wahrscheinlich das Temperament oder die Fantasie.

Und es war nicht nur dann unerträglich im Haus, wenn Baddi trank; im Laufe der Monate wurde Grettir für Dolli immer mehr zu einer Plage. Aus keinem besonderen Anlass vielleicht, und vermutlich war das der Knackpunkt. Grettirs Stimmung änderte sich nie, blieb immer dieselbe, entweder ausdruckslos oder missmutig. Und wenn Dolli sich auf ihn stürzte, wurde er mit jeder Schimpfkanonade, die über ihn hereinbrach, nur noch gebeugter und trübsinniger. Dolli war inzwischen der gleichen Ansicht wie Lina, nämlich dass Grettir nichts anderes sei als ein Schlappschwanz, ein Bastard, ein kleiner Gnurpsel, und keiner Frau könne man zumuten, sich mit so was abzufinden. Ihr Wortschwall steigerte sich proportional zur Weinerlichkeit ihrer Stimme, sie spielte sogar auf sein männliches Körperteil an, das, wie sie zu verstehen gab, kaum der Rede wert war. – Kannst du nicht reden??!!, fragte sie schließlich. – Kannst du nicht antworten?! Er aber schwieg bloß, saß gebeugt im Stuhl und rührte im halb vollen Aschenbecher. Völlig darein versunken, die angegilbten Stummel auszudrücken.

Dolli konnte Danni sogar noch weniger ausstehen, und was ihn betraf, fand sie bei Lina Unterstützung, die ihm nicht vergeben konnte, dass er sich mit Baddi prügelte und zu ihrem Sonnenscheinchen böse war. Außerdem gehorchte Danni in keiner Weise dem Rhythmus des Hauses, keiner der üblichen Regeln des Zusammenlebens. Er verbrachte die meiste Zeit in seinem Schrank, mit irgendwelchen geheimnisvollen Aktivitäten, und Dolli hatte das Gefühl, er brüte dort eine Privatverschwörung aus. Dieser Bursche wirkte wie ein störendes

Element im Leben der Familie. Schlich still und schweigsam umher, hörte alles, was gesprochen wurde, wie ein verstecktes Mikrofon, sah alles, was geschah, wie das allsehende Auge des Herrn, der die Taten der Menschen betrachtet und die Strafpunkte in ein dickes, schwarzes Buch einträgt.

Danni tat geheimnisvoll mit seinen Kladden. Er kritzelte und krakelte darin herum. Er selbst bekam keine Strafpunkte, da er sich an dem Spiel nicht beteiligte. Lassen wir das. Aber dass er nicht einmal zum Essen erscheinen wollte, wenn gerufen wurde, das machte das Maß voll, und Dolli und Lina stürmten los, rissen die Tür zu seinem Schrankzimmer auf und machten Theater. Mitunter bot sich ihren Augen ein unerhörter Anblick: ein zwanzigjähriger Mann, der vielleicht sogar auf dem Boden lag mit seinen Spielzeugautos und Flugzeugmodellen, und Motorengeräusche von sich gab, die Zunge halb aus dem Mund hängend. War denn das die Möglichkeit? Aus dem Alkoven zogen sie Landebahnen, Modelle, Puppenhäuser, allen erdenklichen Plunder, und wenn die Kinder hineinspielten, sahen sie ihren baumlangen Onkel, einen braun gebrannten, stattlichen Kerl, der zehn rohe Eier auf einen Sitz verschlingen konnte, wie er schluchzend dastand und hilflos dem Sabotagetrupp zuschaute, der seine Traumwelt demolierte.

Während solcher Überfälle vergriffen die beiden sich jedoch nie an seinen Kladden in der Ecke, Stapeln von vollgekritzelten Rechen- und Schreibheften – auch weil der Hüne meistens so stand, dass sie nicht drankamen. Doch wenn Danni nicht zu Hause war, schlichen sie sich bisweilen in seine Kammer, um sich diesen Wust von Papier anzuschauen, zu untersuchen, ob er etwa seine Hausgenossen darin schlechtmachte. Allerdings hatten sie Geschriebenem gegenüber wenig Geduld, nicht zuletzt wegen Dannis schwer lesbarer

Schrift; darüber hinaus sammelte sich in den Kladden alles durcheinander, Berechnungen, Zeichnungen, Kreise, Schrägstriche und Skalen, alles in absonderlichen Lettern. Und auf den Seiten fanden sich Seufzer, ai ai ai; der hatte richtig Mitleid mit sich selbst. Einiges war in Englisch gekrickelt. Wissenschaftler und Handschriftenexperten hätten sich tagelang abmühen müssen, um irgendeinen Sinn in diesen Hieroglyphen zu entdecken, aber die beiden Frauen blieben immer nur kurz und verschwanden dann seufzend wieder nach unten, überwältigt von dieser Unmenge Zeugs. Zudem fanden sich auf den Blättern auch Bibelzitate und eine Vielzahl von Kreuzigungszeichnungen, und manchmal erinnerte sich Lina noch lange Zeit später daran, wie einsam und traurig der Erlöser auf diesen Zeichnungen ihres Enkels ausgesehen hatte. Vielleicht war es wegen der Bibelworte, dass Lina die Hefte des Jungen lieber in Ruhe ließ, schließlich war die Wahrsagerin *gottesfürchtig*; sie hatte Angst vor der Allmacht. Im tiefsten Innern.

In dieser Welt hatte sie nichts zu fürchten. Alles Diesseitige kannte sie. Es war das Unbekannte, das sie fürchtete. Das Jenseits, die Welt der Götter und Teufel. Immerhin waren ihre Kenntnisse über jene Welt umfassend genug, um einzusehen, dass es keine einfachen Zusammenhänge gab, keine klaren Linien, wie die Pfarrer und Diakone einen glauben machen wollten, mit ihrer allgemeinen Vergebung der Sünden und Schluss, oder das Himmelreich hier und die Hölle im Keller. O nein. Die Welt ist voll von Ungeheuern und Teufeln und bösen Geistern, das ist ebenso wahr wie dass Gott in Wahrheit über uns thront. Zum Beispiel misstraute Lina gründlich allen Stummen, schließlich hatte sie reichlich Beweise, dass die sich häufig mit Schwarzer Magie abgaben. Einmal, als die Freunde Baddi und Bony Morony hinaus in die dunkle Winternacht wollten, um sich etwas aufzuheitern, überfiel die Wahrsagerin eine furchtbare Ahnung; etwas Böses dräute. Später erinnerte man sich, wie Baddi gesagt hatte – lass den Quatsch, Alte!, als Lina ihnen verbot hinauszugehen, aber damit ließ sie es nicht genug sein; sie gab erst auf, als die beiden außer Sicht waren, da stand die Alte in der Tür des Alten Hauses und schwenkte das Buch mit den Passionsliedern, während sie Gebete und Beschwörungen herunterleierte. Und all ihre Ahnungen erfüllten sich, die Freunde gerieten in äußerste Lebensgefahr, kamen gegen Morgen zerschunden, verletzt und misshandelt heim nach einer wilden Prügelei mit einer Horde Taubstummer aus Vatnsmyri. Im Gedächtnis von Linas Familie glichen die Gräuel dieser Nacht fast denen der Nacht der langen Messer. Und nach diesem Ereignis waren *die Stummen* bei den Kindern im Hause und im gesamten Viertel die gefürchtetsten Ungeheuer. Im Camp Thule gab es Verbrecher, Verrückte, mehrfach verurteilte Vergewaltiger und sogar einen Mann, den man des Mordes angeklagt hatte. Wenn solche Störenfriede sich sehen ließen, schauten die Kinder vom Thulecamp nicht einmal von ihrer Wasserpfütze hoch. Im Camp wohnte auch der Blöde Beggi, ein debiler Goliath, den man, wenn er nicht wegdurfte, an der Wäschestange festband. Der brüllte und verdrehte die Augen, schien einen zerrupften Reisigbesen für seine Mutter zu halten, ohne den Besen konnte er nämlich nicht sein; er fuchtelte damit herum oder schleckte ihn ab. Der Blöde Beggi war der Schrecken aller Kinder in der Stadt. Nächtelang wachten die Knirpse aus den anderen Vierteln schreiend aus Angstträumen auf, nachdem sie gesehen hatten, wie er sich gebärdete. Die Kinder aus dem Thulecamp dagegen, die hatten mit dem Blöden Beggi keine Probleme. Spielten sogar mit ihm, bekamen ihn hin und wieder ausgeliehen, damit er ihre Seifenkistenautos schob, aber nur gegen das feierliche Versprechen, ihn wieder an der Wäschestange abzuliefern. Andererseits gab es eine taubstumme Näherin im Wohnblock der Elektrizitätswerke: Wenn die Thulekinder sahen, dass diese taubstumme Näherin mit der Einkaufsliste in der Hand zum Milchladen ging, ließen sie das Spielzeug fallen und flohen schreiend heim.

Von solcher Art war vieles, was die alte Wahrsagerin wusste. Beispielsweise fand sie es widerlich, wenn man die Tür zur Toilette beim Rausgehen nicht wieder schloss. Sogar der Klodeckel durfte nicht die ganze Nacht hochstehen, andernfalls gab es am nächsten Morgen erbarmungslose Verhöre, wer als Letzter dort gewesen war. Allerdings kam das fast nie vor, denn die Menschen im Hause richteten sich nach Linas Regeln, glaubten meistens, was sie glaubte, ohne Fragen zu stellen. Wie etwa, warum es denn so gefährlich wäre, wenn man den Klodeckel aufstehen ließe. Später meinte Dolli einmal, es wäre wegen der Ratten, die im Wasser tauchen könnten, mit dieser Erklärung stand sie freilich allein; die Kinder hatten gehört, wie die Alte etwas vor sich hin murmelte von Wasserasseln und Untieren und stellten sich einen Tintenfisch vor mit unzähligen Armen und einen Drachen mit schuppigem Kopf, wie sie aus dem Klobecken herausgekrochen kamen.

Und Linas Ansichten waren im großen Ganzen die Ansichten der Familie, wenn auch innerhalb gewisser Grenzen. Was zum Beispiel den Hitler betraf während des Krieges, da hatte sie als Einzige auf seiner Seite gestanden, und diesen ihren Standpunkt gab sie nicht auf, auch nicht Jahrzehnte nach dem Zusammenbruch seines Terrorregimes.

– Wieso haben diese verdammten Engländer überhaupt das Maul aufgerissen?, fragte sie. – Der polnische Korridor gehört den Deutschen.

– Aber Lina, was ist mit all den Juden, die Hitler umgebracht hat?

– Ja, haben die nicht den Heiland gemordet?, fragte die Wahrsagerin zurück.

Die Alte unterstützte die Konservativen, das war ihre Partei, und die des Bürgermeisters und des Ministerpräsidenten. Und beide, der Bürgermeister sowie der Ministerpräsident, waren gewisslich zufrieden damit, der gleichen Partei wie Lina anzugehören; jedenfalls konnte einem der Küchentisch, wo sie den Leuten weissagte, zu bestimmten wichtigen Zeiten wie ein regelrechtes Wahlkampfbüro vorkommen.

Die Alte schenkte dem gedruckten Wort kaum Beachtung, mit Ausnahme von *Büchern*, in die setzte sie großes Vertrauen. Manche Bücher waren Werkzeuge des Teufels, andere heilige Kleinode. Jede Nacht schlief sie sowohl mit der Bibel als auch den Passionsliedern unter dem Kopfkissen; diese beiden schwarzen Bände betrachtete sie als machtvollste Festungen des Lichtes auf der ganzen Welt. Trotzdem sah niemand sie je in diesen Büchern lesen. Vielleicht war sie zu alt geworden, um dem noch zu glauben, was gedruckt stand. Wenn sie irgendetwas Unglaubliches hörte, wollte sie wissen, ob es aus der Zeitung stammte. Aus der Tratschmühle. Von den Halunken und Verleumdern, die über die Zeitungen bestimmten. Hin und wieder hörte sie Nachrichten im Radio, glaubte jedoch das Wenigste davon, außer wenn es mit dem übereinstimmte, was die Karten verkündeten. Erst mit dem Auftauchen des Fernsehens nahm sie überhaupt Notiz von irgendwelchen Massenmedien; diesem Kasten mit den gespenstischen Schatten musste man wohl oder übel Achtung zollen.

Auf ihre alten Tage entwickelte sie ein gewaltiges Misstrauen gegenüber Spiegeln. Verfolgte sie regelrecht mit ihrem Hass. Sagte, man würde sich allmählich in ein Ungeheuer oder eine Bestie verwandeln, wenn man viel in den Spiegel schaute. Hatte beobachtet, wie ansehnliche, gesittete Leute nach einiger Zeit vor dem Spiegel zum Zerrbild ihrer selbst wurden. – Wieso denn??, fragten die Kinder. Tja, das war irgendeine Hexerei, zu kompliziert für sie. Womöglich warst es nicht du selber, der da im Spiegel erschien, sondern einer, der dich hypnotisieren wollte, Macht über dich bekommen wollte, indem er dich nachäffte, so lange, bis du selbst am Ende ihn nachäfftest. Und wenn die Kinder vor dem Spiegel standen, die Zwillinge und der kleine Bobo, spürten sie immer deutlicher dieses kitzelnde Angstgefühl. Trauten sich kaum noch, geradewegs hineinzuschauen, und schlichen sich doch heimlich und mit Herzklopfen wieder hin. Spiegel wurden zur fixen Idee, nachts träumten sie davon und sausten morgens nach dem Aufwachen als Erstes in die Diele, um zu prüfen, ob sich irgendetwas Geheimnisvolles im Zusammenhang mit diesem schimmernden Glas ereignet hätte. Konnten sich nicht losreißen, lagen hinter einem Stuhl oder Sofa auf der Lauer und passten auf.

Die kleine Gilli war so mutig, dass sie sich schließlich ein Herz fasste und sich genau im Spiegel betrachtete, mit Bestimmtheit wissen wollte, ob das Spiegelbild ihr eigenes war; und vor Schreck aufschrie, als sie entdeckte, dass das Mädchen im Spiegel nicht wie sie selbst mit den Augen gezwinkert hatte. Nachher legten die Kinder alle das Ohr ans Glas und hörten aus der Tiefe des Spiegels gespenstisches Zischen und wispernde Stimmen; in Panik flüchteten sie zu Großmutter Lina in die Küche und versteckten sich für den Rest des Tages mit angehaltenem Atem im Besenschrank.

So also war Lina die Sonne, der die Planeten und Monde der Familie ihr Licht verdankten.

Bei Lina Schutz zu finden bedeutete, dass man gerettet war in den Lebenskämpfen des Alten Hauses. Um ihre Gunst wurde gerungen wie um einen Platz auf der Hitliste; vielleicht teilte und herrschte sie im Hause kraft einer Liste, die nirgends aufgestellt war und niemals genannt wurde, obwohl alle wussten, dass es sie gab. Die ganze Zeit hatte der Kampf um den ersten Platz zwischen Baddi und Dolli getobt, vielleicht mit Ausnahme der letzten Jahre, die Jahre, seit Baddi aus Amerika zurückgekehrt war und unangefochten vorne lag. Ja, wahrscheinlich war es so gewesen. Dolli war besiegt. Nicht einmal des zweiten Platzes konnte sie sich länger sicher sein, weil Bobo, der kleine Hinkefuß, mit jedem Jahr auf der Liste höher kletterte.

Irgendwo weiter unten kamen Gilli und Mundi, die Zwillinge, dann folgten Onkel Snjolf und der Taube Grjoni und die anderen Gäste und Familienangehörigen, die über längere oder kürzere Zeit im Haus wohnten. Tommi und Danni belegten ihr Leben lang die letzten Plätze. Das war eine unbestreitbare Tatsache.

Immerhin waren sie noch besser dran als Grettir, was das anlangte. Es wäre irreführend zu sagen, dass er keinen Platz auf der Liste einnahm. Er zählte einfach nicht.

Dennoch stieg sein Kurs ein wenig, nachdem Lina sich zeitweilig in den Kopf gesetzt hatte, es würde sich lohnen, dass er sie durch die Stadt kutschierte, wenn viel anlag. Bis dahin hatte sie Dollis Angebot, Grettir könne sie fahren, zumeist abgelehnt und gemeint, sie wolle nicht öfter in einem Leichenwagen transportiert werden als unbedingt nötig. Aber gelegentlich musste sie zu Verabredungen in die Behörde, zu Juristen, Lehrern der Schüler aus dem Viertel oder zu den Geschäftsleuten, die Tommis Laden besaßen und mit der Zusammenarbeit nicht mehr so zufrieden schienen wie früher.

Vielleicht hatte sie bemerkt, dass selbst die hartgesottensten Bürohengste blass wurden, wenn sie den schwarzen Leichenwagen heranrollen sahen.

Und Grettir sollte bitte schön parat stehen, wenn Bedarf war. Sogar wenn Baddi zu Hause war und sein Auto draußen stand, musste Grettir dran glauben, sich von der Arbeit freinehmen und die Alte fahren, selbst wenn es nur ein paar Straßen weiter war.

Grettir am Steuer. Vermutlich stand sein Wert nie höher als zu jener Zeit, wo er es auf sich nahm, den Privatchauffeur für die Wahrsagerin zu spielen. Außerdem lebte er sich in seine Aufgabe ein; trug seine Mütze gern, steuerte das Auto in langsamem, würdigem Tempo, parkte halb auf dem Bürgersteig, sprang hinaus und hielt die Tür auf für Lina in ihrem schwarzen Schultertuch, die mit flammendem Blick dem Wagen entstieg. Grettir stellte etwas dar in den Augen der Passanten, die diesen seltsamen Leichenzug betrachteten.

Ansonsten zählte er nicht.

Ging morgens schweigend zur Arbeit und kam abends schweigend wieder. Lieferte Dolli am Monatsende seinen gesamten Lohn ab. Doch hin und wieder konnte es nun passieren, dass er Dolli antwortete, wenn sie mit ihm herumzankte, eine Zeit lang sogar häufiger. Das war, als Dolli anfing, wie eine Verrückte zu toben und ihre einzelnen Schimpfkanonaden über den dreckigen Hund, den Weichling, den Kastraten, den Schlappschwanz, den Bastard, den Hurenkerl durcheinanderzumischen. Und Grettirs Hände, die im Aschenbecher herumrührten, fingen an zu zittern, das Zittern breitete sich aus bis zu seinem Gesicht, und endlich brüllte er zurück: – Wer redet denn hier von Hurerei! Verdammte Unzucht! Wer lässt sich denn von jedem flachlegen?! Daraus entwickelte sich eine Auseinandersetzung von solcher Art, die in Kinofilmen mit Mord endet. Die Zwillinge Gilli und Mundi klammerten sich an ihre Mutter und schrien wie am Spieß, und der kleine Bobo, obwohl kaum mehr als drei oder vier Jahre alt, begriff allmählich, wer damit gemeint war, wenn von Hurenkindern im Haus die Rede war, denn damals fing er an, jedes Mal nach draußen zu rennen … nein, er rannte nicht, er *stapfte*; nicht, um die Aufmerksamkeit auf sich zu ziehen, es dröhnte nur so laut, wenn der Holzfuß auf die Dielen knallte. Aber falls er deswegen wegrannte, weil er es nicht ertragen konnte, dem Streit zuzuhören, war es immerhin erstaunlich, dass er nie weiter rannte als bis zur Hausecke und in die Waschküche lief, wo er das Ohr an die dünne Wand presste, die ihn von dem Krach im Hause trennte; lag da und lauschte und beobachtete die bissigen verwilderten Katzen, die sich dort herumtrieben, wenn es regnete; hörte die Begleitmusik des Regens auf dem Wellblechdach und den Wind, der durch die Ritzen heulte, das Wasser, das aus dem Kran auf den Boden tropfte, und den grellen Ton, der schwerer und schwerer im Kopf und in seinen Ohren dröhnte. Und solange dies anhielt, existierte der kleine Bobo nur im Kopf, er hätte sich auf einem Nagelbrett niederlassen können oder in einem Feuermeer, denn er nahm seinen Körper nicht wahr; nicht, bevor alles im Haus verstummte und der Ton in seinem Kopf leiser wurde; dann erst fühlte er, dass er vor Kälte zitterte, steifgefroren und elend nach dem Sitzen auf dem rauen Steinfußboden, ja sogar klatschnass von dem Regen, der durch das undichte Dach drang. Dann mühte er sich auf die Füße und klopfte sich ab und wischte sich das Gesicht und stapfte hinaus. Begegnete vielleicht Baddi, dem Supergenie, und der große Onkel war richtig in Laune, geschniegelt und fein, hatte sich wahrscheinlich vorgenommen, nur mal an der Flasche zu schnuppern, nicht mehr. Und Baddi nahm sich des Kleinen mit Freuden an, nannte ihn den einzigen Menschen mit Verstand im Hause und *Bobo the road runner* und *Bo Didley.* Ließ ihn ein Rätsel raten, und wie war die Lösung? – *Heartbreak Hotel!* Dann dribbelte Baddi mit einem eingebildeten Fußball und lachte, und sie gingen zusammen ins Alte Haus, das von düsterem Schweigen widerhallte wie ein Schlachtfeld nach nächtelangem Kampf, kein Laut, nur hin und wieder ein Schluchzer von Dolli, die vom Weinen verquollen am Küchentisch saß, und Baddi war so strahlender Laune, dass er hinging und seine Schwester tröstete: – *Don't let the sun catch you crying,* sagte er und zwinkerte dem Kleinen spöttisch zu, wenn Dolli daraufhin ihr Schluchzen bloß noch steigerte. – Was ist los, Dolly-Baby? *Does your chewing gum lose its flavor on the bedpost overnight?*

Die neueste verdammte Macke

Schau dir an, was sie sich wichtig machen, dieses Pack!, schnaubte der alte Tommi zuweilen vor sich hin, wenn es niemand hörte oder sah. – Was glauben die, wer sie sind, diese Rumtreiber?, murmelte er verächtlich zwischen den Zähnen und schielte nach Baddi und seinen Freunden, die so ungeheuer männlich, lebenserfahren, furchtlos und hart taten. Sie redeten untereinander wie Fallschirmjäger, grüßten zackig, schlugen die Hacken zusammen, gaben knappe Befehle, lachten kurz, eiskalt und herausfordernd, schnippten mit den Fingern. – Die Kerle haben es in sich, meinte der alte Tommi zweideutig zu seinem Spiegelbild; trotzdem fühlte er sich insgeheim von deren männlichem Stil angezogen; im tiefsten Innern hatte er vermutlich sogar Spaß an diesem Auftreten der Burschen, denn morgens versuchte er mitunter, sie nachzuahmen, übte heimlich. Die Morgenstunden waren für ihn die herrlichste Zeit des Tages, da hatte er seine Ruhe: Tagsüber, während er seiner Arbeit nachging, im Laden stand, freute er sich schon auf den nächsten Morgen; vor allen anderen aufstehen, frisch und ausgeschlafen, in die Klamotten steigen, das Gebiss einsetzen und spüren, dass der Tag Gutes verspricht, wenn der Duft des heißen Kaffees die Küche durchzieht. Und wenn das Morgenmagazin im Radio einen munteren Harmonikawalzer auflegte, wurde der Alte geradezu ausgelassen; aufgekratzt, wie er war, konnte es dann passieren, dass er die Aufschneider nachmachte: ihren Gang, ihre Gesten, sich in den Knien wiegen, mit den Fingern schnippen und sagen – *Yeah! Take it Tommy-Boy!*, doch war das Alleinsein natürlich Voraussetzung für seine Wonne, und soweit er wusste, hörte und sah ihn dabei niemand.

Was sich als Irrtum herausstellte.

Eines Morgens war Baddi höchstselbst früh auf den Beinen und wurde Zeuge des Auftritts, seiner Probe in den Attitüden der Männlichkeit, und der Alte, nichts Böses ahnend, hörte plötzlich, wie einer der flottesten Draufgänger der Stadt sich am Eingang zur Küche vor Lachen ausschüttete. Blau anlief und brüllte vor Lachen, bis er umkippte und sich auf dem Boden wälzte. In aller Eile und schamrot stülpte der Alte sich die Schiffermütze auf und rannte hinaus, ohne den heißen, duftenden Kaffee zu beachten; der Tag war versaut, die nächsten Tage auch und sogar die nächsten Monate, denn sobald die beiden sich begegneten, fing Baddi an mit den Fingern zu schnippen und in sich hineinzulachen; Baddi-Boy brauchte bloß zu sagen *Take it,* um schon vor Lachen zu platzen, und Tommi lief rot an, wurde reizbar und einsilbig, keiner verstand, wieso, weil Baddi die Angelegenheit niemals irgendjemandem gegenüber erwähnte (schon gar nicht Tommi gegenüber). Doch obwohl nicht darüber gesprochen wurde, vergaß Baddi die Sache nie, und seit der Zeit hatte er gegen den Alten etwas in der Hand. Kam Tommi etwa mit irgendwelchen Einwänden, waren sie zum Beispiel verschiedener Meinung, wie man die Geldscheine aus Tommis abgenutzter Brieftasche verwalten sollte, da konnte es vorkommen, dass Baddi grinste und sagte – *Yeah, stick 'em up, Tommy-Boy,* und damit waren die Differenzen ohne weitere Diskussion erledigt.

Tommis alte Brieftasche. Sie war wirklich der Erinnerung wert, später vor allem, als die Familie anfing, den guten alten Tagen nachzutrauern. Tatsache war, wenn man es recht bedachte, dass der größte Teil des täglichen Bedarfs, den die Bewohner im Alten Haus befriedigt sehen wollten, aus dieser blankgewetzten, dünnen Ledertasche bezahlt wurde.

Es war eine kleine Brieftasche, fast ein Portemonnaie. In der Mitte zusammengefaltet, so dass jeder Schein, der daraus auftauchte, einen Knick hatte. Anfangs hatte sie wahrscheinlich einen Druckknopf besessen, doch der fehlte schon seit Menschengedenken; Tommi band die Brieftasche immer mit einem Gummi oder aneinandergeknoteten Pfeifenreinigern zusammen. Die meisten fanden das eher komisch, dieses Gehudel um ein solch ordinäres Kleinod; die Tasche wirkte immer so dünn, so ärmlich, als ob sie kaum eine einzelne Briefmarke halten könnte. Daher war die Familie immer wieder angenehm überrascht, wie viele braune Fünfhundertkronenscheine Tommi bisweilen daraus hervorzaubern konnte, fast endlos, wiewohl immer mit vorsichtigem Zupfen.

Bestimmt hing Tommi an seiner Brieftasche, hatte sie schon besessen, seit er in der Jugend über die sieben Weltmeere gefahren war. Außerdem war diese zerschlissene Kostbarkeit das Einzige, was wirklich nur ihm gehörte. Allerdings wusste er auch, dass sich das Geld im Hosensack nicht von allein vermehrt, und das versuchte er unverdrossen, den Hausbewohnern beizubringen.

– Geld wächst nicht auf den Bäumen, sagte der Alte manchmal am Esstisch, wenn ihn der gemischte Chor mit Ansinnen überfiel, was man unbedingt kaufen oder bezahlen müsste. – Geld wächst ... probierte er es vielleicht noch einmal, wurde aber rigoros zum Schweigen gebracht, schließlich waren solche Worte weder so originell noch so intelligent, dass man sie mehrfach wiederholen musste. Außerdem war es allein sein Problem, wie er an die Scheine kam. Seine Aufgabe in diesem Heim war, Geld herbeizuschaffen. Kein Wort mehr darüber. Die anderen hatten wahrhaftig ihre eigenen Sorgen.

Im Übrigen war schon bewundernswert, wie es Tommi gelungen war, mit stetigem Mut und Herzensfrieden durch ein Leben voller Unsicherheit und Bedrängnis zu steuern, bis heute, wo endlich alles nach Wunsch zu gehen schien. Jetzt, in diesen glücklichen Jahren, regten sich Zweifel und Angst in ihm. Der ehemals schmucke Kerl alterte rasch, wurde grau und steif. Magerte ab, was bei seinem kräftigen Knochenbau schlimm aussah. Einmal, als er seinen braunkarierten Anzug trug, meinte Baddi, von ihm wäre nichts übrig als ein Kleiderbügel, nur mit Kopf statt mit Haken. Dann packte er den Alten an den Beinen und sagte: – Was?! Ich hab geglaubt, da wären nur die Hosenbeine! Und alle lachten. Selbst der alte Tommi. Aber nur knapp, und binnen kurzem war sein Gesicht wieder verkrampft, als hätte er ständig Zahnschmerzen oder einen Hexenschuss.

Womöglich war es auch alles andere als lustig, den Lebensunterhalt für diese gesamte Dynastie zu verdienen; mittlerweile versuchte er sogar, die Einkünfte aus dem Laden durch verschiedene Maßnahmen aufzubessern, nahm zusätzliche Waren ins Angebot, die er auf eigene Faust verkaufte, ohne Wissen von Gundi & Gisli, den Eignern, und litt unter Schuldgefühlen. Außerdem hielt er den Laden allmählich länger offen als erlaubt. Hin und wieder murmelte er Danni zu, sein Einverständnis mit dem Bau eines derart riesigen Hauses sei kompletter Blödsinn gewesen, ein altes Paar wie er und Lina bräuchten überhaupt nicht so viel Platz:

– Jetzt ist es proppenvoll mit Leuten, die alle an mir hängen und versorgt werden wollen. Ich beklag mich ja nicht über dich, lieber Danni, das darfst du nicht glauben. Schließlich bist du es ja nicht, der sich hier alles unter den Nagel reißt.

– Aber du bist doch der *Besitzer*, sagte Danni …

– Ja, Gott sei Dank, dann fällt man zwischendurch wenigstens nicht völlig auf die Schnauze, sagte der alte Kaufmann.

Beim Essen mit der Familie begann wieder die übliche Leier, was man jetzt alles bezahlen müsse: Darlehen waren fällig, Lina brauchte Geld, Baddi brauchte Geld, Dolli fragte, ob die Kinder nicht endlich neue Kleidung für die Schule bekämen, und selbst die waren inzwischen alt genug, in den Chor einzustimmen. – Opa, gib mir was! Und Tommi schloss die Augen, unterschied keine Stimmen mehr, sondern nahm nur noch wahr, wie sie über ihn herfielen, dachte an das unausweichliche Ende der Mahlzeit, wo er wie immer die Brieftasche zücken und bezahlen würde, und das verletzte ihn am meisten. Seine verfluchte Schwäche, die verletzte ihn am meisten; dass er nie Herr im eigenen Hause sein konnte; das wäre was, fiel ihm ein, wenn er denen sagte, sie sollten mit der verdammten Knatscherei aufhören, sonst würde er das Haus verkaufen! Gerade hatte er sich ermannt und wollte das Wort ergreifen, da hörte er, wie die Familie darüber sprach, dass man jetzt unbedingt einen Fernseher kaufen müsste. Das griff er auf, reagierte unvermutet hart, und alle schraken zusammen, als er die Faust auf den Tisch schlug und mit hoher, unnatürlicher Stimme schrie:

– FERNSEHEN! Ist das jetzt die neueste verdammte Macke?!

Macke? Kaum konnte die Familie sich das Lächeln verkneifen. In den Haushalten dieser ehrwürdigen alten Nation ging eine Kulturrevolution vor sich, und der Alte nannte das eine Macke. Immerhin hatte die amerikanische Armee, Betreiber von TV-Stationen in allen fünf Kontinenten, auch eine auf dem Flughafen in Keflavik errichtet, mit Sendungen aus der

Heimat für die Truppen des Präsidenten. Dergleichen waren wahrhaftig keine geringen Neuigkeiten für ein Volk, das gerade erst wie halb blinde Maulwürfe aus seinen Erdlöchern hervorgekrochen war, ein Volk, das jahrhundertelang nichts Höheres als das geschriebene Wort gekannt hatte, am liebsten handgeschrieben auf Kalbshaut, beim Schein eines Talglichts oder hinter Fenstern, bespannt mit Tierhäuten. Und diese Fernsehsendungen blieben nicht innerhalb des Flughafenzauns, wie sonst die amerikanischen Wunder, für die man eine Zauberin wie Gogo brauchte, wenn man sie hinausschmuggeln wollte; nein, die Bilder trieben durch die Luft, nicht bloß über die Lavafelder und die Fischerdörfer im Umkreis, sondern den ganzen Weg bis in die Hauptstadt. Diese Strahlen. Mit Bildern …

Wo waren sie? Irgendwo in der Luft, meinten die Erwachsenen, überall, doch unsichtbar. Wie Gott … Außer dass man mit speziellen Apparaten diese Bilder einfangen konnte, sie aus der Luft fischen, sichtbar machen, und das war immerhin mehr, als man von Gott behaupten konnte. Aber warum sah man sie nicht?? – Weil die auf irgendwas landen müssen, verstehste nich, Blödmann!!!, sagte Gilli, sie führte die Geschwisterschar an und fand, Bruder Mundi wäre der reinste Waschlappen und ein richtiges Eselshirn. Natürlich veranstalteten sie alle möglichen Experimente, um die Bilder zu fangen, Mundi stand auf einer Kiste mit einer alten Autoantenne, und die anderen prüften, ob sie auf seinem Bauch oder in seinen Augen wenigstens einen Blick auf die Bilder erhaschen mochten … Die großen Jungs versuchten, selbst einen Fernseher zu bauen, aus einem alten Radio, zerbrochenem Glas und ein paar Birnen. Dagegen waren die erwachsenen Landsleute modern genug, um das Wesen dieser unglaublichen Strahlen zu verstehen, und vernünftig genug zu wissen, wie man sie aus der Luft fängt; unübersehbar auf den Gebäuden der Stadt, wo die Bewohner ihr Haus mit dem Orden des Schwarzen Falken gekrönt hatten: eine große Metallstange mit langem Schaft, am Schornstein oder am Balkongeländer befestigt. Denn das war die Angel, mit der man die Bilder aus der Luft fischte.

Die Stadtbewohner zogen den Hut vor diesen Häusern, die durch eine Fernsehausrüstung geadelt waren. Man munkelte, die Minister wären Vorreiter gewesen, viele andere folgten ihrem Beispiel, und immer mehr Gebäude stiegen im Wert, wenn die Antenne sich neben dem Schornstein erhob. Hatte nicht sogar die Domkirche eine auf dem Turm? Der Bankwohnblock hatte eine, der E-Werke-Block ebenfalls. Sogar zwei oder drei von den rostbraunen Baracken des Thulecamps erhoben sich zu neuer Würde, geschmückt mit der Antenne, die wie ein Zauberstab in Richtung auf die Militärbasis wies. Von mittags bis weit in die Nacht drang der bläulich flackernde Schein aus den Fenstern der Häuser.

Und Tomas, der Jarl vom Thulecamp, nannte das eine Macke. Etwas musste geschehen. Man versuchte, den Alten zur Vernunft zu bringen, doch der war die Widerspenstigkeit in Person. Saß steif und querköpfig da und wurde vor lauter Anstrengung so bleich, dass alle tödlich erschraken. Nachdem er mit zitternden Händen die Gabel hingeworfen hatte und aus der Küche verschwunden war, blieben die anderen sprachlos und geschlagen zurück.

– Glaubt ihr, er ist irgendwie krank?, fragte Dolli schließlich, und das schien allen ein schrecklicher Gedanke. Doch sie hatten keine Zeit, darüber nachzugrübeln; irgendein Weg musste sich finden lassen, einen Fernseher zu beschaffen. Dolli wollte ihn hauptsächlich wegen der Kinder; sie wollte nicht, dass sie in der Schule ausgelacht würden, weil sie kein amerikanisches Fernsehen gucken konnten wie die anderen normalen Kinder. Und sie leugnete absolut nicht, dass sie ab und zu auch gerne in Ruhe und Frieden bei sich zu Hause einen Film sehen, sich entspannen wollte. Lina wünschte sich den Fernseher inniglich, fand es das reinste Zaubergerät und hatte nicht vor, wie ein Museumsstück hinter der Gegenwart zurückzubleiben. Und außerdem dachte sie an ihren geliebten Baddi, der sogar Amerika kennengelernt hatte und hier zu Hause oft so rastlos war. Baddi kommentierte wenig, hatte alle Sendungen schon vor Ewigkeiten gesehen; *The Untouchables, Tombstone Territory, Ed Sullivan Show* und all das; sagte allerdings, in Amerika hätten nur *hillbillies, honkitonks* und *peasants* kein Fernsehen. Und obwohl Dolli und Lina die wenigsten von diesen Wörtern verstanden, wollten sie zu denen jedenfalls nicht gehören und beschlossen, eine Lösung zu finden, koste es, was es wolle. Sie brachten alles in Bewegung mit ihrem Geschrei und ihren Befehlen, und schließlich riefen sie Gogo in Amerika an, um ihren Rat einzuholen. Und Gogo wusste natürlich die Antwort auf dieses Problem wie auf viele andere: Bei ihr zu Hause gab es drei Fernsehgeräte, darunter eins im Gästezimmer, das nie benutzt wurde; und was das Beste war: Eigentlich gehörte das Gerät Baddi noch aus der Zeit, als er sie drüben besucht hatte. Er sollte einfach kommen und es holen.

Freude und Ausgelassenheit herrschten im Haus über diesen Ausweg, und Tommi konnte nichts dagegen einwenden. Und obwohl er wusste, dass er den Wechsel auszustellen hätte, mit dem Lina die Fahrt des Jungen nach Westen bezahlte, konnte er auch dagegen nichts sagen; es wäre ihm keinen Augenblick in den Sinn gekommen; er war kein Mensch, der einem Kind im Wege gestanden hätte, wenn es seine Mutter in einem fernen Lande besuchen wollte.

Und nachdem Baddi in die Vereinigten Staaten gefahren war, seine Mutter besuchen, änderte sich der gesamte Lebensrhythmus im Alten Haus. Alles ging schläfriger, gemächlicher vor sich; besonders an Wochenenden, wenn jeder schlafen konnte, so lange er wollte, daliegen und druseln und die Zehen strecken und an alltäglichere Dinge denken als daran, wie man inmitten einer Orgie besoffener Schlägertypen überleben könne. Obgleich Baddi nicht weit weg war, zumindest als beliebtestes Gesprächsthema während jener Wochen: Wie gut es doch war, dass bei ihm alle Zeichen auf eine baldige Beruhigung hindeuteten! Solche Gemüter wie er wären oftmals empfindsam und bräuchten lange, sich zu finden, aber nun wäre das alles im Kommen. Eigentlich müsste er jetzt bloß noch irgendeine Ausbildung anfangen, Pfarrer oder Sänger werden, Großhändler, Pilot oder Minister ... Lina und Dolli lenkten diesen Gedankenaustausch, schließlich waren sie Vordenker und Wortführer bei jedem Gespräch im Hause, wenigstens solange Baddi in der Ferne weilte. Sporadisch ergriff Tommi das Wort, brabbelte zum Beispiel, er könne nun wahrhaftig nicht sehen, dass Baddi ruhiger würde, dass es irgendeinen Fortschritt gäbe, obwohl sie die letzten vier, fünf Jahre ununterbrochen darüber geredet hätten, seit er das letzte Mal aus Amerika heimgekommen war. Doch Tommi vertiefte sich nicht weiter ins Thema, bereute sogar wie üblich, dass er überhaupt was gesagt hatte, zumal Lina äußerte, da fehlten ihr doch einfach die Worte bei so einer ungeheuren Verleumdung ihres Jungen; trotzdem hatte sie die nächsten beiden Tage nicht die geringsten Probleme, sich ausführlich darüber zu verbreiten. Dann tauchte ein neues, obschon verwandtes Gesprächsthema auf: Sigurjon, genannt der Taube Grjoni. Er schien ein besonderes Talent zu haben, in den Zeitungen zu erscheinen, wenn Baddi fort war:

Dreimal ausgebrochen
Bank in Keflavik überfallen

Am vergangenen Wochenende stellte der berüchtigte Kriminelle Sigurjon Traustason die Polizei vor ernsthafte Schwierigkeiten. Vor drei Wochen hatte man ihn verhaften können; er wurde ins Gefängnis Litla-Hraun überstellt, um dort eine Strafe von 16 Monaten abzusitzen wegen Raub und Körperverletzung. Freitagabend gelang ihm, zusammen mit zwei weiteren Gefangenen, der Ausbruch. Sigurjon und seine Komplizen hatten den Feueralarm des Gefängnisses ausgelöst, da das Gebäude in diesen Fällen umgehend geräumt wird. Wenig später traf die Feuerwehr von Selfoss ein; zu diesem Zeitpunkt hatten die drei bereits die Wächter überwältigt, gefesselt und ihnen die Schlüssel und Uniformen abgenommen. Bei Ankunft der Feuerwehr stellten sie sich als Gefängniswärter vor, stahlen den Wagen des Direktors und fuhren fort. Der Wagen fand sich am nächsten Tag in einem Rübenfeld am Gaulverjahof bei Ragnheidarstetten. Dort vermisst man einen Jeep, in dem sie wahrscheinlich die Flucht fortsetzten. Am Samstagabend kam es auf einem Ball in Hella, Rangárvellir, zu tätlichen Auseinandersetzungen, als einige Teilnehmer in eine Schlägerei mit drei Fremden gerieten, die des Taschendiebstahls auf dem Fest beschuldigt wurden. Die Polizei nahm die drei fest und brachte sie zum Verhör auf das örtliche Polizeirevier, wo sich herausstellte, dass es sich um die drei entflohenen Sträflinge handelte. Nach den vorliegenden Informationen verhörte man zunächst Sigurjon, jedoch ohne Resultat, denn wie allgemein bekannt, stellt er sich in solchen Fällen taub. Während des Verhörs der beiden anderen gelang es Sigurjon zu entkommen. Nach Aussage der Verantwortlichen war er in eine verschlossene, fensterlose Zelle gebracht worden, aus der er jedoch verschwunden war, wie man bei einem Kontrollgang ca. eine

Stunde später entdeckte, ohne dass ein Zeichen des Ausbruchs zu erkennen gewesen wäre. In der Nacht zum Montag wurde in der Zweigstelle Keflavik der Landesbank ein Einbruch verübt und eine große Summe gestohlen. Dies war ebenfalls Sigurjons Werk, zusammen mit einem amerikanischen Soldaten von der Basis in Keflavik. Sie waren durch ein Fenster in das Gebäude eingedrungen und hatten offenbar Dynamit eingesetzt, um den Tresor zu sprengen. Von den nächstliegenden Häusern aus, wo man die Explosion gehört hatte, wurde die Polizei alarmiert. Bei ihrem Eintreffen war Sigurjon bereits verschwunden, wogegen der Soldat, unter Alkoholeinfluss stehend, mit einem kleinen Teil der Beute in der Bank zurückblieb, da ihm dort schlecht geworden war. Trotzdem konnte er der Polizei einen Hinweis auf den möglichen Aufenthaltsort seines Komplizen geben, einen Keller der Salzfischfabrik unten am Hafen. Die Polizei rechnete damit, Sigurjon dort stellen zu können, wurde jedoch von ihm entdeckt. Er entkam nach einem Handgemenge, bei dem ein Beamter einen Kieferbruch und ein zweiter kleinere Verletzungen erlitt. Bisher gibt es weder einen Hinweis auf den Verbleib der Beute noch Erkenntnisse über den Aufenthalt Sigurjons. Zuletzt trug er blaue Jeans und eine schwarze Lederjacke. Er ist dreiundzwanzig Jahre alt, 188 cm groß und rothaarig (siehe nebenstehendes Foto). Vermutlich ist er bewaffnet, er gilt als gefährlich. Wer sachdienliche Hinweise über seinen Verbleib geben kann, wird gebeten, sich an die nächste Polizeidienststelle zu wenden.

Nachdem die Polizei das Haus von oben bis unten durchsucht hatte, klopfte man an Grjonis Alkoven und sagte, sie wären weg. Zuerst waren aus heiterem Himmel zwei Polizeibeamte erschienen und hatten gefragt, ob sie sich mal umschauen dürften, worauf Lina jedoch aus der Haut fuhr und sie hinauswarf, Flüche und Verwünschungen ausstoßend, drohte, sie würde die beiden bei Gott und Inspektor Gudlaug und der Regierung und dem Teufel anzeigen; bei dem Radau versammelten sich die Bewohner des Viertels vor dem Haus und unterstützten Lina nach Kräften, die Kinder ließen die Luft aus den Reifen des Polizeifahrzeugs und beschmierten es mit Schlamm, und die beiden jungen Polizisten verzogen sich, offenbar zu Tode erschrocken, zu ihrem Sprechfunkgerät im Wagen. Wenig später traf mit heulender Sirene und Blaulicht Verstärkung im Camp ein, woraufhin sich die Bewohner des Viertels zurückzogen. Sogar Lina fuhr zusammen, als der hochgewachsene, stämmige Polizeioffizier den Durchsuchungsbefehl schwenkte und seine Leute, ohne um Erlaubnis zu bitten, ins Alte Haus scheuchte. Sie suchten überall, mit Taschenlampen und Leuchten, unter den Betten, hinter den Gardinen und in allen Schränken, außer in dem einen, der von der Natur so wunderbar versteckt worden war, dass man ihn überhaupt erst lange nach dem Einzug ins Haus gefunden hatte. Schließlich musste der Polizeioffizier aufgeben, sah reichlich unzufrieden aus, bat nicht einmal um Entschuldigung wegen des Durcheinanders und der Ungelegenheiten, sondern zog Tommi zu einem Gespräch unter vier Augen ins Telefonzimmer und erklärte ihm sowohl seine Pflichten als gesetzestreuer Bürger als auch die Strafen, die man wegen MITWISSERSCHAFT zu erwarten hätte. Tommi ließ kein Zeichen von Unsicherheit erkennen, stand aufrecht und begegnete unbefangen dem scharfen Blick des Polizeihauptmanns; in solchen Augenblicken behielt er die Nerven, obgleich er schon die ganzen letzten Wochen abgespannt und nervös gewesen war.

Die Polizei verschwand so schnell, wie sie gekommen war; sagten nicht einmal auf Wiedersehn, die verdammten Trottel. Man wartete eine Weile, schickte die Kinder durchs Viertel, um auszukundschaften, ob noch jemand auf der Lauer lag, und klopfte alsdann ein verabredetes Signal an Grjonis Alkoven. Der Gangster erschien, steifnackig und argwöhnisch, und warf sich beim alten Paar kurz aufs Bett, um die Müdigkeit aus den Knochen zu vertreiben.

Er lag, die Hände unter dem Nacken verschränkt und die gestiefelten Füße auf dem Fußende, umringt von der neugierigen, erwartungsvollen Familie. Der Held rauchte Kette und sprach wenig, während sie bloß auf ihn stierten.

Am meisten wunderte sie vielleicht, wie er es anstellte, immer noch hässlicher zu werden. Die durchsichtige Haut, durchzogen von geplatzten Äderchen, sah aus, als hielte sie über der Nase kaum noch zusammen. Es war, als wollte der Schädel sich aus dem Gesicht herauspressen, und der verkniffene Mund fiel ein. Wenn er mal lächelte, sah man die einzelnen Zähne wie geteerte, gestrandete Ruderboote in den blauen Kiefern stecken. Die Arme überlang, sehnig und kräftig. Riesige, schwielige Pranken.

– Hast du deine Mutter schon gesehen?, fragte Lina; Grjonis Antwort fiel jedoch so schnell, bestimmt und ablehnend aus, dass man das Thema nicht weiter berührte. Er drückte die Zigarette aus und richtete sich halb auf.

– Ich muss los.

– In meinem Hause bist du immer willkommen; bleib, solange du willst.

– *Thank you,* danke schön, Lina, aber die wissen, dass ich hier bin.

– Wie schaffst du es bloß, überall abzuhauen?, fragte Dolli.

– Mal so, mal so.

– Wie da im Ostland, ohne Fenster, hinter Gittern und trotzdem keine Spuren am Schloss.

Jetzt lächelte Grjoni, dass man alle seine Zähne sah, eine ganze Flotte von Ruderbooten.

– Diese Kartoffelbauern haben einfach vergessen abzuschließen.

– Aber eine Bank überfallen, mein lieber Grjoni, ist das nicht ein bisschen übertrieben?, forschte Tommi.

Blitzschnell setzte Grjoni sich auf und fragte barsch:

– Glaubst du etwa, ich wäre bloß ein elender Taschendieb?

– Was soll das, Mensch, sagte Tommi und grinste schief. – Spiel dich hier nicht so auf, verdammt noch mal …

– Nee, *sorry* … entschuldige Tommi, *old guy* …

Der Gesuchte verließ das Haus erst am frühen Morgen, nachdem er fast einen ganzen Topf achtzehnkarätige Fleischsuppe verschlungen hatte, die Lina extra für ihn kochte. Er ließ kein Anzeichen von Angst oder Unruhe erkennen, dieser gejagte Mensch; aß friedlich und gedankenversunken. Fragte nach Neuigkeiten von Baddi, und wie Tommis Laden lief. Ging dann an die Haustür und schaute hinaus. Zog sich die Windjacke an und öffnete, nahm sich aber trotzdem die Zeit, um das alte Paar schnell zum Abschied zu umarmen; den Bruchteil einer Sekunde wurde er weich, dieser Eisenfresser, bevor er sich hinaus in die Dunkelheit warf und ohne rechts oder links zu schauen verschwand. Nicht einmal zu Thorgunns Baracke sah er hinüber, seiner Mutter Heim; vielleicht fürchtete er dort einen Hinterhalt von der Polizei, vielleicht spielte auch mit, dass er keinen Fuß mehr in das Haus seiner Mutter gesetzt hatte, seit sein Großvater und Namensgeber dort eingezogen war …

Ja, letztlich war er doch gekommen, der alte Mann, der seine verwitwete Tochter mit ihren Kindern in der Militärbaracke verleugnet hatte, gekommen nach langen Stunden der Qualen und der Reue, doch der Taube Grjoni verzieh nichts und hatte das Seine versucht, den Alten auszusperren, draußen im Schnee zu lassen, aber da das misslungen war, hatte Grjoni sich vielleicht gedacht, die Baracke wäre zu klein für sie beide. Na, und dann war seine Mutter Thorgunn in letzter Zeit so verwirrt und wunderlich, wie er mit Bestimmtheit wusste.

Das arme Weibsbild.

Die ganzen Jahre über hatte sie sich einigermaßen vernünftig gehalten, trotz allem, was sie im Leben durchgemacht hatte. Nach dem Selbstmord des kleinen Diddi hatte sie Phasen von Trunksucht und Depression, ging jedoch zwischendurch immer noch arbeiten und sorgte für sich. Mitunter schien es, als wäre sie hart und kalt und gefühllos geworden, zum Befremden aller, wie seinerzeit, als Grjoni im Siglufjord unter Mordanklage stand und das ganze Camp außer sich war; da blieb Thorgunn völlig gelassen. Schlenderte mit glasigen Augen schweigsam durchs Viertel. Erst als der alte Sigurjon sich nach sechzehnjähriger Trennung bei der Tochter niederließ, geriet sie außer Fasson.

Buchstäblich geriet damals alles in dieser Baracke außer Fasson. Im ganzen Camp wurden die alten Weiber schwindlig vor lauter Kopfschütteln. Waren sprachlos. Da kam doch der alte Mann in seinen Galoschen aus dem Altersheim geschlurft, mit einer Nadel im Schlips und dem Gesichtsausdruck eines Mannes, der es besser wusste, so als ob die ganze Zeit nicht das geringste passiert wäre. Und drinnen in der Baracke ging alles drunter und drüber; das Chaos hätte nicht größer sein können, wäre Hreggvid mit dem gesamten Leichtathletikverband erschienen und hätte die Bude auf den Kopf gestellt. An jenem Tag, als der alte Sigurjon kam, waren zum Beispiel Harpa und Vala, die beiden Gören von Thorgunn, die immer in der Baracke gelebt hatten, verschwunden; statt der Mädchen waren dort zwei erwachsene Frauen erschienen, die alle verblüfften mit ihrem forschen Blick und ihrer verständigen Redeweise. Schicke und große Personen. Jaja, die

Vala war achtzehn und ging natürlich schon längst nicht mehr zur Schule, obwohl das keiner gemerkt hatte; jetzt hatte sie einen Lehrvertrag beim Friseur und lernte in der Berufsschule Haare schneiden. Und die Jüngere arbeitete auf dem Spielplatz und wollte Grundschullehrerin werden, als wäre es völlig natürlich, dass sie eine akademische Laufbahn einschlug.

Allerdings nützte es wenig, dass sie erwachsen wurden, weil Thorgunn in eine Art Kinderstadium zurückfiel. Dass sie mit der Sauferei aufhörte, als der Alte zu ihr zog, war ja nur gut. Schlimmer war jedoch, dass sie an sonnigen Tagen draußen auf dem Hof »Himmel und Hölle« hickelte, sogar mit einer Schleife im Haar. Eine nette Wirtschaft! Faselte sogar etwas von einer Fahrt zum Tivoli, und Lina, die sich bei solchem Gerede einen Meter unter die Erde wünschte, beschloss, jetzt wäre es langsam Zeit, die jungen Frauen Vala und Harpa aus diesem Irrenhaus zu retten; infolgedessen wohnten die beiden eine Zeit lang im Telefonzimmer des Alten Hauses und verliebten sich in die Brüder; die Jüngere haspelte mit Baddi herum, brachte ihm ab und zu gegen Mittag das Frühstück ans Bett und blieb dort bis zum Abend; Vala und Danni dagegen durchlebten himmelhochjauchzend zu Tode betrübte Wochen, verbrachten lange schlaflose Nächte jeder auf seinem Sofa in seiner Ecke des Hauses; es war die wahre Liebe, brennend heiß und unglücklich, stumm, ohne Berührung, und selbst als die Schwestern das Haus verließen, hatten die beiden nicht Mut genug, sich die Hände zu reichen.

Man hätte wohl auch kaum annehmen können, dass Grjoni auf der Flucht vor der Obrigkeit irgendein Anliegen in die Baracke seiner Mutter hätte führen können; er verschwand einsam und kalt ins nächtliche Dunkel, ins Ungewisse; eine Ungewissheit, die Tommi sich in Gedanken auszumalen versuchte. Er sah Grjoni vor sich als Geächteten in der Einöde, mit Fell und Ochsenhaut bekleidet, in der Höhle des Feuerriesen, wo er jetzt lebte; vielleicht hätte Sigurjon Traustason besser daran getan, als Gespenstertöter auf den Heidegehöften herumzuwandern, auf dem Felsen zu stehen und allein gegen den Suchtrupp aus dem Bezirk zu kämpfen, und dann hinüberzuschwimmen zur Dranginsel, zusammen mit einem Sklaven, um den Pass zu verteidigen … Vielleicht wäre es gescheit gewesen, wenn er etwas von dieser Art getan hätte, anstatt sich in der Kneipe »Zur Sonne« am nächsten Abend festnehmen zu lassen, so betrunken, dass die Polizisten ihm nicht einmal Handschellen anlegen mussten auf dem Weg ins Gefängnis.

Die Beute aus dem Einbruch in Keflavik blieb verschwunden, trotz gründlicher Suche, unter anderem im Thulecamp. Grjoni nach dem Diebesgut zu fragen hatte nicht den geringsten Sinn, er war und blieb bei allen Verhören taub. Irgendwie verbreitete sich das Gerücht, dass er in jener Nacht im Alten Haus gewesen war, und die Bewohner des Viertels zeigten ein reges Interesse, kamen unter einem Vorwand zu Lina und Tommi und versuchten, ihnen Informationen aus der Nase zu ziehen, wo das ganze schöne Geld hingekommen wäre.

Und da es um Geld ging, dauerte es nicht lange, bis Fia und Toti aus dem E-Werke-Block ihre Verwandten im Alten Haus besuchen kamen. Krumm vor Erschöpfung, wie gewöhnlich: – Jessesmaria!, war das Erste, was man Fia stöhnen hörte, als sie in die Diele trat. Anscheinend waren diese beiden, Mutter und Sohn, bei ihr zur fixen Idee geworden. – Jessesmaria! Der Baddi wieder in Amerika. Wie schafft ihr das nur, dem Jungen eine solche Reise zu bezahlen? Prompt brachte sie Lina und Tommi in Rage, denn sie redete immer, als wären die beiden steinreich, wohingegen sie selbst am Hungertuche nage; tatsächlich ging Fia in eine Art Hungertuch gekleidet, und Toti ebenfalls, und doch wussten alle, dass das Ehepaar zu den reichsten Leuten der Stadt gehörte. Tommi fiel sogar ein, als sie dort in der Stube saßen, dass sein Spruch mit dem Geld, das sich nicht von allein vermehrt, töricht gewesen war; bei Fia und Toti schien es das nämlich zu tun. Inzwischen hatte Gosi, Fias Bruder, eine Firma in Keflavik gegründet. In Zusammenarbeit mit einer Bäckerei stellte er »Puddingtorten« her, die schnell populär wurden und tiefgefroren an Lebensmittelgeschäfte und Restaurants geliefert wurden. Nun brauche die Hausfrau sich keine Sorgen mehr um Kuchen zu machen, wenn unerwarteter Besuch komme, hieß es in der Werbung. Überdies hatte Toti angefangen, seine Einkünfte mit Pferdezucht aufzubessern; keine guten Reitpferde für eigene sonntägliche Reittouren, wie sie unter den reichen Männern der Stadt jetzt so beliebt waren, nein, seine Pferde wurden verliehen, verkauft oder gegessen, je nach Bedarf. Die Pferde standen nicht weit vor der Stadt am Vatnsleysustrand, auf dem Hof eines Bauern, der ihn Toti gewiss zur Deckung von Schulden überlassen hatte. Absicht war natürlich gewesen, den Kotten sofort mit Gewinn an den Meistbietenden weiterzuverkaufen, doch irgendwie hatten sie herausgefunden, dass man mit einem Pächter und Knechten dort eine einträgliche Pferdezucht aufziehen konnte, ohne dass die Familie selbst Zeit daran verschwenden musste.

Das Vorhandensein dieser beiden Unternehmen drückte der familiären Speisekarte sein Zeichen auf. Sie kauften eine riesige Tiefkühltruhe, die größte in der Stadt, wie man sagte, und die machte sich bald bezahlt. Wenn ein Gaul sich das Bein brach oder erkrankte, wurde er erschossen, gehäutet, in Stücke geschnitten und in die Truhe gepackt. Das gleiche galt für Schafe und Hühner, die der Hof abwarf, als Nebenprodukt der Pferdezucht. Obendrein hatte Fia eine spezielle Vereinbarung mit der Puddingtortenfabrik von Gosi; immer gab es irgendwelchen Produktionsabfall, wie in solchen Firmen üblich, Torten fielen auf den Boden, oder die Böden brachen heraus; solchen Abfall hob Gosi auf, und was er davon nicht selbst verbrauchte, bekam Fia als Gegenleistung für ein verendetes Huhn oder ein Schulterstück vom Pferd.

Die Familie hatte sich ein Auto zugelegt, einen beschädigten Skoda, der beim Transport auf die Insel Meerwasser und Schrammen abbekommen hatte und daher billig zu haben gewesen war. Der Wagen wurde alle vier Wochen ein einziges Mal bewegt, jeden vierten Sonntag unternahm die Familie eine Tour südlich an der Küste entlang. Zuerst fuhr man auf den Pferdehof und holte Fleisch, dann zur Tortenfabrik von Gosi wegen der Kuchenreste, verpackt in zwei Liter fassende Papiertüten, und transportierte das Ganze nach Hause in die Kühltruhe. Diese immer gleichbleibende Tour umfasste genau 108 Kilometer. Das machte 1404 Kilometer im Jahr. Das Auto hatten sie seinerzeit neu gekauft, und nachdem sie es sieben Jahre gefahren hatten, stand der Kilometerzähler auf 9828.

Der Skoda, ein Ballonmodell ohne elegante Linien oder verchromte Leisten, wurde hervorragend gepflegt; mindestens einmal pro Woche schob die Familie ihn in die Garage, um ihn zu putzen und zu polieren. Nicht etwa aus Eitelkeit, Fia hatte bloß kalkuliert, dass er auf diese Weise länger halten würde. Zum Glück ging der Skoda nicht kaputt, denn Reparaturen sind teuer, doch einmal, als sie ihn knapp fünf Jahre hatten, platzte der eine Vorderreifen. Fia weinte und stöhnte und bekreuzigte sich und sprach von Betrug und Warenschwindel und stieß Drohungen gegen den Händler aus, der ihnen das Auto verkauft hatte.

Jeden vierten Sonntag, wenn der Wagen aus der Garage kam, folgten ihm die Kinder aus dem Thulecamp mit Lachen und Hurrarufen und Gejohle auf den Hof …

Doch obwohl die Kühltruhe jetzt immer mit preiswertem Essen gefüllt war, durfte man damit nicht verschwenderisch umgehen. Sogar braun angelaufenes und zähes Pferdefleisch wurde, geschnitten und gehackt, Toti und den Söhnen vorgesetzt. Nur bei festlichen Gelegenheiten oder wenn ein Gast erschien, kamen die Puddingtorten aus der Truhe; unverpackt lagen sie wie Schneebälle zwischen den Fleischstücken, die Klumpen wurden mit dem Beil entzweigehauen und den Gästen aufgetischt. Bloß die artigsten und höflichsten brachten es fertig, diese Leckerbissen ohne Würgen oder verzerrte Mienen in sich hineinzuzwingen; in der Regel schmeckte die Delikatesse aus der Tiefkühltruhe nach Blut, vermischt mit Wolle und Pferdehaaren. Toti und seine Söhne waren allerdings ganz verrückt danach. – Gierig, wie sie sind, sagte Fia, – fressen sie alles! Und sie schlugen sich um jeden blutigen Schneeball, der da aus der Truhe kam. So groß war ihre Gier, dass die Alte ein schweres Schloss vor die Truhe hängte, damit die Köstlichkeiten unangetastet blieben.

Kaffee wurde nicht oft gekocht in diesem Haushalt, doch wenn bei solchen Gelegenheiten jemand seine Tasse nicht leer trank, schüttete man den Rest wieder in die Kanne zurück, unabhängig davon, ob der Betreffende Milch oder Zucker gebraucht hatte. Kalt wurde dieses graue Spülicht aufbewahrt bis zum nächsten Besuch.

Und hier saßen sie nun, gebeugt von der Last des Daseins, in der Stube von Lina und Tommi, und versuchten ihnen zu entlocken, ob das ganze Geld aus der Landesbank in Keflavik im Alten Haus zurückgeblieben war. – Jessesmaria! Das hat schon was gekostet, euer neues Sofa, säuselte Fia, und das alte Paar leugnete durchaus nicht; war sich einig, nichts über den Preis verlauten zu lassen, obwohl es sich bloß um einen altersschwachen Diwan handelte, den Grettir vor kurzem mit einem alten Bettüberwurf neu gepolstert hatte. Und Fia erregte sich immer mehr darüber, wie vorsichtig und geheimnisvoll Tommi und Lina taten, sprach ungeschminkt von der Unverfrorenheit dieses Verbrechers, der überall raubte und sogar ehrenhaften Leuten das Kleingeld wegnahm, das sie aufs Sparbuch gelegt hatten, doch Lina widersprach ihr in jedem Punkt. Sie hatte kein Mitleid mit solchen Zöllnern und Pharisäern, die ihre Pfennige auf der Bank zusammenscharrten, tsa tsa tsa! Sie regte sich in keiner Weise auf, hatte das gar nicht nötig, während Fia und Toti bereits blau anliefen vor Wut über die Dreistigkeit und den Undank der Leute heutzutage. Keine Lust, sich anzustrengen, Müßiggang und Faulenzerei an der Tagesordnung, nie mit den Händen aus den Taschen gekommen, obwohl schon bald volljährig. Menschen, die nur herumlungern und alles von anderen fordern, Geld für allen möglichen Luxus, von dem normale Leute nicht einmal zu träumen wagen, sogar Reisen ins Ausland …

– Unsere Söhne sind unter den gleichen Bedingungen aufgewachsen wie wir selbst; die haben als Kinder schon angefangen zu arbeiten, Zeitungen austragen, Laufbursche für den Fischladen machen … und das ist ihnen wahrhaftig gut bekommen, immerhin verschleudern *die* ihr Geld nicht für unnützes Zeug, sondern halten es zusammen und *sparen!*

Hahaha, solch einen Blödsinn hatte Lina ja noch nie gehört, leben sollten die jungen Leute und sich amüsieren, solange Zeit dazu war, Tommi und sie hatten nicht die Absicht, die Kinder das gleiche durchmachen zu lassen, was sie in ihrer Kindheit erlebt hatten; und Geld sparen! haha!, was ist denn so vernünftig daran, seine Talente in der Erde zu vergraben?

Verbrauchen musste man das Geld, solange man lebte. Weiter kam die Wahrsagerin nicht, da Fia regelrecht ausrastete bei solcher Blasphemie. Sie spuckte Gift und Galle vor Wut, und Tommi musste sich aufs Klo verdrücken, um zu lachen. Er kühlte sich das Gesicht mit Wasser, kehrte jedoch schnell wieder in die Stube zurück, so großen Spaß hatte er daran, wenn Lina Toti und Fia zur Verzweiflung trieb.

Diesmal war es ein eher kurzes Vergnügen, vielleicht sprang Lina allzu hart mit ihnen um, indem sie allem widersprach, woran dieses geplagte Ehepaar glaubte: Sie redeten über Dirnen, die gleich haufenweise uneheliche Kinder bekamen, bloß um dem Steuerzahler Alimente und Kindergeld aus der Tasche zu ziehen, über arbeitsscheue Arme, die sich von den Behörden und dem Sozialamt Geld erschleichen. Lina antwortete weiterhin mit ungeniertem Lachen; was denn wohl näher läge, bedürftige Mütter finanziell zu unterstützen, oder es dem reichen Pack zuzuschustern …

Am Ende blieb Fia vor lauter Wut die Luft weg, und Tommi musste Toti helfen, sie heim in den E-Werke-Block zu geleiten.

Im Übrigen trat während der sechs Wochen, als Baddi weg war, ein höchst denkwürdiges Ereignis ein: Hreggvid, der Kugelstoßer, brach sich beide Beine, als er im Suff der Mannschaft eines Trawlers, der im Hafen lag, seine Kraft zeigen wollte, indem er ein tausend Kilo schweres Eisenstück umkippen wollte, das dann auf ihn fiel. Der alte Kämpe war fürchterlich zugerichtet. Lag da, verbunden und geschient, auf seinem Lager in der Baracke, mit der Bettpfanne unter dem Hintern. Und wimmerte vor Langeweile und Schmerzen und Schnapsmangel, bettelte den lieben langen Tag um Mitleid und Hilfe, heulte wie ein verwundeter Bär, so dass die Fenster des Viertels in den Rahmen zitterten, wenn es am schlimmsten war. Immer wieder schlüpften Leute zu ihm herein und wollten wissen, ob sie etwas für ihn tun könnten, doch von Hreggvid kam ständig die alte Leier: Er würde sein Leben hergeben für eine Flasche Schnaps, bevor er in dieser Hölle zu Grunde gehen müsse. Aber Greta, seine kleine Frau, und seine Tochter Susanna hatten die Macht im Hause an sich gerissen und belegten alles, was stärker war als Malzbier, mit einem absoluten Verdikt. Keiner wagte, ihr Gebot zu übertreten, außer Baddi. Seit seiner Rückkehr von der Amerikareise hatte er die Familie noch nicht besucht, doch als er den Hilferuf aus der Baracke des Kugelstoßers vernahm und hörte, was da vorging, zögerte er keine Sekunde und sauste mit einem ganzen Liter zollfreiem Genever hinüber. – *Be my guest, big man.*

Und die beiden Frauen in der Baracke konnten nichts sagen, brachten kein Wort heraus, denn schließlich handelte es sich hier um keinen gewöhnlichen Menschen, sondern um den Gesandten des Thulecamps in den Staaten, Bjarni Heinrich Kreutzhage höchstselbst, in all seiner Macht und Herrlichkeit.

Für die Bewohner des Viertels war es immer ein großes Ereignis, wenn Baddi aus dem Westen zurückkam, braungebrannt und frisch, flott gekleidet, mit Geschenken und Waren beladen. Diesmal jedoch war es der Fernseher, der alles andere überstrahlte. Obwohl nicht das erste Fernsehgerät im Thulecamp, handelte es sich bei diesem aus einleuchtenden Gründen um das bei weitem bemerkenswerteste: geradewegs aus Amerika importiert, der eigene Fernseher des Alten Hauses.

Das Haus füllte sich mit Nachbarn, die den Schatz bestaunen wollten. Baddi stellte das Wunderwerk drinnen in der Stube auf, doch als er es zum ersten Mal einschalten wollte, stellte sich heraus, dass der Stecker nicht passte. Die Temperatur im Zimmer stieg parallel zu dem Raunen der Enttäuschung. Aber Baddi befahl allen, die Ruhe zu bewahren, man würde die Sache schon richten, und nach endloser Zeit und viel Mühen und Suchaktionen nach einem passenden Schraubenzieher gelang es endlich, den Lampenstecker an das Fernsehkabel zu montieren. Und nun, meine Damen und Herren, legte Baddi den Finger an den Knopf und schaltete ein. Mit angehaltenem Atem und heftigem Herzklopfen wurde die gerammelt volle Stube Zeuge, wie das Gerät mit lautem Krachen und einer blendenden Explosion alle Sicherungen im Hause sprengte. Schreckensrufe durchdrangen die Finsternis. Sowohl Saeunn, die Katzennärrin, als auch Fia erlitten einen Schock, und bei ihrem Schreien und Lachen drehten die Kinder durch. Jemand brüllte nach einer Kerze, woraufhin die Wahrsagerin rasend wurde, da sie Kerzen für Werkzeuge des Teufels hielt, und sie begann, alle Besucher aus dem Haus zu scheuchen. Zu guter Letzt erschien Danni mit einer starken Taschenlampe, und als Tommi schnell aus dem Laden neue Sicherungen besorgt hatte, war das Schlimmste vorbei. Der Fernseher blieb in der Stube zurück, ein trauriges Denkmal enttäuschter Hoffnungen. Wie der Stein auf dem Grab eines Kindes. Dort stand er, nutzlos und tot, ein enormes Möbelstück: der Kasten aus dunklem Holz, noch raumfüllender als das grüne Auge, das gewölbt und ausdruckslos durch das Glas stierte, welches die ganze Vorderseite des Apparates einnahm. Ein solches Kleinod konnte man nicht einfach abschreiben; in der Werkstatt des Radiomechanikers, dem man das Möbel übergab, meinte man, mit neuen Röhren als Ersatz für die zerplatzten, einem Transformator und einem Haufen Geld könne man das Gerät wieder in Gang bringen.

Das Fernsehprogramm als solider Zeitvertreib für die ganze Familie ließ also weiterhin auf sich warten; dieses Fernsehprogramm, das den Kindern das schädliche Herumlungern am Kiosk abgewöhnen sollte, den Alten, Lahmen und Gebrechlichen die Langeweile verkürzen, den Schmerz der Witwen und Waisen lindern sollte. Vorerst ging im Alten Haus alles noch seinen gewohnten Gang, wie auch draußen im Viertel; bei gutem Wetter hängten sich die Kinder hinten an den Bus, kämpften einzelne Gefechte zwischen den Stadtvierteln aus, gingen ihre kriminellen Wege, mitunter sogar bei Rot; beschäftigten sich mit Boxen, Räuber-und-Gendarm-Spielen, Nachlaufen, Herumhängen am Kiosk und mit Fußball. Dann und wann brachen Epidemien aus: zuerst die Beatles-Epidemie, danach die Pornohefte-Epidemie; eine Zeit lang hatten alle Jungen im Viertel nichts anderes im Sinn als Mopeds, dann wieder war bei allen Kindern Eislaufen die große Mode, abgesehen vom ein oder anderen *lonesome one.*

Ein solcher Einzelgänger war der kleine Bobo. Nicht etwa, weil er sich absichtlich von den anderen Kindern fernhielt, ganz im Gegenteil, es war bloß meistens so, dass die Gruppe schließlich Nachlaufen oder Fußball spielte, und damit war Bobo außen vor, wegen seinem Holzfuß.

Also musste er sich selbst was ausdenken. Hin und wieder trottete er hoch zum Alkoven seines Onkels Danni, wo er zwar selbstverständlich immer herzlich willkommen war, wo es ihm jedoch nicht unbedingt immer Spaß machte, Danni auf der Pelle zu hängen, wenn dieser sich bis zum Hals in Büchern und Schreibzeug vergraben hatte; außerdem war der in letzter Zeit so wenig zu Hause, verschwand ewig lange und ging geheimnisvollen Geschäften nach, und falls er überhaupt mit dem Jungen redete, drehte sich das Gespräch meist um Flugzeuge. Und das wiederum fand der Kleine weder neu noch aufregend, denn in Dannis Geschichten flog er ohnehin immerzu …

Infolgedessen trieb sich Bobo häufig mit einem anderen Einzelgänger herum, seinem Großcousin Manni Thorgnyrsson, dem jüngsten Spross der Dynastie von Fia und Toti. Manni war irgendwie von der Art, dass es den Müttern gegen den Strich ging, wenn ihre Kinder mit ihm zusammen waren. Obwohl ihre Sorge in der Regel unbegründet war, denn meistens strolchte er allein umher; den anderen Kindern war er nicht geheuer. Manchmal war er ein rechter Halunke, redete furchtbar ordinär, auf ganz eigenartige Weise; außerdem sah er merkwürdig aus, das Gesicht kantig, der Haarschopf zerrauft, groß die Greisenbrille. Manni rauchte schon, da war er noch keine zehn, sammelte Kippen aus Aschenbechern und Mülleimern und kaufte sich von jedem Pfennig, den er in die Finger kriegte, billige Zigarren.

Manni war ganz wild darauf, Hütten zu bauen, und daher kam er am ehesten mit in die Kindergruppe, wenn Hüttenbau auf dem Programm stand. Bei dieser Gelegenheit entwickelte er so viel Fantasie, dass die anderen einfach streikten und ihm nicht mehr folgen konnten. Wahrhaftig, da entstanden keine gewöhnlichen Hütten, sondern eher Burgen über drei Stockwerke, in denen Manni alleine hauste, denn den anderen Kindern wurde es langweilig oder sie flohen, wenn er im untersten Stock ein Gefängnis mit Folterkammer eingerichtet hatte, mit Fesseln und Ketten aus Eisen. Den Lehrern in der Schule bereitete Manni eine Menge Kopfschmerzen; – der Lausejunge könnte lernen, wenn er nur wollte!, meinten seine Lehrmeister, die ihn jede dritte Stunde wegen Sachbeschädigung oder Unruhestiftung aus dem Unterricht weisen mussten.

Manni war ständig in Aktion, in Bewegung, allein, und immer gleich gekleidet; Winter, Sommer, Frühling und Herbst trug er denselben engen, roten Pullover als oberstes Kleidungsstück. Der reinste Wunderpullover, denn weder schien er im Laufe der Jahre nennenswert zu verschleißen, noch brauchte er jemals gewaschen zu werden; es war ein Pullover von der Stange aus irgendeinem ausländischen Zeug, vielleicht ein Kunststoff, ziemlich dünn und mittlerweile kurz und eng geworden, reichte ihm kaum weiter als bis zu den Achseln. Von diesem Pullover erhielt Manni seinen Beinamen: der Rote Wolf. Und Tag für Tag, Jahr für Jahr sah man ihn durchs Viertel streifen; in strömendem Regen, grimmigem Frost trottete er dahin in seinem roten Pullover und starrte durch die dicken Brillengläser verbissen vor sich hin. Kein Wunder, dass die Mütter beunruhigt waren. Und der Rote Wolf führte Selbstgespräche auf seinen Wanderungen, verzerrte das Gesicht in grellem Gelächter. Eines Tages trieb er irgendwo eine riesige Rolle Stahlkabel auf, die er ins Viertel schleppte; dann baute er eine Hütte, stahl die Batterie aus einem Auto, eine alte Lichtmaschine von einem Speicher; aus dem Kabel konstruierte er eine Antennenanlage, die er außen an der Hütte befestigte, und am Ende hatte er sich einen Radiosender eingerichtet. Einen funktionierenden Sender; drinnen im Alten Haus saß Bobo und lauschte der Übertragung aus dem kleinen Kristallapparat, den Manni sich im Werkunterricht gebastelt hatte.

Sonst saß Bobo eigentlich ganze Abende lang bei Manni in der Hütte, ganze Tage lang, während die anderen Jungen Fußball spielten. Beobachtete den Cousin durch dichte Rauchschwaden hindurch, ließ sich ins Alte Haus schicken, um Kippen aus den Aschenbechern zu stehlen, denn Manni war fast drei Jahre älter und hatte das Sagen. Und sein Kopf war voller Ideen, manchmal summte er endlos vor sich hin, so als ob er laut dächte oder mit sich selbst redete und den Jungen vergessen hätte, der da bewegungslos und alle Sinne angespannt saß und seine Worte verschlang; ab und zu, wenn Manni guter Laune schien, feuerte er Salven von bluttriefenden, gemeinen Witzen ab, bis Bobo vor Lachen blau anlief und ihn am Ende das Zwerchfell schmerzte; zwischendurch jedoch verfinsterte sich Mannis Gesicht, seine Augen füllten sich mit Hass, und sein einziges Gesprächsthema war, mit welchen Mitteln er sich rächen würde, wenn er den oder jenen zu fassen bekäme: Lehrer, Ladenbesitzer, den Rektor … Er konnte eine ganze Menge Leute nicht ausstehen, doch wenn er irgendeinen aus vollem Herzen hasste, dann war es seine engste Familie, die Eltern und die Brüder. Die verfluchte fette Schlampe, den alten Satansknochen, Bruder Gummi, diesen Scheißkerl und Drecksack, und Bruder Gosi mit dem Kopf voller Jauche. Sein Gesicht zuckte, die Stimme kippte fast über, und ein eiskaltes Glitzern stand in seinen Augen, wenn er darüber fantasierte, wie er seine Eltern langsam zu Tode quälen würde, dieses geizige Scheißpack, das seine Kindheit in einen unendlichen Albtraum verwandelt hatte.

Und der kleine Bobo saß vor Angst schwitzend in einer Ecke der Hütte, hielt den Atem an und fühlte, wie sich seine Nackenhaare sträubten …

Der Mechaniker von der Werkstatt hielt Wort. Nach vier Wochen konnten Grettir und Tommi den reparierten Fernseher abholen, Grettir mit seinem Leichenwagen und Tommi mit seiner braunen Brieftasche. Es war ein regnerischer Tag, auf dem Heimweg saß Tommi im Auto und schaute dem einlullenden Hin und Her der Scheibenwischer auf der Frontscheibe zu und dachte nach; dachte, dass sich nun wieder einmal bewahrheitet hatte, was er in Wirklichkeit schon lange wusste:

Es lohnte sich nicht für ihn, den Herrn im Hause zu spielen. Wie viel besser wäre es gewesen, er hätte ohne Zögern den Fernseher gekauft, als er darum gebeten worden war; für all das Geld, das er ausgegeben hatte, um das Gerät von Amerika hierherzuschaffen, hätte er einen ganzen Fernsehladen eröffnen können.

Als man den Apparat in Betrieb nahm, zum zweiten Mal auf isländischem Boden, verlief die Zeremonie nicht ganz so feierlich wie zuvor. Diesmal waren nur die beiden Brüder dabei, Baddi und Danni, die sich in der Stube einschlossen und vorsichtig den Knopf drückten, auf alle Eventualitäten gefasst. Doch jetzt lief alles richtig, nach einer Weile hörte man die Stimme des Nachrichtensprechers durch das Rauschen, und das schimmernde, blaugraue Bild erschien auf dem Glas.

Selbstverständlich waren die Brüder erhaben über jede Gemütsbewegung anlässlich so banaler Dinge wie Fernsehen; wortlos setzte sich jeder in seinen Sessel und schaute gleichgültig die Programme an, die sie alle schon kannten, drüben in Amerika auf demselben Gerät gesehen hatten.

Und damit begann Baddis permanente Stationierung vor dem Fernseher.

Von diesem Augenblick an gab es im Alltag des Genies einen gewissen Stundenplan. Nach dem Wachwerden kochte Lina ihm Essen; bereitete dem geliebten Jungen ein paar Leckerbissen zwischen drei und vier Uhr nachmittags, während die anderen im Hause gegen Mittag ein gewöhnliches Essen vorgesetzt bekommen hatten. Die Wahrsagerin stellte sich an den Herd, sobald er im Klo anfing, sich auszurotzen (kein neumodisches Räuspern wie bei eleganten Herren; er hustete und spuckte auf eine Weise, dass es im ganzen Hause schallte). Alsdann setzte er sich mit Kaffee und Zigarette in die Küche, bis Lina das Essen auftischte. Bevor er nicht aufgegessen hatte, durfte ihn niemand ansprechen, das war eine klare Regel, andernfalls riskierte man einen Aufstand. Meistens ging er anschließend zur Tür und schaute nach dem Wetter, hatte jedoch, wenn das Programm begann, seinen Platz vor dem Apparat eingenommen. Saß in seinem tiefen Sessel, den rückte er fast bis an den Bildschirm. Oft legte er die Füße oben auf den Kasten. Saß schweigend und rührte sich nicht. Hin und wieder versuchte er umzuschalten, als ob er vergessen hätte, dass es im gesamten Nordatlantik nur den einen Kanal gab. Gegen Abend ließ Lina ihm immer die gleichen Aufmerksamkeiten an den Sessel bringen: ein Päckchen Camel, einen Teller Selbstgebackenes. Wenn das Programm zu fortgeschrittener Nachtstunde schloss, ging er – kleiner Umweg über die Toilette hinauf in sein Zimmer und warf sich auf den Diwan.

Immer dasselbe, Tag für Tag. Außer natürlich, er fing an, seine Schuhe zu bürsten, statt den Fernseher einzuschalten: Dann wussten alle, was kam.

Lina hatte im Grunde keinen Spaß am Fernsehen; vielleicht erinnerte sie der Bildschirm zu sehr an Spiegel. Die Kinder schauten *Bugs Bunny, Popeye, Bonanza* … Dolli sah sich *Lucy Ball* an und ab und zu einen Film, am liebsten Revuen oder Musicals. Hin und wieder kam Grettir und ließ sich nieder. Er schaute nie direkt auf die Kiste, stierte vor sich hin, anscheinend mit den Gedanken ganz woanders; guckte in die Luft oder schniefte den Rotz hoch, wenn jemand hereinkam. Meistens war Baddi jedoch allein. Oder die beiden Brüder, er und Danni. Nur wenn Danni die Stube betrat, rückte Baddi seinen Sessel freiwillig zur Seite, so dass zwei bequem schauen konnten. Fast jedes Wochenende prügelten sich die beiden wie verrückt, doch hier saßen sie in schweigender Eintracht …

Vielleicht überwältigte sie die Erinnerung an Amerika, hier vor dem Bildschirm, vielleicht spürte Baddi den Biergeruch aus engen, dunklen Kneipen, hörte den Klang der Musik, der Menschenmenge aus Häusern und Autos, alles so deutlich, ja behaglich, überwältigend in dem bläulichen Geflimmer, dass es ihn fast zu Tränen rührte; vielleicht spürte Danni das gute Wetter, Hitze und Sonne, wie sie in ihn eindrangen, durchlebte erneut die Momente, im Liegestuhl dösend, ein Buch als Fächer vor dem Gesicht, gesättigt von einem *Oatmeal & toast* – Frühstück bei Mama … – Mama … in den Kinderträumen des Alten Hauses … Du warst ihr so nah, wenn deine Tränen auf die Nonnibücher fielen … sahst dich im Flurspiegel, wenn du hereinkamst … *hey hallooo* … Essen im Kühlschrank, und manchmal weintest du dich in den Schlaf, obwohl alle gut zu dir waren, und Charlie wollte einen Basketballstar aus dir machen oder dich auf irgendeinen Bulldozer oder Bagger setzen, die – gelb und schmuck – überall im Lande Erde und Gras aufwühlten … *he is shy*, das geht schon klar, so war Baddi auch anfangs, als er herkam; aber damit war es nicht getan, vielleicht waren Baddi solche wunderlichen Gemütsbewegungen fremd, und er horchte, erschreckt und verwirrt, auf das Schluchzen seines Bruders neben sich, wenn die große dunkle Nacht über dem Gästezimmer lag; und Baddi konnte nichts dagegen machen, alles vergeblich, und wurde von einem unbändigen Abscheu gegen dieses Gewimmer erfasst und trat vor das Fußende des Diwans: – *Kill you for nothing*, halt endlich die Schnauze …

Tommi hatte in den ersten Wochen, als das Gerät neu war, das ein oder andere Mal ferngesehen, später fand er keine Zeit mehr dazu; die Familie war zahlreich und der Lebensunterhalt immer teurer, so dass er seine Einkünfte steigern musste, egal wie. Deswegen setzte er ein Kioskfenster in die Wand des Ladens, eine Luke, in der er jetzt jeden Abend und jedes Wochenende zu finden war; Süßigkeiten, Zigaretten, Zigarren … eine glänzende Einnahmequelle, und Tommi schämte sich fast, dass er nicht schon viel früher damit angefangen hatte, wo er doch seit langem diese Möglichkeit im Kopf gehabt hatte, nur abends zu faul und zu müde gewesen war, keine Lust, noch zusätzlich in einem Kiosk rumzustehen.

In diesem Lande freilich kam man mit Zögerlichkeit und Selbstmitleid nicht voran, das wusste Tommi; damals erlaubten sich erwachsene Männer nicht den Luxus, abends oder sonntags zu faulenzen: Die Eroberung der Insel durch Helden der Arbeit hielt an, und deshalb wunderten sich viele Besucher des Alten Hauses, wieso dort zwei kräftige Kerle tagelang, monatelang vor dem Fernseher oder in ihrer Koje herumlungerten … Männer über zwanzig, stark wie Elefanten.

Dies geschah in den herrlichen Jahren der zunehmenden Prosperität. »Wirtschaftswunder« – das hieß zum Beispiel, einen ganzen Monatslohn zu scheffeln, indem man eine einzige Woche lang sein Leben riskierte. Mit diesem Wahnsinnssystem schaufelten die Seeleute des Landes mehr Fisch aus dem Meer, als Jesus samt seinen Jüngern aus allen Gewässern des Nahen Ostens zusammen hätten hervorzaubern können. Mit Hilfe des Wirtschaftswunders wollten die Isländer das biblische Paradies auf dieser unfruchtbaren Schäre wiedererrichten. Jahr für Jahr wucherten neue Ringe um Städte und Dörfer, Hunderte von Quadratmetern. Neubauten aus Stein entstanden, wo bisher Heide war. In deren Kielwasser Hospitäler für die Opfer des Wirtschaftswunders: beinamputierte Fischer, Zimmerleute mit kaputten Bandscheiben, asthmatische Maurer, Nervenpatienten jeder Güte … Niemand machte sich Illusionen, dass die Herrlichkeiten der Prosperität ewig dauern würden, und daher packten alle die Gelegenheit beim Schopfe. Sogar die Penner im Thulecamp schufteten wie die Berserker, zwischen der einen Sauftour und der nächsten. Währenddessen dösten die beiden Brüder im Alten Haus auf dem Diwan oder im Sessel gähnend vor sich hin.

Grettir war ebenfalls vom Goldfieber gepackt. Hatte wieder bei den Amis angefangen, diesmal als eine Art freier Mitarbeiter, war schon mal eine ganze Woche unterwegs, dann wieder machte er kleine Besorgungen oder verlegte Rohre in den städtischen Neubauten. Überall suchte man Arbeitskräfte, und Grettir konnte dem Alten Haus, wann immer er wollte, in seinem Leichenwagen entfliehen und sich bei Bauarbeiten frei entfalten. Vorarbeiter, die verzweifelt Arbeiter suchten, fragten ihn manchmal, ob er ihnen nicht ein paar gute Kerle nennen könnte, die ein bisschen Hand anlegen wollten, zum Beispiel dann und wann an Wochenenden; vielleicht wussten sie von seinen beiden Schwägern im Alten Haus, und Grettir mochte nicht völlig leugnen, dass er eventuell jemanden kannte, der nicht gerade in Arbeit ertrank. Aber herzugehen und sich einzumischen, wie jemand im Alten Haus seine Zeit verbrachte, war selbstverständlich absurd: Man würde ihm nur raten, gefälligst die Schnauze zu halten, und allein der Gedanke daran reichte ihm.

– Unsereins malocht hier wie verrückt!, brummelte er ab und zu, wenn er absolut sicher war, dass keiner zuhörte. – Ich hetze mich ab, und die gammeln herum und taugen zu nix!

Und dann erwartete ihn auch noch Spott und Hohn, wenn er, übernächtigt, rotgeränderte Augen, unrasiert und kreuzlahm, vom Akkordstress eben nach Hause hetzte, um einen Happen zu essen.

– Du hast vergessen *to shine you*, foppte ihn der flotte

Baddi und stieß ihm den Ellenbogen in die Rippen. – So gucken sich die Mädels wohl kaum nach dir um, stichelte er weiter und zwinkerte Dolli zu, die mit finsterem Blick reagierte, während alle anderen am Tisch, einschließlich der Kinder, lachten und sich köstlich amüsierten. Grettirs Frage nach Arbeitskräften musste stumm bleiben, während die Worte in ihm gärten:

– Einmal kommt die Zeit, da werden sie auf den Knien rutschen und mich anflehen, dass sie was zu arbeiten kriegen! So murmelte er manchmal rachsüchtig vor sich hin, obwohl er auch wieder nicht recht daran glauben mochte …

Die alte zweistöckige Baracke, in der die Grundschule des Viertels seit Kriegsende hauste, war mittlerweile so undicht und baufällig, dass man die Kinder bei Regen oder Sturm nach Hause schicken musste. Jetzt aber sollte endlich das neue Schulgebäude fertiggestellt sein, der Sommer war vorüber, und der erste Schultag näherte sich (Baddis 24. Geburtstag), und damit näherte sich auch ein Skandal, denn das neue Haus stand erst zur Hälfte; rotbraune Eisenträger stachen aus grauem Stein hervor; in den Fenstern flatterte Plastik, das obere Stockwerk war noch nicht gemauert, man arbeitete täglich vierundzwanzig Stunden. Der Bauunternehmer rief Grettir per Notruf zu sich, das ganze Viertel wurde von der Erregung angesteckt. Die Handwerker gönnten sich keine Pause außer ein paar Stunden pro Nacht, und Grettir war derart groggy, dass selbst Baddi ihn nicht mehr ärgerte; tatsächlich fühlte das ganze Haus – entgegen aller Gewohnheit – mit ihm; schließlich kämpfte er für eine gute Sache, das neue Haus für die Schuljugend. Sogar Baddi fing an, sich für die Angelegenheit zu interessieren, erkundigte sich nach dem Fortgang der Arbeit, redete wie ein Profi, über Vibrationen und Risse und Putz; schlug endlich seinem schweigsamen und baumlangen Bruder auf die Schulter und fragte:

– Na was, Danny-Boy, möchten wir dem Burschen nicht ein bisschen helfen?

Danni schluckte. Seit mehreren Tagen hatten die Brüder kein Wort gewechselt, und mit so was hätte er zuletzt gerechnet. Der Riese fand den Gedanken unmöglich. Sollte er etwa feuchtes Bauholz schleppen, die Hände in gelben Arbeitshandschuhen …?

– Nein … eh, ich bin … ich muss …, setzte Danni an, weiter kam er jedoch nicht, denn jetzt erhob die Wahrsagerin ihre Stimme, ließ durch das lähmende Schweigen am Tisch ihre Leier hören, wie mitfühlend doch ihr geliebter Junge sei. Helfen wollte er den Leuten!

Damit war die Sache klar.

Prompt gab sich Baddi erschöpft und hielt sein Besteck nach Art der Schwerarbeiter. Tommi klopfte Danni anerkennend auf die Schulter und sagte, er solle ruhig in den Laden kommen, wenn er Handschuhe oder sonst etwas brauche, machte sich dann aber schnell davon, weil er sich für die Vesper nur eine Viertelstunde gönnte und einen Jungen aus dem Bankblock gebeten hatte, sich solange um den Kiosk zu kümmern. Grettir machte sich ebenfalls auf den Weg, humpelnd wegen seiner Blasen und dem Fußpilz, aber mächtig froh, dass er dem Vormann die gute Nachricht bringen konnte: zwei Goliaths im Anmarsch! Baddi allerdings wollte zuerst noch ein Verdauungsschläfchen halten, auf dem Sofa ein Nickerchen machen, nach Arbeitersitte. Er hatte das Erscheinen der Brüder für den späten Abend angekündigt, und Dolli und Lina verwöhnten ihn von vorne bis hinten. Dolli bügelte seinen Overall, während Lina den Proviant zurechtmachte. Büchsen aus den Staaten wurden geöffnet, mit auserlesenen

Köstlichkeiten wie Rinderzunge und Ananas, und als alles fertig war, hätte man das Fresspaket als kaltes Büfett für eine Silberhochzeit verkaufen können.

Gegen zehn machten sich die Brüder auf den Weg.

Die beiden zu betrachten, in ihren Overalls, wie sie aus dem Viertel schritten, war wie der Anfang eines amerikanischen Kriegsfilmes. Musik. Titel.

Als sie am Ort des Geschehens eintrafen, wurde der Große gleich angewiesen, Beton für die Maurer zu mischen. Baddi dagegen sah sich zunächst ausführlich auf der Baustelle um, griff sich dann einen Zimmermannshammer und ging auf die Verschalung der Wände los. In Wirklichkeit war diese Arbeit anderen zugedacht gewesen und brauchte Sorgfalt, doch als das Supergenie den Hammer einmal in der Hand hatte, traute sich niemand, mit ihm zu diskutieren. Außerdem wandte er offenbar eine Spezialtechnik an, von der die Männer annahmen, dass sie auf hochentwickeltem amerikanischem Know-how beruhte: Er hielt den Zimmermannshammer wie ein Soldat das aufgepflanzte Bajonett. Verschämt trollte sich das niedere Arbeitsvolk zu seinen anderweitigen Tätigkeiten, während der Held die Verschalung bearbeitete. Als man sich um Mitternacht eine Kaffeepause gönnte, hatte Baddi zur Überraschung aller für zwei geschuftet. Während der Pause war er in seinem Element; er pfiff, erzählte Storys von irgendeinem Neger namens Bill Simson, der eine ganze Rinderherde umhauen konnte, sich jedoch nicht vor die Tür traute wegen seiner gelähmten Frau. Grettir hätte eigentlich gegen zwei nach Hause fahren wollen, nach einer achtzehnstündigen Schicht, mochte jetzt aber nicht aufhören, wo die Brüder so in Aktion waren. Machte weiter …

Ähnlich stand es um Tommi, daheim im Alten Haus; einschlafen in dem Wissen, dass die Jungs sich eine ungeheure

Plackerei aufgeladen hatten, das war unmöglich. Nicht, dass er richtige Gewissensbisse gehabt hätte, aber – es schickte sich einfach nicht. Lina fühlte sich wie in der Nacht, als Gogo ihr erstes Kind bekommen hatte, die Nacht, als sie Oma wurde und Dolli zur Welt kam. Die Alte rannte durchs Haus, erwartete ihren geliebten Jungen jeden Augenblick zurück, verfroren und zerschlagen nach so einem Einsatz. Fand es fast verantwortungslos von Tommi, dass er einschlief (als er es schließlich tat), und weckte ihn nach einer Stunde, um zu fragen, ob er nicht besser zum Neubau hinüberginge und nachschaute, ob alles in Ordnung sei. Doch Tommi drehte sich mürrisch um und antwortete nicht, und da Lina mild gestimmt war, verzichtete sie auf härtere Maßnahmen.

Es dämmerte bereits, Lina saß in der Küche und grübelte über den Karten. Hatte alles für einen festlichen Empfang vorbereitet. Doch es dauerte immerhin noch, bis der Nachrichtensprecher im Radio den Hörern einen Guten Morgen gewünscht, der alte Tommi seinen heißgeliebten Kaffee geschlabbert und seine Schirmmütze aufgesetzt hatte, dass die Helden der Arbeit sich blicken ließen.

Als sie an der Ecke von Hreggvids Baracke auftauchten, die Gesichter dunkel gegen die waagerechten Strahlen der Morgensonne, fegte Lina los, um letzte Hand an den Willkommensempfang zu legen. Und blies im nächsten Augenblick alles wieder ab, sobald die Arbeiter in den Hof einbogen.

Es waren nur zwei. Ein kleiner und ein großer. Grettir und Danni. Brachten die Nachricht vom Supergenie, er wolle noch ein bisschen weitermachen, wo er nun schon mal so gut in Fahrt sei.

Der unermüdliche Heros ließ sich durch nichts aufhalten. Hatte nicht lange gebraucht, die anderen beiden abzuschütteln. Grettir und Danni griffen sich im Vorübergehen einen

Keks und warfen sich ins Bett; allerdings bat Grettir, man solle sie gegen Mittag wecken. Das geschah, und Grettir wankte fort, Tränensäcke unter den Augen; Danni dagegen fühlte sich schlapp und beschloss, noch ein bisschen liegenzubleiben.

Indessen arbeitete Baddi weiter, nahm sich nicht einmal Zeit, zum Essen nach Hause zu kommen, so dass Lina Gilli und Mundi mit Vorräten für den Helden losschickte. Die Zwillinge schleppten sich mit mehreren heißen und kalten Gerichten ab, und ihnen auf den Fersen folgte Bobo mit Sinalco und Camel.

Gegen Abend machte sich Lina ernsthaft Sorgen um ihren Jungen; schließlich hatte er mittlerweile zusammengerechnet fast vierundzwanzig Stunden geschuftet. Ging daher selbst zur Schule hinüber, um den Stand der Dinge in Augenschein zu nehmen. Als die Alte auftauchte, machte der Recke soeben eine Pause, stand rauchend inmitten der Arbeitskameraden und riss Witze, zumindest dröhnten in regelmäßigen Abständen Lachsalven aus der Gruppe. Demnach schien es dem Helden gutzugehen; er hatte die Hemdsärmel abgerissen und ließ die Muskeln spielen, gebührend verschrammt und dreckig. Er schwieg mitten im Witz, als Großmutter auf der Bildfläche erschien, schlug die Hacken zusammen und schrie:

– One – two – three / Look at Mister Lee!

Mister Lee hatte die Arme voller Delikatessen, und Baddi verteilte sie unter die Kameraden. Mittlerweile schienen sie ihn als ihren Anführer zu betrachten und nahmen die Leckerbissen mit leuchtenden Augen entgegen. Natürlich wollte Lina dem Vormann gegenüber ihr Anliegen zur Sprache bringen, dass ihr lieber Junge sich nicht überanstrengen solle, doch Baddi unterbrach sie und lotste die Alte weg, in einem Gemisch von Isländisch und Amerikanisch beruhigend auf sie einredend.

Gegen Mitternacht fuhr ein Kastenwagen beim Alten Haus vor, zwei Arbeiter brachten Grettir die Treppe herauf. Er hatte oben auf dem Gerüst einen Muskelkrampf bekommen und war hinabgestürzt. Zwar kam Grettir mit Schrammen davon, hatte jedoch Schwierigkeiten mit dem Sprechen, wegen des Unfalls und wegen der angestauten Müdigkeit. Konnte immerhin von Baddi berichten, dass der immer noch eifrig den Zimmermannshammer schwang und vorläufig nicht daran dachte aufzuhören.

Mittlerweile nahm das Ganze historische Dimensionen an. Die Leute im Viertel hatten sich von der Erregung um Baddis Gigantenwerk anstecken lassen und sammelten sich in der Küche bei Lina, die berichtete und Fragen beantwortete wie auf einer Pressekonferenz. Danni, gerade aufgewacht, kam die Treppe hinuntergehinkt und wunderte sich über den Betrieb mitten in der Nacht, verschwand jedoch wieder, als er merkte, worum es ging. Die Neuigkeit verbreitete sich in der Stadt, Lina rief unter anderem Vetter Gudlaug an, den Inspektor, der gerade im Gefängnis Dienst tat, wo Baddi sowohl unter den Beamten als auch unter den Insassen Bekannte hatte, und dort war die Arbeitswut gewisser Leute, während andere sich im Alkohol suhlten, der beliebteste Gesprächsstoff, als man morgens die Zellen öffnete. Lina hatte auch die Idee, dieses denkwürdige Ereignis auf ein Foto zu bannen, aber im Alten Haus gab es keinen funktionierenden Fotoapparat. Andererseits hatte die Wahrsagerin dem Redakteur des *Morgenblattes* oft genug die Karten geschlagen; daher rief sie ihn an und bat darum, man möge einen Fotografen zur Verfügung stellen. Der Redakteur reagierte umgehend und schickte sowohl einen Fotografen als auch einen Journalisten an den Schauplatz, und am nächsten Tag brachte das Blatt auf der letzten Seite einen Artikel darüber, wie nunmehr mit aller Kraft an der Fertigstellung des Schulgebäudes gearbeitet wurde. Neben dem Text war ein großes Bild von einigen der Arbeitshelden vor Ort, mit Baddi in vorderster Reihe, und er als Einziger wurde mit Namen genannt; als Exempel für die Tüchtigkeit dieser handfesten Männer wurde angeführt: Bjarni H. Tomasson, Dritter von rechts (der mit dem Hammer über der Schulter) sei inzwischen seit fast achtundvierzig Stunden ununterbrochen dabei und weit davon entfernt aufzugeben. Im Grußwort für die Jahreshauptversammlung eines gemeinnützigen Vereins lobte ein Minister die Ausdauer und Kraft unseres Volkes und zitierte den Bericht über den jungen Mann, der tagelang im Akkord schuftete, mit einem Lächeln auf den Lippen, um eine neue Schule für die Jugend der Hauptstadt fertigzustellen. Wir können optimistisch in die Zukunft unseres Landes schauen, solange es Menschen dieses Schlages gibt!

Nach mehr als zwei Tagen mit dem Zimmermannshammer fand Baddi, es wäre genug. Am Abend waren ein paar Zuschauer an den Neubau gekommen, um Zeuge der Wundertaten zu werden. Gegen Mitternacht verzogen sie sich, und da spürte Baddi, wie seine Kräfte nachließen. Er reckte sich, legte den Hammer weg und machte sich auf den Heimweg. Ging wie John Wayne, trotz der Müdigkeit. Schüttete in der Küche eine Tasse Kaffee in sich hinein und sagte seiner Großmutter, sie solle nicht fragen, was Amerika für sie, sondern was sie für Amerika tun könne. Schlief alsdann in den Arbeitsklamotten auf dem Diwan vor dem Fernseher ein …

Es bedurfte keiner weiteren Bestätigung, wer unter allen jungen Männern des Landes der Größte war. Baddi war der Wahrsagerin vom Allmächtigen geschenkt, als Belohnung, als Ausgleich für alles, was sie in ihrem langen Leben durchgemacht hatte. Späterhin redete man oft darüber, wie Baddi eine ganze Woche am Stück gearbeitet hatte, wie er in vierzehn Tagen die Schule im Alleingang baute. Es wäre niemandem unangemessen erschienen, hätte die Kultusbehörde eine Büste des Helden im Foyer aufstellen lassen. Vielleicht war es ein Fehler, ihn nicht zum Schulleiter zu machen. Das ganze Viertel bewunderte Baddi. Alles, was die Leute während seiner Saufgelage an Wochenenden gegen ihn aufgebracht hatte, war vergeben und vergessen, wenn er lächelnd und fröhlich aus dem Alten Haus trat. Wenn er bei gutem Wetter durch das Viertel schlenderte, grüßte man ihn aus jeder Tür. Alle wollten ihn hereinbitten, jedem war es eine Ehre, etwas für ihn zu tun. Und er spielte mit den Kindern, verteilte Kleingeld unter sie, lud sie zu einer Autofahrt ein, falls der Wagen in Ordnung war. Niemals zeigte er sich überheblich den gewöhnlichen Leuten gegenüber, obgleich er doch weit herumgekommen war und Fremdsprachen konnte. Und die Leute glaubten unerschütterlich an seine Kenntnisse auf allen Gebieten; hörte jemand ein ausländisches Wort, wurde ER nach dessen Bedeutung gefragt. Man holte seine Meinung ein zu Autos, zu Musik; manche wagten kaum, eine Birne zu wechseln ohne seinen Segen; denn er war der Sohn der Sonne, obwohl er, wenn er trank, von sich selbst sagte, er sei der Sohn des Teufels.

Die Schlacht im Höllengrund

Die bösen Geister aber sind nicht weit, von Plagen und Unwetter blieb das Viertel so wenig verschont wie andere Stätten dieser Erde, und Lina wusste, dass der Zugwind, der einem Schauder über den Rücken jagt, ebensogut ein Hauch der Hölle sein kann. Das Knarren der Treppe in der Nacht, was ist das? Schmeißfliegen am Küchenfenster mit ihrem dunklen Summen; sogar sie mochten irdische Abgesandte des Fluches sein, der ihre Sippe verfolgte, seit Linas Mutter die Magenvereiterung bekommen und ihr Vater Gufunes beim Kartenspiel verloren hatte …

Der Mond scheint nicht immer freundlich in den gletschereisigen Nächten, wenn es in jeder Bohle des Alten Hauses knackt, die Fensterscheiben klirren in der Windstille, der rotglühende Kohleofen ächzt, und trotzdem richten sich die Kinder in ihren Betten auf, zittern vor Kälte, große, schlaflose Augen, und horchen auf Großmutter Linas Schritte unten in der Küche, wie sie mit dem Feuer um die Wette schnaubt, sie schwenkt den Feuerhaken wie ein Kreuz, scharfe Konsonanten und zischendes S, vielleicht dämonische Beschwörungen:

– *Schmähe den Glanz der Schlange, scheuche und schinde die mutlose Memme im scharfen Gedärme des Eissturms, treibe und täusche das echserne Kraut, der elenden Schlan-*

ge versiege das Gift, senge das Holz, den grauen Wurm verwunde der Stachel, er stürzet hinab …

Alle hörten das Wimmern und Huschen der kleinen Teufel dort unten; das Wimmern aus den Wänden, das Pfeifen der Nagetiere, die Wärme suchten im Haus, wenn der Frost am bittersten war. Mitunter ein Kreischen. Ein Schaben, ein Kratzen, Laute dessen, was sich langsam nähert.

Allerdings sollte man den MESSIAS nicht vergessen.

Eine dunkle Zukunft lag vor ihm. Das wussten alle oder konnten es wenigstens erahnen, wenn sie ihn beobachteten. Später war der Messias eins der Gespenster aus der Vergangenheit und hätte daher ganz in Vergessenheit geraten können; Lina verfluchte seinen Namen, und dadurch war sein Schicksal mit dem der Familie verbunden. Vielleicht war er ein Bote des Fatums … nein, sein Ursprung war irdisch, denn aus den Tiefen der Erinnerung erhebt sich ein Bild, eine Zeit, als die Nagetiere ihr Recht forderten, die Ratten das Viertel unterhöhlten; die grausamen, schmutzigen Tiere feierten Feste draußen auf den gewölbten Dächern der Baracken, stahlen Essen von den Tischen, schnappten nach den Tellern der Leute, rissen sogar den Kindern das Brot aus den Händen. Jene nach Aas stinkenden Kreaturen.

Frauen flohen kreischend in tiersichere Zimmer, falls vorhanden; Kinder, die mit Pfeil und Bogen oder Gummifletschen auf den Hausdächern lagen, trafen nie etwas; der Kammerjäger wusste nicht aus noch ein. Es war Tommi, der Kaufmann, der den Kammerjäger geholt hatte, damit er den Keller unter seinem Laden in Augenschein nehme; dort war die Lage am schlimmsten; von den Ruinen der Katakomben, die man zu Zeiten der amerikanischen Besatzung unter dem Viertel gegraben hatte, trafen sich alle Wege in diesem Keller, in dieser kugelsicheren Festung, dem Lagerraum des Ladens.

Der Kammerjäger war ein magerer Mensch mit schmalem Kopf und vorstehenden Zähnen, emsig und misstrauisch, der jeden, mit dem er sprach, böse anmachte. Einfältig vor sich hin brummelnd, schnüffelte er im Keller herum, nahm hin und wieder etwas vom Boden auf und kicherte verheißungsvoll. Kam dann zum Alten Haus, zwei Schritt vor, einen zurück, erschnupperte sich seinen Weg und wandte sich schließlich an Baddi, nahm vielleicht an, er wäre der Kaufmann.

– Mäuse gibt es da nicht!, wisperte der Kammerjäger quietschvergnügt.

– Na?! *How can you tell?*

– Das sehe ich an der Scheiße, frohlockte der Kammerjäger und hielt eine Handvoll von etwas, das wie Lakritzstücke aussah, vor das Gesicht des Supergenies.

– Ist mir sowieso egal, sagte Baddi, nachdem er sich von dem Schock erholt hatte, ein solch widerliches Zeug unter die Nase gehalten zu bekommen; – ich bin bloß froh, dass dieser räudige Satan nicht versucht hat, mich zu beißen.

Was konnte dieses Männlein schon ausrichten? Der räucherte die Schädlinge nicht aus, sondern riet bloß, sie sollten Fallen und Gift kaufen, und Tommi dachte bei sich, wenn es hier Parteien gäbe, dann stünde der Kammerjäger bestimmt auf Seiten der Tiere. Das Gift zeigte nicht die geringste Wirkung, ließ nur ein paar stinkende Kadaver im Lager zurück, ohne dass sich die Zahl der lebenden Tiere merklich verringert hätte.

Und jene Plage kam zur selben Zeit wie eine extreme seelische Krise bei Saeunn, der Katzennärrin; sie hatte langdauernde Anfälle, und in mancher frostklirrenden Nacht mischte sich ihr gellendes Gelächter mit dem Kratzen und Krabbeln der Nagetiere, und irgendjemand äußerte, die Geräusche dieser Nächte glichen einem modernen Musikstück, das da heißen könnte *The Human Fuck-Ups Requiem;* eingespielt im Thulecamp, Hauptstadt der Goldteufel …

Wieso lachte Saeunn? Alle verborgenen Fäden fügten sich zu einem Strang; die Abteilung der Stadtreinigung (oder irgendein anderes Ressort) sollte gegen die wachsende Zahl von Wild- und sonstigen herrenlosen Katzen in der Stadt einschreiten, ein Krieg mit dem Segen des Tierschutzvereins und mit kräftiger Unterstützung durch die Einwohner der besseren Häuser, wie etwa dem Ausschuss aus dem Künstlerblock, weil hier und da ein Hausmütterchen geradezu traumatisierende Begegnungen mit einer Katze gemacht hatte, der sie plötzlich in der geheizten Waschküche gegenüberstand, wohin diese vor dem beißenden Frost geflüchtet war, jedoch verschwand, als das Licht anging und das Hausmütterchen sich schreiend gegen die erleuchtete Tür abzeichnete. Allerhand! Und waren die Behörden dieser Stadt nicht auch genötigt einzugreifen, als eine Wildkatze vier schwarze Junge warf, und zwar im Waschkorb einer anständigen Familie aus dem Bankblock? Anlässlich dieses Ereignisses erschien sogar die Stadtreinigung zusammen mit einer Spezialeinheit der Polizei, einer gnadenlosen Truppe, die auf alles schoss, was kein Halsband trug und zur Gattung Katze gehörte. Tja, die Tigerkatzen des Thulecamps, die meisten davon in Saeunns Baracke, hatten kein Halsband, und daher landeten sie mit tödlichen Schusswunden in einem Sack der Kommunalverwaltung und wurden auf die Müllhalde geworfen.

Immerhin, einige der wilden Biester entkamen, denn unter ihnen gab es raffinierte alte Halunken, quergestreift durch Lebenserfahrung und menschliche Grausamkeit, Kämpfer, die schon andere Vernichtungskampagnen überlebt hatten, Helden, die sich reichlich satt gefressen hatten im Zusammenleben mit den Menschen und nun ausgeruht waren.

Die schlichen sich fauchend davon, irgendwo weit draußen zwischen die Grashöcker im Heideland …

Zurück blieben die Menschen mit den Nagern. Tommi rechnete zwei und zwei zusammen, denn ihn traf die Plage am meisten. Sogar Seifenstücke fand er manchmal halb angefressen und mit Abdrücken von Zähnen. Der Kaufmann versuchte, die Ritzen zu stopfen, doch das hatte offenbar keine Wirkung. Schließlich kam der Alte dahinter, wie die Sache zusammenhing; also machte er sich auf, im Heideland die kampferprobtesten wilden Kater einzufangen, die es dort gab. Einige davon waren so boshaft und widerlich, dass man ihren Anblick lange nicht loswurde; verkrüppelte Scheusale nach den harten Kämpfen eines langen Lebens. Einer starken Mannschaft, bestehend aus den männlichen Angehörigen des Alten Hauses, Tommi, Baddi und Danni an vorderster Front, zusammen mit Lui Lui und Bony Morony, gelang es endlich, acht von den Katern einzufangen. Toggi und Hreggvid schleiften ein riesiges Netz über die Heide, ein ganzes Schleppnetz, und Bard Högnason war mit von der Partie, zwar argwöhnisch ihr Vorgehen beobachtend, aber unbedingt gebraucht wegen seiner guten Ratschläge und Kommentare.

Nach Abschluss der Aktion brachten sie die Viecher in einem ehemaligen Taubenschlag beim Fußballfeld unter; diese acht unheimlichen Kater, die in das Drahtgitter bissen, fauchend vor Wut und Blutdurst. Manche waren einäugig, hatten verkrüppelte Schwänze, haarlose Stellen, abgebissene Ohren, hinkten; und einer von ihnen hatte alle diese Merkmale auf einmal, der größte und stärkste, Große Wildkatze genannt; der hatte dort schon so lange gewütet, dass sogar die Landnehmer des Viertels sich an ihn erinnerten. Jemand meinte, er hätte vorher zu dem Bauernhof Kleinkotten gehört, sei dann aber verwildert und menschenscheu geworden wegen furchtbarer Behandlung. Und der saß jetzt im Taubenschlag, graubraun gestreift, kampflustig und so groß und boshaft, dass er nicht einmal zu fauchen brauchte, damit die anderen wilden Kater unwillkürlich vor ihm zurückwichen.

Und wohin nun mit all diesen Viechern? Sie einfach so im Viertel freizulassen hätte wenig Sinn gehabt; sie wären blitzschnell wieder hinaus ins Heideland geflohen – weg von den Zweibeinern und ihrer Mordlust …

Tommi der Kaufmann dachte weiter: Da die Nager im Begriff waren, das Lager total leerzufressen, wollte er die Kater ein Wochenende zu ihnen in den Keller gesellen.

Wenn das keine Offenbarung würde für die Ratten …

Freitagabend nach Ladenschluss wurden die knurrenden und fauchenden Biester in den Keller gebracht und die Türen fest hinter ihnen verschlossen; sogar der Verkauf am Kiosk unterblieb an diesem Wochenende. Der Alte hatte lange am Bleistift gekaut und sich den Kopf zerbrochen, was er auf das Pappschild am Kioskfenster schreiben sollte; der Text war schließlich kurz und knapp: FR – MO GESCHLOSSEN WG. SÄUBERUNG.

Im Keller lagerten keine Lebensmittel in erreichbarer Nähe oder sonst etwas Essbares für die Kater, und so verrückt, dass sie die Seife angenagt hätten, waren sie nicht; da war absolut nichts für sie, außer Wasser in zwei Bottichen, dazu ein schwaches Licht an der Deckenluke; diese hatte der Kaufmann sorgfältig wieder eingesetzt und verriegelt, am Erfolg der Aktion zweifelnd, und dennoch: Man hatte ja alles andere bereits vergeblich versucht.

Die Dunkelheit kam, mit ihr ein grauer Nebel, saugend wie Treibsand im Albtraum, und in dieser Stimmung verging das Wochenende. Alle waren gereizt, als würde das Viertel von einer Epidemie gesprungener Nerven heimgesucht: akute Depressionen überall, wo die Bewohner nicht übereinander herfielen.

Dieses Wochenende … War es nicht das Wochenende, als Baddi den Maggi Beauty erschießen wollte und Tommi ihn mit dem Bild bewusstlos schlug? Als Baddi am Samstagabend mit ein paar Saufbrüdern erschien und das Alte Haus und den größten Teil des Viertels verwüstete, wie vom Wahnsinn befallen, zumindest fand es in dieser Nacht niemand amüsant, sich zu amüsieren; es erinnerte an die ersten Saufgelage, die der Junge veranstaltet hatte, nachdem er das erste Mal aus Amerika ins Camp zurückgekehrt war, außer dass jetzt keine Freude dabei war, kein Zeichen von Glück in den Herzen, die Männer brüllten sich bloß heiser und prügelten sich und machten Spektakel, mit Tränen in den Augen.

Das Duell auf der Treppe: Wie ein Berserker rast Bjarni Heinrich die Treppe hinauf und donnert an die Tür von Grettir und Dolli, will ein Gewehr aus dem Waffenschrank haben, um Maggi Beauty damit zu erschießen. Abgeschlossen. Man weigert sich zu öffnen. Das ganze Gewicht des wütenden Mannes prallt gegen die Tür, und sie kracht in den Fugen. Wieder in Stellung, doch da erscheint auf der Bildfläche Tomas Tomasson, rechtmäßiger Besitzer des Hauses, denn niemand bringt dort jemanden um ohne seine Erlaubnis. – Nur über meine Leiche, wird er später zitiert. Bjarni setzt zu neuem Sturm auf die Tür des Waffenschrankes an, aber der alte Ringkämpfer fällt ihn kurzerhand mit einem perfekten Hüftwurf, und der junge Beau stürzt kopfüber die Stiegen hinunter. Der Kaufmann ist offenbar verblüfft über den Krach, als der junge Mann einen Salto durch die Luft schießt, dann mit dem Rücken auf die Treppe kracht und, mit den Füßen voran, das letzte Stück auf den Fußboden rutscht.

Tödliches Schweigen.

Zuschauer sammeln sich: Die Festgäste aus dem Erdgeschoss umringen den gefallenen Helden, während die Hausbewohner sich auf den Treppenabsatz zum Kaufmann schleichen.

1, 2, 3, 4, 5, 6, 7 … Nein, er steht auf. Er steht auf, sichtlich erschüttert, die Atmosphäre ist elektrisch geladen, doch nun sieht sich der angeschlagene Herausforderer mit einem so verdutzten Ausdruck um, dass die Zuschauer sich das Lachen nicht verbeißen können, lachen und lachen, und das scheint seine Wut erneut zu steigern. Jetzt schüttelt er sich, und das Lachen verstummt, hier ist alles auf dem Siedepunkt … Der Herausforderer macht einen Satz und rast die Treppe hoch! Er stürmt hinauf, was wird geschehen? Der Kaufmann stellt sich in Positur … der Herausforderer zögert, nur wenige Stufen liegen vor ihm, doch er hat innegehalten, als bereite er sich auf den finalen Angriff vor.

Es kann nicht schaden, in der Zwischenzeit die Duellanten ein wenig näher zu betrachten; auf der Treppe steht, wie bereits erwähnt, zum Angriff bereit, Bjarni Heinrich Kreutzhage, 25 Jahre, 181 cm, 77 Kilo, dunkelhaarig. Er trägt blankgeputzte Schuhe, enge Hosen mit einem kräftigen Gürtel, ein weißes T-Shirt mit der Aufschrift »Boondocks-USA« und eine offene Lederjacke mit Fellkragen. Droben auf dem Treppenabsatz ihm gegenüber der weißhaarige Verteidiger des Hauses in seiner pissgelben Wollunterwäsche in einem Stück, bis an den Hals mit weißen Knöpfen geschlossen. Der Kaufmann ist zahnlos und auf bloßen Füßen. An der Wand über ihm prangt wie eine Kriegsfahne ein Foto von Kauris erster Turniermannschaft; das Bild ist unter Glas, mit blauem Rahmen. Tomas hat eine Tätowierung auf dem linken Oberarm: Anker und Drachen. Nunmehr streift der Herausforderer die Jacke ab und lässt sie auf den Boden fallen, und dabei kommt ebenfalls eine Tätowierung zum Vorschein: ein blaues MAMA in einem roten Herzen …

Bjarni Heinrich Kreutzhage schleudert dem Kaufmann seine Herausforderung entgegen:

– *Take it, Tommy-Boy! Now take it …*

– *Jau, teikit!,* (antwortet Tomas) *Teikit teikit! TEIK-IT!* In meinem eigenen Hause sage ich, was mir passt!

Der Herausforderer macht einen Satz, er ist furchterregend anzuschauen, jetzt hören wir einen Schrei, und wie der Blitz nähert er sich dem Kaufmann, dem letzten Hindernis zwischen ihm und dem Waffenschrank … Doch … Nein! Was ist passiert? Hier ist so Unbegreifliches geschehen, so schnell, dass die Zuschauer kaum folgen konnten. In der Sekunde, als Bjarni den Absatz erreichte, riss der alte Ringkämpfer das gerahmte Kauribild von der Wand und schlug es auf den Kopf des Herausforderers. Das schwere Bild zerspringt mit lautem Knall, und der junge Mann sinkt bewusstlos in die Knie.

Lina stieß einen Schrei aus, wie um den Lärm und den Wahnsinn auf der Treppe noch zu verstärken. Die Kinder wimmerten, und als Tomas Tomasson, Sieger des Duells, die Stufen hinabzuschreiten begann, zogen sich die Festgäste bestürzt zurück. Wussten aus Erfahrung, dass, wenn die Entwicklung diesen Verlauf nahm, die Polizei meist auf dem Fuße folgte. Die Verwirrung war so allgemein, dass Bony und Hvera-Gerda nur halb bekleidet aus dem Telefonzimmer und hinaus in die Dunkelheit rannten, die restlichen Kleidungsstücke unter dem Arm. Innerhalb einer Minute herrschten Ruhe und Frieden im Haus, Baddi lag da mit blutigem Kopf und einem männlichen Ausdruck des Leidens, von der Familie umringt. Versuchte auf die Füße zu kommen, gab jedoch mit einem

Stöhnen auf, und jetzt stellte Lina ihr Schreien ein und befahl Dolli, einen Krankenwagen zu rufen, den Bezirksarzt, den Gesundheitsminister … Tommi wusste, dass er in diesem Hause endgültig in Ungnade gefallen war, und machte sich drinnen in der Stube so unsichtbar wie möglich. Grettir trippelte von einem Fuß auf den anderen, hatte eine Scheißangst, dass ihm dasselbe passieren könnte, bot jedoch an, seinen Leichenwagen zu holen und den Gefallenen zu transportieren.

Baddi hingegen traute niemandem außer sich selbst, am allerwenigsten dem Doktor, ermannte sich, inzwischen fast nüchtern, und stolperte zerzaust und verwirrt in die Küche, wo er sich bei einer Tasse Kaffee niederließ. Lina und Dolli huschten um ihn herum mit Jod, Watte und Pflaster, während sie sich über die Tobsucht des Kaufmanns ausließen.

– Wollte der Mensch dich erschlagen?

– Das war schon in Ordnung so, antwortete Baddi mit dunkler Stimme, furchtlos.

– In Ordnung! Gott sei Dank bist du noch am Leben!

– Was? Mit mir ist doch nichts, Alte. Wäre es dir lieber gewesen, wenn ich im *jail* landen würde, weil ich Beauty erschossen hab?

– Beauty?, bemerkte Dolly.

– Klar, Maggi Beauty … du weißt doch … Der so … Einen Kopf wie ein Arsch …

Viele der fluchenden Einwohner des Künstlerblocks schworen einen heiligen Eid, sie würden wegziehen unter großem Pressetamtam und Gerichtsprozessen, falls man dieses widerliche Camp nicht in allernächster Zukunft dem Erdboden gleichmachte. Manches Mal hatte es schon Spektakel gegeben, Trunkenheit, Radau, Gegröle, Polizeisirenen; trotzdem war der Krach noch nie so schlimm gewesen wie an diesem Wochenende.

Der Krach war vielleicht nicht einmal das Schlimmste, es war nicht der gewöhnliche Krach, sondern jener unbestimmte Ton von schneidendem Grauen, ein unmenschlich qualvolles Heulen, das sich während des Wochenendes in regelmäßigen Abständen wie aus ferner Nacht erhob. Im gesamten Stadtgebiet wurden die Kinder von diesem wimmernden Heulen aus tiefem Schlaf geschreckt, und die meisten Blockbewohner waren insgeheim überzeugt, dass irgendein besoffener Vater seine Familie auf langsame und qualvolle Art zu Tode marterte, obwohl niemand dieser Überzeugung laut Ausdruck verlieh, damit man nicht etwa gezwungen wäre, die Polizei zu rufen und sich in die Sache einzumischen …

Das war das Wochenende.

Der Montagmorgen kam, und Tommi war als Erster auf den Beinen, weil er die Kater herauslassen musste und vielleicht das Lager reinigen, bevor er den Laden aufmachte. Und vor irgendwas hatte er Angst, eine unbestimmte Furcht hielt ihn zurück, so dass er sich keinesfalls traute, die Sache allein anzugehen, und daher beschloss, die beiden jungen Männer im Hause zu wecken. Das allerdings ging nicht ohne Schwierigkeiten, die Brüder waren so frühes Aufstehen nicht gewöhnt, waren selten der Zumutung ausgesetzt, überhaupt geweckt zu werden, und daher versuchten sie mit Knurren und Brummen den bösen Traum zu verjagen, der sie in der Dunkelheit des frostkalten Morgens an der Schulter rüttelte; eines Morgens, der ihnen mit Sicherheit schon allein wegen dieses Aufwachens erinnerungswürdig geblieben wäre.

Tja, und dann war da allerdings noch was, als die drei, zusammen mit Bard Högnason, die Luke öffneten, die hinunter ins Lager führte.

Wenige Sekunden später wankten sie gebrochen und fassungslos aus der Vordertür des Ladens. Bard hielt die Hand vor Nase und Mund und krümmte sich. Tommi bat Danni leise, ihn direkt nach Hause zu bringen. Baddi lief hinunter ins Alte Haus, um eine einigermaßen kräftige Taschenlampe zu holen, und dann verschwanden sie wieder im Laden. Tommi vorneweg. Baddi hielt ein Tuch vor die Nase. Erschienen sofort wieder an der Tür. Bleich. Beide, das junge Genie und der Alte.

Was war da los? Als Danni zurückkam, schrieb Tommi in großen Buchstaben GESCHLOSSEN auf das Pappschild im Kioskfenster. Meinte dann zu den Jungen, hier sei Hilfe durch nervenstarke Männer vonnöten, und bat sie, nach Hause zu gehen und sich wieder hinzulegen, doch die beiden erfreuten des Alten Herz, indem sie erwiderten, selbstverständlich würden sie bleiben und helfen, lieber Papa … Obwohl sich ihre Stimmen dabei nicht sonderlich männlich anhörten, gerade erst aufgestanden, zitternd und zähneklappernd in der Morgenkälte.

Wahrlich, die Gruppe, die sich eine Stunde später an der Wand von Tommis Laden zum Kriegsrat traf, bestand aus erfahrenen Kämpfern. Bereit, in den Keller zu schauen; Toggi der Seebär erzählte Anekdoten aus seinem Leben auf See, zum Beispiel wie er Zeuge wurde, als sein bester Freund von einem plötzlich reißenden Zugseil enthauptet wurde oder als der Bootsmann mit dem Fuß in die Seilwinde geriet; als sie die Leiche im Netz fanden … Hreggvid hatte ähnliche Geschichten zu berichten, von damals während der Kriegsjahre, als er die vom Meer angeschwemmten Leichen vom Rotflussstrand ins Foyer der Volksschule transportierte, manche davon so mürbe, dass, wenn man sie an den Füßen fasste und hochzog, das Fleisch wie ein Paar Stiefel abriss und die blanken Knochen hervorstachen. Der alte Tommi, der im Zweiten Weltkrieg zur See gefahren war, zwischen Minen und Unterseebooten, hatte ebenfalls das ein oder andere gesehen, was man heutzutage ohne Zweifel den Kindern streng verbieten würde. So viel war jedoch sicher: Was es an diesem Morgen unten im Lager von Tommis Laden zu sehen gab, darüber konnte man nicht einmal sprechen. Es war unbeschreiblich, etwas …

Die Männer schüttelten die gesenkten Köpfe, schauderten.

Man machte sich ans Werk. Es wäre kein Stilbruch gewesen, hätten sie einander noch einmal gegrüßt wie Soldaten vor einer Schlacht, Todgeweihte, die kaum erwarten können, einander lebend wiederzusehen. Tommi und Hreggvid holten tief Luft und verschwanden im Keller. Toggi ließ einen stählernen Eimer am Seil zu ihnen hinab. Er stand an der Luke, zitterte nervös mit den Lidern, die Zigarette im Mundwinkel. Schnitt fürchterliche Grimassen. Er sieht aus wie der Satan, dachte Danni; die Brüder waren Toggi zur Unterstützung zugeteilt.

Und so wurde der Eimer hochgezogen, der erste von vielen, erschien triefend von dunklem Blut und Fetzen, und sie drehten sich weg, um nicht hineinschauen zu müssen, sahen nur am Rand des Blickfeldes verdrehte Schwänze, wie Regenwürmer, zwischen Knochen und blutigem Fell. Und der Gestank war mit den Händen zu greifen. Erschlagend. Hreggvid brüllte im Keller, ein hohes und kurzes Bärengebrüll, das er sonst nur im Wurfring einsetzte. Als Nächstes erschienen die Kadaver zweier Kater, stellenweise bis auf die Knochen abgenagt, sonst dunkelrot und verfilzt; ein zweiter Eimer mit den Überresten der Nagetiere, und dann brüllte der Kugelstoßer erneut, diesmal, als würde man ihm ein glühendes Eisen aufdrücken. Ein Poltern auf blutglatten Stufen, und beide torkelten aus dem Keller heraus, blaugrau im Gesicht. Tommi mit einem großen Wildkater im Arm, verdreckt von Exkrementen und getrocknetem Blut; zuerst lag er wie tot, dann, oben im Laden, regte er sich und wollte nach draußen. Doch an der Tür strauchelte er, unsicher und kraftlos, und hatte sich noch nicht wieder aufgerafft, als Danni ihn packte und heim ins Alte Haus trug.

Alles andere starb an jenem Wochenende im Keller. Faktisch erhielt das gesamte Warenlager des Ladens sein Todesurteil; es hätte eines kaltblütigeren Geschäftsmannes als Tomas Tomasson bedurft, um dieses eklige Zeug den Leuten aufzuschwatzen. Man versuchte zu verhindern, dass Saeunn erfuhr, was aus den anderen sieben Katern geworden war; alle irdischen Überreste verbrannte man in einer großen Feuerkiste draußen im Heideland, zusammen mit den Waren aus dem Lager und Dutzenden der Nagetiere, aber auf irgendeine Weise erfuhr sie davon oder spürte es und bekam einen solchen Anfall, dass schließlich die Polizei anrückte und sie mitnahm.

Daher konnte Danni den wilden Kater nicht zu ihr in Pflege geben, wie er beabsichtigt hatte, nachdem das Tier sich von der Schlacht im Höllengrund erholt hätte. Danni pflegte ihn oben in seinem Zimmer, wusch und versorgte die Wunden, trug Jod und Salbe auf und verband ihn mit Gazebinden. Die Große Wildkatze bekam Sahne und gekochten Fisch, und um die Nerven des geplagten Tieres zu beruhigen, wurde es Tag und Nacht gestreichelt.

Das also war der MESSIAS, der Erlöser. Dieser Name passte; und weil das Tier so hässlich war, zweifelten manche sogar daran, ob er überhaupt eine Katze sei. Doch solange der Messias lebte, blieb das Alte Haus von Nagetieren verschont.

Er war derart durchgedreht, dass man ihn kaum als Haustier halten konnte. Hatte die Angewohnheit, miauend und fauchend mit gestreckten Klauen aus tiefem Schlaf hochzufahren, bloß wenn sich jemand in der Stube rührte. War fast taub, tatsächlich war es ein Wunder, dass er überhaupt etwas hörte, weil beide Ohren fast am Kopf abgerissen waren. Hin und wieder glitzerte Mordlust in seinen Augen. Die großen gelben Reißzähne waren ständig gefletscht.

– Das reinste Ungeheuer, meinte Dolli, die so viel Angst vor dem Messias hatte, dass sie mitunter schreiend in ihr Zimmer flüchtete und von dort aus rief, entweder töte man die Katze oder sie; das Haus hätte nicht Platz für beide. Und sie verkündete, wenn der Kater ihren Kindern etwas antäte, würde er gehenkt, notfalls durch ihre eigene Hand. Doch dieses grimmige Geschöpf, das in den harten Lebenskämpfen sogar die Fähigkeit verloren hatte, seine Klauen einzuziehen, zeigte den Kindern gegenüber eine unendliche Geduld, schlug nie mit den Pfoten nach ihnen, obwohl sie ihn so weit erniedrigten, dass sie ihn in den Puppenwagen stopften oder in den Armen herumtrugen. Es war Dannis Kater, aber Lina hielt ihre schützende Hand über ihn, verbannte ihn nicht als Friedlosen aus ihrem Haus; außerdem spürte sie vielleicht auch bei ihren Kunden eine gewisse Wirkung, wenn sie dieses große, dunkle Tier mit feurigen Augen zwischen dem Mobiliar herumschleichen sahen, während die Wahrsagerin im Zwielicht die Karten legte …

Als der Kater starb, gut zwei Jahre später, kamen die Kinder soeben von einer langen und beschwerlichen Reise zurück, und als sie in den Hof traten, lag ein blaugrauer Schein über dem Alten Haus; der Kater Messias auf dem Fußboden in der Diele, lang ausgestreckt mit steifen Beinen, halb offenem Maul, so dass die blaue Zunge heraushing, die Augen einen Spalt offen, glasig; lag dort wie eine Fußmatte, und Bobo, der ihn streicheln wollte, wich zurück, bevor seine Hand das Fell berührte.

Gilli eilte zur Großmutter in die Stube.

– Ist er tot …?

Doch die Wahrsagerin schwieg, rang die Hände. Und Tommi, der mit leerem Gesicht im Sessel hockte, zuckte zusammen, schaffte es jedoch, hoffnungsvoll zu antworten:

– Noch wissen wir es nicht.

– Aber warum liegt er da so seltsam?, fragte Gilli, und dabei fuhr ein Ruck durch die Wahrsagerin, als hätte man sie gestochen.

– Aaaaa …

Schließlich war es, als würde Tommi sich besinnen, und er fragte, ob jemand gestorben wäre …

Hier ist sie daheim, liebste Oma

28. 8.

Messias wird hier allmählich ruhiger, sofern ich selbst auch ruhig bin.

Ich hab die ersten sechs Flugstunden hinter mir, aber niemand weiß was davon, außer natürlich Papa. Er redet inzwischen nie mehr davon, dass ich seinen Laden übernehmen soll, ich hab keine Lust dazu, und außerdem gehört ihm der Laden nicht mal.

In der Fliegerschule sind sie alle sehr freundlich, und manchmal rede ich abends mit Gautir. Er sagt, wenn man viel allein ist, dann lernt man sich selbst kennen. Er weiß auch jede Menge Sprichwörter. Er interessiert sich sehr für mystische Sachen und fragt mich oft über Großmutter aus. Aber ich glaube, sie weiß gar nicht so viel über Geister und tote Seelen, obwohl sie immer so tut. Manche Leute beschummelt sie von vorne bis hinten. Beide, Oma und Schwester Dolli, beschweren sich ständig über mich. Dolli schimpft immer wegen der Katze, und sie werden unheimlich sauer, wenn ich zu spät zum Essen runterkomme, und stürmen hier herein und machen alles kaputt und verwüsten alles. Manchmal kann ich es einfach nicht mehr ertragen. Aber ich will es ihnen nicht mit gleicher Münze heimzahlen und zulassen, dass ich mich über sie aufrege und mich räche, denn sie bereiten sich mit dieser ihrer Art selbst die Hölle auf Erden.

Der Gautir bei der Fliegerschule sagt, es wäre gesund, wenn man viel allein ist, auch wenn das schwer wäre. Er ist der Vater von Oskar, der mir Stunden gibt.

Manchmal hat die Katze vor irgendwas Angst und zittert von Kopf bis Schwanzspitze. Ich glaub, irgendwelche Geister treiben hier ihr Unwesen.

Eine bemerkenswerte Sendung kam an, von Gogo aus Amerika. Doch diesmal waren es keine Dollars oder Wertgegenstände. Eines Montagabends schrak die Familie im Alten Haus zusammen, als es heftig an die Haustür klopfte. Es war so spät, dass Tommi schon aus dem Kiosk zurück war, er machte sich Sorgen wegen eines fälligen Wechsels, und man hörte ihn tief seufzen, als er an die Tür schlurfte. Ich mach das schon, sagte sein Rücken. Als erwarte er den Darlehnsgeber oder den Direktor des Schuldgefängnisses zu dieser Tageszeit. Die Hausbewohner, die um den Fernseher herumsaßen, hörten, wie er vorne in der Diele zweimal Jaja sagte, und dann wurde seine Stimme lauter, und er sagte überrascht:

– Aus Amerika?!

Das war das Zauberwort. Alle sprangen auf und rannten zur Tür. Gott sei Dank wurden die Kinder nicht zertrampelt, als die Massen in die Diele stürzten. Dort stand ein mürrischer Taxifahrer, der meinte, wenn das die Adresse auf dem Zettel wäre, den er in der Hand schwenkte, dann hätte er eine Sendung für sie. Darauf eilte er in den dunklen Hof, holte eine kleine Reisetasche aus dem Kofferraum, öffnete die Tür zum Rücksitz und sagte:

– Komm raus, du!

Aus dem Wagen tauchte, verschreckt und kurzsichtig um sich blickend, ein junges Mädchen auf. Bleich und zitternd drückte sie sich durch die Tür.

– Die kann nicht mal reden, und Geld hat sie auch keins, sagte der Fahrer.

Tommi war verblüfft, und anstatt Fragen zu stellen, zog er automatisch seine Brieftasche und blätterte das Geld hin, für den ganzen Weg von Keflavik bis hier, wobei jedoch ein kleines Problem entstand, weil er anscheinend nicht genug Bargeld hatte, und der Fahrer sagte *money money* zu dem schweigenden Mädchen, das so aussah, als wollte es gleich in Tränen ausbrechen. Dann gab er auf und begnügte sich mit dem, was Tommi ihm hingezählt hatte, zog es vor, indigniert wegzufahren, anstatt hier, gerade hier, einen Aufstand zu riskieren.

Dort stand die Neue mit ihrer Tasche, ein Bild der Verlorenheit, wandte sich hierhin und dorthin, als hoffte sie auf Hilfe aus einer der höckrigen Baracken; schließlich nahm sie sich ein Herz und wandte sich an Grettir:

– *Are you Gogo's father?*

Grettir schielte vor Schrecken, brachte keinen Ton heraus. Baddi dagegen lachte zynisch.

– Sie glaubt, Grettir ist dein Großvater, flüsterte er Dolli zu, die die Zähne fletschte, was wohl am ehesten ein kaltes Grinsen war. Die Fremde, in steigender Verwirrung über diese Reaktion, wandte sich weg, mit der Reisetasche; als hätte sie beschlossen, alles aufzugeben und nach Hause zu laufen. Doch da nahm Lina die Sache in die Hand:

– Frag sie, was sie will, sagte sie zu Baddi.

– *What do you want …*

Mit fliegenden Fingern zog die Westliche einen Umschlag aus ihrer Tasche und reichte ihn Baddi. Schaute ihn flehend an, während er den Brief überflog. Er brauchte lange, um durchzukommen, er verzog das Gesicht und sah ungläubig das Stück Papier an. Steckte es wieder in den Umschlag und reichte ihn Lina.

– Das ist Daisy Pollack aus Kansas. Sie ist … sie ist schwanger, aber erst sechzehn, und ihre Leute drehen durch, und Mama sagt, sie soll hier wohnen, bis, ja, bis das Kind Oma und Opa sagen kann …

Somit bekam das Alte Haus eine neue Mitbewohnerin, der alte Tommi einen neuen Mund zu füttern. Dazu stand in Gogos Brief noch, sie würde innerhalb der nächsten Woche Dollars schicken, Dollars für den Unterhalt der Schwangeren; aber die Tage vergingen, die Wochen, ein ganzer Monat, ohne dass sich ein Geldbote blicken ließ. Ganz im Gegenteil; über ein Monat war vergangen, und Tommi hatte die Hoffnung auf eine Geldsendung längst aufgegeben, da wurde spätabends wieder an die Tür gepocht, und ein anderer Taxifahrer wollte die Fahrt von Keflavik für einen weiteren Gast des Hauses bezahlt haben; einen feisten Ami mit dicken Lippen, der alles andere war als scheu und empfindsam wie Daisy, sondern schnurstracks ins Haus ging, als wäre es das Selbstverständlichste von der Welt, nicht stockte, bevor er den Diwan im letzten Zimmer erreicht hatte, wo er niedersank und unter Seufzen und Stöhnen anfing, seine Zehen zu massieren. Forderte was zu trinken. Fr hatte weder einen Brief dabei noch eine Verheißung von Geld, bloß einen Zettel mit der Adresse »Altes Haus, Thulecamp, Reykjavík, Iceland«; allerdings wurde der Zusammenhang schnell klar, als der Feiste, der seinen Namen mit Herman angab, erklärte, er sei gekommen, um bei Daisy zu leben, seiner Verlobten und künftigen Mutter seines Kindes.

Das Alte Haus beschützte alles, was da lebte und atmete, so war es immer gewesen; dort wurde niemand vor die Tür gesetzt. Und erschöpfte junge Menschen, die den weiten Weg übers Meer gekommen waren, warf man nicht hinaus; schon gar nicht Kinder der großen Nation, der die Bewohner des

Alten Hauses so viel verdankten. Dennoch widersprach niemand, als Dolli eines Tages verkündete, die beiden wären ein unerträglich lästiges Pack.

Herman (den Baddi The Hermit nannte) war ununterbrochen beleidigt und verdrießlich. Ewig nörgelnd über die Behandlung, die ihm zuteil wurde; er mäkelte am Essen, er beklagte fehlende Ruhe in der Nacht, jammerte, weil ihm kein Auto zur Verfügung stand, und wenn man ihm nicht augenblicklich seine Wünsche erfüllte, konnte er tagelang knurren, mit beleidigter Miene durchs Haus schleichen. Den baldigen Eheleuten hatte man die hintere Stube zugewiesen, sie war ihr Refugium, und Herman hob die Augen zur Decke und bestand auf seiner Privatsphäre, wenn nur jemand seine Nase dort hineinsteckte. Daisy war in der ersten Zeit eher liebenswürdig und bescheiden, damals war sie so scheu und verschreckt und ängstlich, man musste einfach Mitleid mit dem armen Mädchen haben. Jeder versuchte, ihr Verständnis und Zuneigung entgegenzubringen; Dolli lieh ihr Winterkleidung, und Baddi erlaubte ihr, Beatlesplatten auf seinem Grammofon zu spielen (das war fast das Einzige, was sie aus Amerika mitgebracht hatte). Aber Daisys Mut und Dreistigkeit wuchsen, als ihr Verlobter eingetroffen war, vielleicht stärkte er ihr den Rücken und klärte sie über ihre Rechte auf; jedenfalls war sie nicht mehr ängstlich und scheu, sondern unterstützte ihn in seinen Forderungen nach besserer Behandlung und besseren Bedingungen.

Gemeinsam murrten sie und schmollten und schlossen sich ein in der hinteren Stube und schwiegen so eisern, dass es niemand ignorieren konnte. Niemals bedankten sie sich, nicht einmal für die Verpflegung, doch war das soweit noch in Ordnung. Als aber Herman anfing, Tommi zu drohen, hatte der alte Krämer die Nase gestrichen voll …

Herman hatte schnell gelernt, Tommi um Geld anzugehen, wie alle anderen im Hause, und Herman erhielt von ihm Geld wie die anderen auch. Darüber hinaus bestellte er alle möglichen Leckerbissen aus Tommis Laden und bekam sie, bekam sogar einen sündhaft teuren Schlafrock, den er, wie er sagte, unbedingt haben musste, als er sich den Magen verdorben hatte und eine Woche im Bett lag. Und als der Ami sich vom Krankenbett erhob, kam er spornstreichs runter in Tommis Laden und meinte, jetzt hätte er genug von diesen beschränkten Wohnverhältnissen, er und Daisy würden sich nicht mehr mit der hinteren Stube abspeisen lassen; sie bräuchten die vordere noch dazu.

Daraus entwickelte sich im Laden ein saftiger Disput. Der Kaufmann antwortete auf Englisch, das er während des Ersten Weltkrieges in Cardiff und Aberdeen gelernt hatte, dies sei leider unmöglich, da die anderen Hausbewohner sich auch irgendwo aufhalten müssten. Außerdem würde die Familie das nie billigen, der Fernseher stand inzwischen in der Vorderstube, und dort war der Ort, wo die Familie sich abends regelmäßig versammelte.

Herman schäumte vor Wut über die Widerständigkeit des Alten. Er hielt dagegen, es sei totaler Quatsch, dass die anderen nirgendwo anders als ausgerechnet in der Vorderstube sein könnten; sie bräuchten doch den Fernseher bloß ins Telefonzimmer schaffen und sich dort aufhalten!

Tommi hatte an diese Möglichkeit gar nicht gedacht und wurde in seinem verrosteten Englisch unsicher. Herman witterte seine Chance, glaubte den Sieg in Reichweite und beschloss, jetzt alles zu wagen; sagte, Danni und die Kinder hätten Daisys Beatlesplatten so oft gespielt, dass sie neue kaufen müssten. Und als Tommi immer noch kein Wort herausbrachte, fügte Herman hinzu, wenn er nicht eine neue Armbanduhr bekäme als Ersatz für die, die Baddi ihm gestohlen und in Schnaps umgesetzt hätte, würde er sie bei der Polizei anzeigen!

Da endlich explodierte Tommi. Er war so wütend, dass er beinahe auf den feisten Amerikaner losgegangen wäre. Schleuderte ihm die übelsten Schimpfwörter Islands entgegen, so dass nicht nur Herman es vorzog, den Rückzug aus dem Laden anzutreten, sondern auch zwei Hausfrauen aus den Blocks flüchteten, die um Waschmittel und Grieß gekommen waren. Der Laden leerte sich, und der Kaufmann warf die Tür ins Schloss. Das Maß war voll. Tommi beschloss, seinem Zorn freien Lauf zu lassen; er hatte es endgültig satt. Jetzt war er genug im Leben herumgeschubst worden, jetzt hatte er dieses Haus mit all seinen wimmelnden Menschen leid für alle Zeit: Er schüttete Baldriantropfen in ein Glas Malzbier, kippte es runter und nahm ein Taxi zum größten und feinsten Maklerbüro der Stadt.

Im Maklerbüro Odal wurde Herr Tomas Tomasson wie ein honoriger Bürger empfangen. Er traf einige Minuten nach Büroschluss ein, doch als er sich als Ladeninhaber und schuldenfreier Besitzer eines Einfamilienhauses von mehr als 200 Quadratmetern vorstellte, schaute man nicht auf die Uhr; er wurde gebeten, im Büro des Geschäftsführers in einem Ledersessel Platz zu nehmen, Zigarren wurden gereicht, und drei der wichtigsten Männer der Maklerfirma zogen ihn in eine leichte Konversation. Nach einigen Sätzen über Wetter und Politik wollten die Makler nähere Informationen; wo das Haus wäre …?

Diese ehrenwerten Männer in Schlips und Kragen waren die Höflichkeit und Liebenswürdigkeit in Person, brachten dem Kaufmann die größte Achtung entgegen und meinten, sie wären ihm gern in jeder Weise behilflich. Aber leider, es war völlig ausgeschlossen, den Preis für ein Haus zu kalkulieren, das auf nicht genehmigtem Baugrund mitten in einem Barackenviertel stand.

Wahrlich, das war kein Glückstag für die beiden vertrauten Freunde Tommi und Danni. Um die Vesperzeit fuhr einer von Tommis Bekannten am Haus vor, von Beruf Friseur und Fahrlehrer, der es auf sich genommen hatte, Danni das Fahren beizubringen. Alle Hausbewohner sammelten sich auf dem Hof, um Zeugen der ersten und einzigen Fahrstunde des Jungen zu werden.

Danni setzte sich ans Steuer, vertiefte sich in das schlichte Armaturenbrett des Wagens und hörte den Fahrlehrer aus weiter Ferne sagen, er solle jetzt vom Haus zurücksetzen. Und Danni, blass, hilflos und nervös, um sich das Gewimmel der sensationsgierigen Gesichter an der Tür des Alten Hauses, griff suchend nach dem Schaltknüppel, mit dem er meinte umgehen zu können; aber das Auto machte einen Satz vorwärts, die Leute im Hof johlten vor Vergnügen und taten, als würden sie in Panik flüchten, und immer mehr Gesichter tauchten auf, auch in den Fenstern der Blocks, bei dieser Heiterkeit, die vom Alten Haus herüberschallte. Danni hantierte und ruckelte und hörte auf nichts um sich herum, nicht einmal auf den Fahrlehrer, und als er den Motor das nächste Mal abwürgte, anstatt zurückzusetzen, erreichte die Stimmung im Viertel ein Stadium, wo man fast Papierhütchen aufsetzen, Luftballons aufblasen und Raketen abschießen mochte; und kaum war das Auto wieder in Gang, setzte es auch schon in voller Fahrt zurück und drehte sich um sich selbst, während der Berserker am Steuer mit verzweifeltem Armrudern in die andere Richtung zu lenken versuchte, so dass es den entgegengesetzten Halbkreis verriss und mit dem linken Kotflügel an Hreggvids Baracke knallte. Frank Daniel Levine Tomasson glaubte Pfeifen und knisternde Popcorntüten zu hören, als er sich blind vor Tränen durch das Gedränge schob, die Treppe hinauftrampelte wie ein Trommelsolo in einem Militärmarsch und den Alkoven hinter sich schloss.

Es vergingen mehrere Monate, bevor Baddi auf seinem Weg durch das Viertel wieder *vorwärts* kutschierte; stattdessen fuhr er die ganze Strecke rückwärts, rückwärts in hübschen Bögen wie ein Eiskunstläufer …

Baddi erwies sich eben auf allen Gebieten als überlegen: ein geschickter Autofahrer, der beste Fremdsprachenkenner, der tüchtigste Fußballspieler seinerzeit, das Supergenie hatte in der Zeitung gestanden wegen seiner Arbeitsausdauer, und außerdem war er natürlich der erfolgreichste Casanova. Alle *guys* in seinem Umkreis, alte und neue Freunde, schienen die Gabe zu besitzen, Leute mit ihrem Aussehen zu erschrecken. Der Taube Grjoni war nun mal so, dass die Hälfte aller Bürger einen großen Bogen um ihn machte, wenn er sich auf der Straße blicken ließ. Maggi Beauty war so fett geworden, dass Baddi meinte, Klamotten zu kaufen hätte keinen Zweck mehr, er bräuchte ein Zelt. Sogar Lui Lui: Der war immer ein schmucker junger Mann gewesen, bis er unten auf der Militärbasis von einer Messerstecherei eine Narbe davontrug, einen dunkelroten Schnitt, der von der Schläfe über die ganze Wange bis durch die Oberlippe reichte. Dazu waren bei dem Schnitt noch ein paar Nerven durchtrennt worden, so dass die Gesichtshälfte taub blieb. Indessen standen jene Kumpane in einem härteren Lebenskampf als der Kronprinz des Alten Hauses. Sogar Bony Morony, Kind steinreicher Eltern, musste schuften. Diese Kameraden hatten eben keine Oma oder keinen Papa, der sie versorgte; manche hatten überhaupt keine Verwandten, außer vielleicht eine Oma im Altersheim, eine Mama, die jedes Mal zu weinen anfing, wenn sie das geliebte einzige Kind sah, vielleicht Eltern auf dem Lande, die sich nach Kräften bemühten, den Sohn zu vergessen. Jene stigmatisierten Helden lebten auch nicht in der Sicherheit eines ewigen Bleiberechts in einem Alten Haus; die bessergestellten besaßen vielleicht die Erlaubnis, in einem fensterlosen Heizungskeller unterzuschlüpfen, mit ein paar leeren Aquavitflaschen, einem versifften Armeefeldbett und schweißstinkenden alten Stiefeln; die ärmeren hatten überhaupt keine andere Unterkunft unter dem Himmel als eine Gefängniszelle, den Rinnstein oder einen verrosteten Trawler in den Fischbänken.

Es veränderte sich allerdings etwas in jenen Jahren des Rock 'n' Roll; die ausgebeuteten Proletarier wurden nicht länger als Idioten mit Rotznasen betrachtet, in der Art von Vetter Toti etwa; in jenen Jahren des Rock, als die Altstadt, abgesehen vom Klima, sich in ein südländisches Dorf verwandelte und Straßenkreuzer um helle, niedrige Holzhäuser herumstanden. Damals entwickelten die jungen Malocher Stil, die Jugend brauchte nicht länger in den Vierteln der vornehmen Familien nach Vorbildern zu suchen: Der eine, der den Müllwagen durch das Thulecamp und die Blocks fuhr, war ein kräftiger Junggeselle um die vierzig, der seinen tätowierten Arm aus dem offenen Seitenfenster reckte. Er trug ständig eine Sonnenbrille, die starken Kiefer bearbeiteten träge einen Streifen Wrigley's, die dunkle Brillantinelocke fiel ihm in die Stirn, wenn er zu allem, was man sagte, nickte. Immer eine halb gerauchte Chesterfield im Mundwinkel. Der Müllwagenfahrer war ein Star. Söhne reicher Leute von der Sorte, die sich früher als whiskytrinkende Tagediebe hervorgetan und zynische Philosophien verkündet hatten, bekleidet mit seidenen Morgenmänteln, sie waren jetzt aus der Mode, nur noch komische Figuren. Vorausschauende Reiche-Papa-Jungen schlugen sich auf die Seite der Armen, heuerten auf einem Trawler an, was als schickste Arbeit des Landes galt, nachdem der Film *On the Waterfront* mit Marlon Brando gelaufen war. Die Jungs von Snobhill legten sich mit zerrissenen Jeans unter ölspuckende Straßenkreuzer, und ihr größter Traum war, in die Clique der harten Knochen um die Garage im Barackenviertel zu kommen.

Die glücklicheren wurden vollgültige Mitglieder, und einer von ihnen war der unselige Jakob Tryggvason, den Baddi mit dem Namen Bony Morony geehrt hatte. Viele von diesen jungen Burschen durften nur so lange dabeibleiben, wie ihr Geld reichte; sogar nicht einmal so lange, wurden bloß zusammengeschlagen, ausgeraubt und vor die Tür geworfen. Der kleine dünne Bony jedoch kam unter Baddis schützende Fittiche; sie wurden dicke Freunde. Obwohl Bony so *cool* schien, war er irgendwie bemitleidenswert. Er versuchte alles, um nicht weniger hart als die anderen zu erscheinen; wenn es eine Schlägerei gab, sogar bei Spaßkämpfen, drehte er komplett durch und fand kein Ende; selbst wenn man ihn zehnmal auf den Rücken geworfen hatte, sprang er immer noch auf die Füße und prügelte sich weiter, setzte alle Tricks ein, mit einem Schluchzen im Halse. War es einmal so weit gekommen, sprangen ihm Baddi oder Grjoni meist bei und klärten die Sache, doch Bony begriff nicht, dass er von Schmach errettet worden war, nein: zusammen hatten sie den Kampf gewonnen, die Freunde, Schwurbrüder, die unüberwindlichen Helden …

Der Bony …

Sie wurden die besten Freunde, er und Baddi, wie Brüder; Baddi der Boss, der beliebte Anführer, von Bony bewundert. Und in Baddi entzündete sich die Flamme der Nächstenliebe, wenn er die Verehrung dieses schmalbrüstigen Kameraden spürte, der es so schwer im Leben hatte; sein Vater und seine Brüder ließen ihn völlig links liegen; seine neurotische Mutter jammerte ihm ununterbrochen vor, er solle nach Haus kommen, und wenn er dann kam, kriegte sie einen hysterischen Anfall. Hie und da waren die Freunde pleite, doch Bony besaß eine Briefmarkensammlung zu Hause, die er holen und im Treffpunkt der Briefmarkenfreunde zu Geld machen wollte. Und seine Mutter empfing ihn schon an der Tür und wiederholte zum zwanzigsten Male: – Sprich doch mit mir, Jakob, hör mir doch mal zu, Jakob, und obgleich Bony antwortete – Ja! Was?! Ich hör dir ja zu! Was?!, hielt sie ihn bloß weiter fest, starrte ihn an und sagte kein Wort mehr. Kein Wort, erst wenn Bony anfing zu brüllen und sich losriss und sie die Fahne roch, da flehte sie ihn entsetzt an, zu Hause zu bleiben, sich auszuruhen, hängte sich an ihn, und er musste sie abschütteln, während sie plärrte und ihn mein einziger Jakob nannte; am Ende spuckte sie Gift und Galle gegen seine Freunde, Baddi und die anderen Gentlemen, die rauchend und ungerührt draußen an der Tür warteten; nannte sie Säufer und Diebe und Strolche; dann kam Bony und drängelte sich mit dem Großteil der häuslichen Briefmarkensammlung an ihr vorbei, und daraufhin wurde sie rasend und drohte weinend, die Polizei zu holen, machte die Drohung jedoch nie wahr, sondern wimmerte nur: – Mein lieber Jakob, warum tust du mir das an?!

Einmal freilich rief Bonys Vater die Polizei an, das war, als sie mitten in der Nacht einen Sattel aus der Garage holen wollten; da kam er doch im Morgenrock an und wollte sich mit ihnen prügeln, er allein, grauhaarig im Morgenrock gegen vier bärenstarke, vorbestrafte Raufbolde. Hetzte ihnen die Polizei auf den Hals, nachdem sie den Sattel für Genever versetzt hatten, und die vier verbrachten die Nacht in der Zelle, wurden jedoch am nächsten Morgen freigelassen, denn immerhin konnte Bony tun, was ihm beliebte mit dem Sattel, einem Konfirmationsgeschenk von seinem Vater. Seine Brüder studierten Jura, und Bonys Freunde hielten sie für dürre, ältliche Holzköpfe, Krämerseelen ohne jede Chance.

Da war der Baddi doch was anderes, immer so *smart*. – Er hat Weiber wie Sand am Meer, sagten Maggi Beauty und seine Freunde von den Trawlern. Baddi und Bony allerdings redeten nie darüber, sie prahlten nicht mit ihren Eroberungen. Außerdem ging es in ihrer Clique nie unanständig zu, Gruppensex oder Orgien, ganz im Gegenteil; nur tiefste und feinste Romantik, abseits, in der Dunkelheit, auf dem Autorücksitz … Anders war es vielleicht in ihrer Gefolgschaft, im ferneren Bekanntenkreis, wo man den ganzen Tag über nichts anderes als Fotzen und Ficken redete; die verkehrten auch mit berühmten Miezen, denen der Ruf vorausging, dass die gesamte Trawlerflotte sie kannte. Baddi und Bony dagegen waren über dergleichen erhaben, waren treu und sensibel. Besonders Bony, der hin und wieder sogar hübsche, verliebte Mädchen von sich stieß, weil er eine andere im Kopf hatte. Und diese seine Liebe blieb immer dieselbe, Gerda aus Hveragerdi, schon seit langem eine Zierde von Baddis Clique. Bei Bony war es Liebe auf den ersten Blick, wogegen sie ihn abwechselnd ermunterte oder tat, als existiere er nicht … wie das nun mal so ist; dann brach Bony zusammen, soff sich hackevoll und bezog entweder Prügel oder wanderte ins Gefängnis, und die nächsten Tage litt er unter Kater und Liebeskummer. Hockte bei Baddi, konnte es woanders nicht aushalten, nur bei ihm; suchte Stärke bei seinem Freund, der nichts fragte, Bony nur gestattete, mit ihm beim Fernsehen zu schweigen. Bony war nur noch ein Schatten seiner selbst, seufzte und ächzte, stand auf und setzte sich, saß eine Stunde wie tot und nahm nichts von dem wahr, was um ihn herum vorging, trippelte wieder und seufzte, und Baddi bot ihm eine Zigarette an und klopfte ihm auf die Schulter und grinste vielleicht insgeheim, murmelte, die Gerda wäre womöglich doch ein bisschen zu hart gegen Bony; und es kann sein, dass das Mädchen selbst auch dieser Meinung war, denn beim nächsten Mal, als sie sich trafen, war sie nett zu dem Jungen und päppelte ihn auf, bis alles wieder von vorne anfing …

Wahrhaftig, es war kein Wunder, dass Bony HveraGerda allen anderen vorzog: Sie war elegant und besaß wundersame, bezaubernde Eigenschaften, einen gewissen Blick, ein plötzliches Lächeln, so als sähe sie etwas, das andere nicht sehen; wortkarg war sie und sprach mit einer etwas heiseren Stimme. Und die HveraGerda war so schön, dass der Lions' Club, als er in Hveragerdi einen Schönheitswettbewerb zugunsten der Witwen und Waisen veranstaltete, sie nicht nur in die engere Wahl zog, sondern sie zur Schönheitskönigin der Blumenstadt wählte und mit Nelken bekränzte. Bony war dorthin in den Osten gefahren, um an der Ausscheidung teilzunehmen, die sonntagnachmittags als Familienfest mit Kaffee und Eis im Treibhaus stattfand, und Bony war der einzige Besoffene dort, stinkvoll, brüllte, pfiff, sackte auf den Kuchentisch, und von allen Seiten rief es, den Kerl müsste man rausschmeißen, wenngleich niemand zur Tat schritt. Und als die Entscheidung verkündet wurde, wollte Bony auf die Bühne krabbeln und die Königin feiern, die er als seine Verlobte betrachtete, aber sie wollte nichts von ihm wissen. Schaute ihn ausdruckslos an, kalt und abweisend, und lächelte in den Saal, als die stärksten Männer des Bezirks sich auf den Trunkenen stürzten und ihn erbarmungslos in den Morast vor dem Treibhaus warfen.

Solange das Alte Haus stand, hielt Baddi weiter seine nächtlichen Gelage ab, fast jedes Wochenende; jene Gelage, die zumeist mit einer Schlägerei endeten, mit Sachbeschädigung und Polizeieinsätzen. Diese Gelage gehörten fraglos zum Grundtatbestand im Dasein der Hausbewohner, es berührte sie schon lange nicht mehr. Gelegentlich kam es vor, dass jemand den ganzen Satansumtrieb verschlief und sich am nächsten Morgen ganz verblüfft erkundigte, ob nachts keiner dagewesen wäre. Eine Weile, als Daisy und Herman am unbeliebtesten waren, hatte die Familie sogar ihr heimliches Vergnügen an den nächtlichen Besuchen dieser besoffenen Verrückten; Baddi brauchte nicht mehr und nicht weniger als das gesamte untere Stockwerk für seine Festivität, und das Erste, was er gewöhnlich tat, war, die Tür zur hinteren Stube zu öffnen, das Licht anzuschalten und The Hermit hinauszuwerfen. Oft wurde Daisy bei dieser Gelegenheit abgedrängt und von kräftigen Pfoten befummelt und entkam nur nach viel Geschrei, entkam tobend hinaus zu ihrem Herman, der zitternd vor Kälte und Schrecken auf dem Hof stand. Manches Mal versuchten sie, wieder hineinzukommen und ins obere Stockwerk zu flüchten, wo alles abgeschlossen war, außer vielleicht die Tür zum Alkoven des Riesen (vor dem beide Manschetten hatten). Eines Nachts schlossen sie sich im Waschhaus ein, aus dem man Katzenfauchen und Mäusequietschen vernahm, wussten, ein weiteres Wochenende dieser Art würden sie nicht überleben; doch ihre Rettung nahte in Gestalt von Fia und Toti, die zusammen mit ihrem Sohn Gosi eines Tages auf Besuch kamen, als Lina gerade wahrsagte und niemand außer den Amerikanern sich der Gäste annehmen konnte. Wunderbar, wie sie zusammenpassten; die Amis machten Fia und Toti zu Vertrauten, erzählten ihnen von der miserablen Behandlung und den Zumutungen, denen sie im Alten Haus ausgesetzt waren, und Fia war von dieser Leidensgeschichte so bewegt, dass sie ihnen anbot, zu ihnen in den Elektrizitätswerkeblock zu ziehen, sofort wenn sie das nächste Mal nachts auf die Straße geworfen würden. Natürlich erschienen die Amis gleich am folgenden Wochenende, und Fia kochte Kaffee für sie und grub Tortenreste aus den Tiefen der Kühltruhe und weckte Gosi, damit er die Leidensgeschichte der Flüchtlinge aus den Westlanden übersetzte. Jessesmaria! Sogar vor dem Eigentum der Flüchtlinge machte man nicht halt bei diesen Angriffen; alles durcheinander und befummelt; mehr als einmal mussten sie Daisys Beatlesplatten im ganzen Viertel aufsammeln, weil Baddi es nicht ertrug, wenn seine Festgäste dieses blödsinnige Gejaule auf seinem Grammofon spielen wollten; schleuderte die Beatlesplatten aus dem Fenster und spielte stattdessen seinen klassischen Elvis Presley.

Häufig endeten die Gelage damit, dass alle verschwanden bis auf ein einzelnes Mädchen, das mit Baddi in sein Zimmer ging und dort bis zum nächsten Tag blieb, und in solchen Fällen wurde Lina neugierig, ängstigte sich, murrte, wollte erfahren, was für eine Hure und Nutte ihren Baddi da umgarnte, bekam jedoch nie etwas über sie heraus. Baddi stellte den Hausbewohnern seine Freundinnen nie vor, begleitete sie nur hastig zur Tür, schob sie durch die Öffnung und schloss hinter ihnen ab, und falls Lina sich ihnen in den Weg stellte mit einer Tasse Kaffee oder dem Angebot, Grettir könne sie nach Hause fahren, dann antwortete Baddi rasch an ihrer Stelle, lehnte ab, heiser und barsch. Las dann später seiner Oma die Leviten; ob sie es nicht in ihren Kopf kriegte, dass er in Ruhe gelassen werden wollte, wenn er müde und abgeschlafft war.

Eines Sonntagmorgens jedoch erwachten alle im Hause ausgeschlafen und erfrischt nach einer langen, ungestörten

Nacht. Verwunderte Gesichter und Geflüster in der Küche, keiner hatte irgendwelchen Radau gehört. Nirgends leere Schnapsflaschen, kein heilloses Durcheinander, keine Verwüstungen. Und die endgültige Bestätigung dafür, dass die Saufbrüder sich nicht hatten sehen lassen, bekam Dolli, als sie in die hintere Stube lugte und dort Daisy und Herman friedlich und ungestört schnarchen sah. Dennoch war Baddi zu Hause, die Schuhe, die er am Vortage so sorgfältig geputzt hatte, standen in der Diele, und daneben ein Paar elegante Bally-Damenschuhe, die keiner kannte. Hier ging etwas höchst Ungewöhnliches vor, und als Baddi gegen Mittag auf der Treppe erschien, wollte Lina sich zurückziehen, gewarnt durch die letzten Erfahrungen, damit der Junge möglichst in Ruhe die Frau hinausschaffen konnte. Doch der Held war heute offenbar in ganz besonderer Stimmung, richtig liebenswürdig zu dem Mädchen, und anstatt die Außentür ins Schloss fallen zu hören, sah die Wahrsagerin ihren Sonnenschein in der Küchentür auftauchen mit dem nächtlichen Gast am Arm.

– Was ist los, Oma, sagte Baddi heiter, willst du uns keinen Kaffee anbieten?

– Waaaas?

– Das ist meine Verlobte.

– Verlobte?

– Gerda Lydsdottir.

– Waaaas? Na? Ich kenn doch die HveraGerda.

– *Call her what you want.*

Die beiden setzten sich, und Baddi machte aus allem einen Scherz; nannte seine Großmutter *my baby*, schmückte jeden einzelnen Satz mit Fetzen aus beliebten Schlagern und lachte aus vollem Halse. Gerda saß dabei mit diesem geheimnisvollen Lächeln, das die Wahrsagerin trotz aller Menschenkenntnis kaum deuten konnte; sie lächelte schwach, wenn Baddi seine Witze riss; wenn alle schwiegen, wurde ihr Lächeln *fast* höhnisch, ohne dass sie den Ausdruck veränderte; später sollte sich herausstellen, dass ihr Lächeln nur bei außergewöhnlichen Ereignissen erlosch: Unwetter, Streit, Prügeleien, zügelloser Sauferei, Todesfällen … Ihre Ansichten gab sie am ehesten zu erkennen, indem sie ihr Schweigen ausspielte, ihr Talent, geradezu unheimlich zu schweigen. Lina versuchte, mit dem Mädchen ein Gespräch anzufangen, und sie antwortete auf alles klar und offen, jedoch meist nur mit einem Wort oder ganz kurzen Sätzen, die die Unterhaltung beendeten. Schließlich bot Lina freundlich an, sie von Grettir fahren zu lassen, wenn sie ginge, woraufhin Gerda pfiffig die Augen zusammenkniff und danke schön sagte, Baddi sich jedoch im Stuhl zurücklehnte, die Finger unter eingebildete Hosenträger schob und fragte:

– Was glaubst du denn, wo sie hingehen soll?

– Wie?

– Na, hier ist sie daheim, liebste Oma.

Und drei Monate später die Hochzeit. Keine mehrjährige Verlobungszeit wie bei Dolli und Grettir; die Beziehung zwischen Baddi und Gerda glich in keiner Weise der Ehe von Dolli und Grettir. Gerda schimpfte niemals mit Baddi, Baddi war nie mürrisch oder meckerte, sämtliche Alltäglichkeiten machten sie gemeinsam: erwachten zusammen, schauten zusammen fern, tranken zusammen … Baddi führte genau das gleiche Leben wie früher, und das schien Gerda ausgezeichnet zu gefallen, jedenfalls brachte nichts sie aus dem Gleichgewicht. Die Wochenendbesäufnisse dauerten an, die wilden Feste im Alten Haus; erst später, als Gerda schwanger war, nahm sie nicht mehr an seinen Gelagen teil, blieb einfach daheim im Alten Haus und sah fern oder in die Luft, mit leerem Blick und ihrem kalten Lächeln auf den Lippen. Sie trafen weiterhin dieselben alten Freunde; alle außer Bony Morony, der sich nie sehen ließ.

Am Morgen der Hochzeit glänzte die Sonne auf dem blauweißen Oldsmobile draußen im Hof; ein acht Jahre alter Schlitten in bestem Zustand, das Hochzeitsgeschenk für Baddi vom alten Paar. Trauung in der Domkirche, eine herausgeputzte Menschenmenge, und als das frischgetraute Paar sonnenüberstrahlt in der Kirchentür erschien, wartete dort die ganze Gruppe der Freunde mit Rosen am Aufschlag und Tüten voll Reis. Und daheim im Alten Haus wurde das imponierendste Fest in der Geschichte des Viertels gefeiert:

Es war, als hätten Reinigungsfurien in diesem alten, baufälligen Barackenviertel getobt. Natürlich hatte Lina die Parole ausgegeben, dass alles an diesem bedeutungsvollen Tag vorbildlich zu sein hätte; und ihr Befehl wurde in jeder Hinsicht befolgt. An vielen Baracken waren neue Fenster eingesetzt, neue Mülltonnen aufgestellt, kaputte Wäschestangen abgehauen und durch neue ersetzt worden. Über die Gräben und offenen Abflüsse legte man Planken und schmückte sie mit Stiefmütterchen, die die Kinder des Viertels aus den vornehmen Gärten stahlen. Der Schrotthaufen bei Hlyn, dem verstorbenen Automechaniker, wurde weggeräumt. Die Bewohner des Viertels bürsteten ihre Schuhe und Sonntagskleider, wuschen sich das Gesicht, wurden nüchtern, brachten die Kinder zum Schweigen und stellten sich an dem Tor auf, das man an der Einfahrt zum Viertel aus Balken errichtet hatte; ein Stadttor, bemalt und geschmückt zu Ehren von Bjarni Heinrich Kreutzhage. Im Viertel wohnte ein alter, trunksüchtiger Trompetenspieler; der hatte aus Anlass des Tages seine Kameraden vom Blasorchester hergeholt, damit sie am Tor Militärmärsche und Vaterlandslieder schmetterten, an jenem herrlichen Sonnentag, als das Brautpaar und sein Gefolge hindurchfuhren. Es war ein Gottesgeschenk, dass das Wetter so mild war, denn Lina hatte buchstäblich alle Bekannten zur Feier eingeladen, und Lina kannte Tausende; von denen hatten immerhin so viele der Einladung nachkommen wollen, dass sie unmöglich ins Alte Haus gepasst hätten. Das schöne Wetter rettete die Sache, aus den Baracken brachte man Stühle und Hocker und Tische und stellte sie im Kies rund um das Haus auf. Lina hatte ein unermessliches Heer junger Mädchen in schwarzen Kleidern und weißen Schürzen aufgestellt, die Kaffee kochten und Kuchen schnitten und auftrugen. Im Waschhaus verdünnten Tommi, Grettir und der kleine Mundi den Juice mit Wasser und füllten ihn in Kannen; erst neulich hatte die Wahrsagerin dieses Zaubergetränk Juice entdeckt und war ganz versessen darauf; nach ihrer Ansicht konnte diese Errungenschaft sich mindestens mit den anderen Neuheiten aus Wissenschaft und Kochkunst messen, immer musste genug Juice im Hause sein, und jedem, der kam, bot sie von dem edlen Trank. Hingegen konnte sie kaum behalten, wie das Getränk richtig hieß, und sagte immer *Sjuus* statt Juice.

– Hinten im Waschhaus mischen sie gerade Sjuus, sagte sie allen, binnen kürzester Zeit hatte sich dort eine große Gruppe Männer versammelt, wie zufällig, und alle ließen sie sich mehrere Gläser Juice aufdrängen, damit keiner glaubte, sie hätten etwas missverstanden.

Allerdings bekam man auf diesem Fest auch den richtigen *Dschuus* nach dem Herzen echter isländischer Männer. Dafür sorgten schon Baddis Freunde, die meisten brachten Gin und Branntwein und Aquavit als Hochzeitsgeschenk und mixten daraus den wahren Dschuus; nebenbei gab es noch einige zusätzliche Flaschen, die sie kreisen ließen. Alle waren da: der

Sänger Buddy Bill, der sowohl seinen Platz im Orchester als auch in den Top Ten verloren hatte, trotzdem aber mit Gitarren-, Bass- und Schlagzeugspielern anrückte und drinnen in der Stube ein rhythmisches, inspirierendes Konzert gab; der Taube Grjoni war da, eben aus dem Gefängnis entwichen nach bewährter Art und Weise; Lui Lui saß mit einigen Seeleuten mitten im Haus und reinigte sich die Fingernägel mit einem Dolch; Herman The Hermit hatte so viel Angst, dass er das ganze Fest im Waschhaus verbrachte; Maggi Beauty saß in der Küche und unterhielt die Gäste, indem er die Henkel von den Kaffeetassen aus feinem Porzellan abschlug, die Lina mittels Drohungen aus Fias Geschirrschrank geliehen bekommen hatte. Thord der Hurenbock war da, der Einzige aus Baddis Clique, den man wirklich einen Penner nennen konnte. Er lag die meiste Zeit des Festes alle viere von sich gestreckt in der Vorderstube, und neben diesem Wrack im Anzug lagen zwei Gläser Rasierspiritus von den Hochzeitsgeschenken, leer. Alle waren da, außer Bony Morony.

Nie hatte man ein schmuckeres Brautpaar gesehen. Gerda hatte ihr übliches Lächeln aufgesetzt, war in Seide gekleidet und strahlte vor Glückseligkeit. Ihre Eltern nahmen am Fest teil, jeder für sich, ihre Mutter kam aus Hveragerdi angereist, wo sie seit mehr als zwanzig Jahren allein mit ihren drei Töchtern gewohnt hatte, bis heute, da Gerda endgültig ausgezogen war. Der Brautvater wohnte in der Hauptstadt und besaß einen eigenen Würstchenstand, ein abgearbeiteter Mann von kummergebeugtem Aussehen, der seiner Tochter um die Augenpartie glich. Er drückte Lina die Hand und stellte sich vor, Lydur Sverrisson, und die Wahrsagerin musterte ihn mit unverhohlenem Misstrauen, schien aus irgendwelchen Gründen einen Groll gegen diesen Mann zu hegen. Sie machte sich einen Spaß daraus, seinen Vornamen zu verballhornen und ihn statt Lydur ständig Liederjan zu nennen, so dass Tommi und Danni vor Scham über dieses Geschwafel der Alten blass wurden.

Vigdis, Gerdas Mutter, glich ihrer Tochter, hielt sich gut mit viel Schminke und Parfum, ging, sprach und sah aus, als hätte sie in jungen Jahren sehr wohl Schönheitskönigin in Hveragerdi werden können. Gerda hatte Lina und Tommi durch Baddi ausrichten lassen, ihre Mutter wolle keinen Alkohol oder vertrage keinen, und aus diesem Grund versuchte Lina ihr den Juice schmackhaft zu machen; – Darf ich dir einen Sjuus anbieten?, doch Vigdis sagte artig nein danke, bat um abgekochtes Zuckerwasser, falls man das hätte. Schließlich nahm sie jedoch das Angebot an und holte sich einen Schuss aus der Ginflasche, die da auf dem Tisch stand, und nach einigen weiteren Gläsern richtete sie sich auf, noch verführerischer als ihre Tochter, die Schönheitskönigin, bat die Männer mit sexy Stimme und ausdrucksvollem Augenaufschlag um Feuer. Zu diesem Zeitpunkt war jedoch die ganze Gesellschaft schon beschwipst, sogar der kleine Bobo, gerade acht Jahre alt, wurde beschuldigt, von dem gemixten Dschuus getrunken zu haben; er saß draußen im Hof auf einem Autodach und drehte auf, unterhielt eine ganze Gruppe von Männern mit Witzen über Köche, die in die Suppe pinkelten, und über Halla Schiefmaul, der in die Bäckerei kam …, und Höskuld der Taxichauffeur, der damals gerade aus dem Viertel weggezogen war, nachdem seine Baracke mitsamt Saeunn, der Katzennärrin, verbrannt war, berichtete jedem, der es hören wollte, er wäre mit dem Bengel neulich runter zur Taxizentrale gefahren, und ein solches Billardtalent wie den hätte man nie zuvor gesehen. Da wären sich alle einig gewesen! Er wurde von Dolli unterbrochen, die rufend in den Hof kam und ihm befahl, vom Auto herunterzukommen; der Junge wurde regelrecht gefeiert, als er seiner Mutter nur die Zunge herausstreckte und ihr Schimpfwörter an den Kopf warf: – Halt bloß die Schnauze, dumme Kuh! Und der Chor der Männer lachte so laut, dass ein Hund aus dem benachbarten Viertel in ein offenes Kanalisationsrohr floh. Dolli war vom Unglück verfolgt. Zu allem Überfluss hatte sich Vigdis, beschwipst und fröhlich, bei Grettir niedergelassen. War in ein vertrautes Gespräch mit dem Kerl versunken, ließ sich von ihm die kleinen Zigarillos anzünden, die sie mit Eleganz rauchte, schickte ihn nach Drinks und streichelte seinen Jackenärmel mit den Fingerspitzen. Grettir war rot vor Stolz und vor Verlegenheit, die er jedoch nach und nach mittels aquavitverstärktem Kaffee überwand. Tat sich wichtig, fragte, ob sie wüsste, was er in den letzten Jahren verdient hätte, bot an, ihr bei Gelegenheit seine Gewehre zu zeigen, und schenkte Dolli, die ein ums andere Mal an ihnen vorbeifegte, nicht die geringste Beachtung.

Die gesuchtesten Männer des Festes waren jedoch die Freunde Baddi und Grjoni. Sie waren unzertrennlich, verständigten sich mit Zeichen und Gesten, die nur sie allein kannten, schlugen ihre Handflächen gegeneinander, wenn sie etwas Bemerkenswertes sagten; ergänzten einander wie immer: Baddi sah aus wie ein Gangsterheld, während Grjoni tatsächlich einer war. Sigurjon Traustason war der interessanteste Mann auf der Feier, ständig umgeben von einem Schwarm Leute, die auf seine Worte lauschten und ihn ausfragen wollten.

– Wie war's im Gefängnis, Grjoni?

– Das müsstest du doch wohl selbst wissen, Maggi!

– Jaha!

– In jedem Falle besser als auf'm Trawler!

– Hast du denn ganz mit der Ausbrecherei aufgehört?, fragte Hreggvid, der Kugelstoßer.

– Das will ich nicht unbedingt sagen, erwiderte der berühmte Verbrecher, – Hauptsache ist immer, wieder rechtzeitig reinzukommen, bevor sie abends abschließen.

– Waren irgendwelche Mörder da?

– Ja, zwei, den Wärter nicht mitgerechnet.

Es war ein bedeutendes Fest. Die Band auf der Bühne spielte hin und wieder einen Song, wenn Buddy Bill und seine Kumpane sich nicht gerade einen Dschuus gönnten und mit den Festgästen quatschten. Es gab ein Mikrofon dort, und der Traum aller Kinder, in so etwas Herrliches einmal sprechen oder singen zu dürfen, ging in Erfüllung, zuerst für Gilli und Mundi, als Nächstes kamen die Kinder aus dem Viertel scharenweise und durften ihre Lieblingsmelodien singen. Siggi gab *She loves you* zum besten … Und Buddy Bill forderte zu guter Letzt auch die Erwachsenen auf, droben auf der Bühne ihr Licht leuchten zu lassen, dem Brautpaar zu Ehren. Als Ersten führte Baddi Hreggvid, den Kugelstoßer, ans Mikrofon; Baddi kündigte den großen Sänger und sein Lied an, *an old time favorite,* eine Melodie, die an so manchem Morgen seiner Kindheit das Aufwachen begleitet hatte. Dann packte Hreggvid das Mikro und dröhnte mit viel Einfühlungsvermögen:

> Ist das dein oder mein Südwester?
> Ist das dein oder mein Südwester?
> Das ist meiner und nicht deiner.
> Ja, das ist mein und nicht dein …

Weitere kamen und sangen, eine Frau aus dem Viertel brummte großmütterliche Gebete, bis sie in Tränen ausbrach, »Dolly and the Ole House Drifters« sangen diesmal nicht *Everybody is somebody's fool,* und zuletzt trat ans Mikrofon Lui Lui, der eine Unterhaltungsnummer bringen wollte. Da brauchte es wahrhaftig einen bühnenerfahrenen Mann, um ihn anzukündigen, und Buddy Bill bat die Menge um Ruhe:

– Jetzt wird Ludwig Hansson allen Gästen eine Wette anbieten. Die Wette geht darum, ob Ludwig es mit seiner Geschicklichkeit als Taschendieb schafft, einem etwas aus der Tasche zu stehlen.

Das wollte den Leuten nicht in den Kopf. – Ganz klar, der Junge kann doch niemand was wegnehmen, der weiß, dass er darauf aus ist! – Doch doch!, meinte Lui Lui mit schiefem Grinsen; – doch doch. Schließlich trat Grettir zum Mikrofon, gerötet und lächelnd, stellte sich auf, wusste nicht, wohin mit den Händen. Buddy erklärte die Regeln; alle beweglichen Gegenstände durfte Lui versuchen, Grettir wegzunehmen, aus den Taschen, die Uhr, den Schlips, die Manschettenknöpfe, den Gürtel; alle Gäste im Zimmer meinten, dergleichen wäre unmöglich, wenn der Mann aufpasse. – Von mir kriegt er nix!, kündigte Grettir an, rotwangig und glücklich, und winkte plump, und Vigdis, ganz vorne in der Zuschauermenge, schlug vor Begeisterung die Hände zusammen.

Und Lui wandte sich Grettir zu, der die Hände gegen die Hosenbeine presste und mit flackerndem Blick entweder den Taschendieb oder die Menge ansah, das Ganze für überhaupt kein Problem hielt, Tsüüh!, und deswegen das ganze *Wow* und die Verwunderung nicht verstand, die die Stube erfüllte …

Lui nahm ihm auf der Stelle den Schlips ab, ein kleines Taschenmesser, das Abzeichen des Schützenvereins vom Aufschlag, und das Flüstern und Gezischel über den Schlips war so allgemein, dass sogar Grettir schließlich dessen Verschwinden mitbekam, rot und aufgeregt am Hemdkragen fummelte, und dann wurde gepfiffen und geklatscht, als Lui dem Grettir den Schlips zurückgab und dabei die Gelegenheit nutzte, dem armen Teufel die Uhr vom Handgelenk zu stehlen.

Jetzt passte Grettir auf seine Krawatte und seinen oberen Teil gut auf, Lui erläuterte ihm, wie er die Sache angestellt hatte, und leerte unterdessen die Hosentaschen des Opferlamms. Zuletzt wurden alle verrückt vor Begeisterung, und Grettir entdeckte, dass seine Hosen rutschten und die blaugestreiften Flanellunterhosen seines Nachtzeugs zum Vorschein kamen …

Lui hatte die Wette gewonnen, hundert Kronen, mittlerweile wollten jedoch weitere Festgäste die Sache ausprobieren; mussten erst am eigenen Leibe erfahren, dass dieser narbengezeichnete Gauner einen fast entkleiden konnte, ohne dass man es merkte. Lui misslang nichts; vielleicht erbeutete er mal mehr, mal weniger, aber der Junge war eine so ehrliche Haut, dass er alles zurückgab; erst später, als er anfing, seine Künste in Unterhaltungsetablissements zu zeigen, kam er in den Ruf, dass er nur einen Teil der Beute wieder abgab, und wurde deswegen verurteilt …

So verlief das Fest harmonisch in Freude und Eintracht fast bis zum Schluss. Erst als die Dämmerung jenes schönen Frühlingstages hereinbrach, begann das Spektakel, und da ganz plötzlich; alles explodierte. Vielleicht fing es damit an, dass es Vigdis, Gerdas Mutter, schwindlig wurde, als sie über ihre eigenen Füße stolperte und über den Tisch fiel, so dass Grettir als Gentleman die arme Frau stützen musste, sie an die frische Luft geleiten; und da hatte Dolli endgültig die Nase voll. Sie konnte eine kräftige Stimme aufbieten, und als sie aus der Tür hinter dem kleinen Hurenbock herbrüllte, schraken alle derart zusammen, als wäre ein Luftangriff auf das Haus im Gange. Dolli blieb dabei, geißelte Grettir mit der vollen Gewalt ihrer Stimmbänder; als sie sich jedoch darüber ausließ, dass er ein altes Luder, eine dreckige Hure begrabschte, tauchte HveraGerda neben Dolli auf und steckte ihr wortlos eine Zigarette ins Maul, mit der Glut voran. Ihr Heulen ertrank in dem Gepolter aus der Küche, wo Hreggvid den Tisch mit dem aufgestapelten Porzellan umkippte. Damit kam die Sache in Schwung – Lina tanzte ihren Indianertanz rund ums Haus, Fia bekam einen asthmatischen Anfall, als Toti entdeckte, dass man ihm seine Brieftasche gestohlen hatte, die Zwillinge schnitten sich an den Scherben in der Küche, und sie hatten ihre Stimmkraft aus der mütterlichen Linie geerbt. Am schlimmsten war, dass durch ein furchtbares Missgeschick der Fernseher umfiel und völlig demoliert wurde. Oben auf dem Treppenabsatz stand Tommi und befahl den Männern, ins Zimmer von Dolli und Grettir einzubrechen, wo Maggi Beauty sich verschanzt hatte und mit einer Schrotflinte aus dem Fenster schoss. Augenzeugen sagten später aus, Jakob Morony Tryggvason sei gerade in diesem Augenblick mit dem Auto ins Viertel gebraust und hätte in rasender Fahrt das Haus angesteuert, jedoch mit quietschenden Reifen gebremst und gemacht, dass er wegkam, als er mit Schüssen empfangen wurde und den Büchsenlauf und die Feuerzungen im Fenster sah …

16.5.

Das Leben ist schön. Manchmal empfinde ich das so, manchmal anders, aber inzwischen habe ich so viel darüber nachgedacht, dass, selbst wenn ich alles ganz schlimm finde, dann weiß ich doch, das Leben ist gut. Wenn ich recht verstehe, bewegt man sich nach dem Tod in einer Art Schattenreich, wo nichts greifbar ist und alle Tage gleich sind, aber ich bin sicher, ich würde beides vermissen, Sonne und Regen, ich würde sogar vermissen, daheim im Bett zu liegen und mich von einer Erkältung zu erholen. Und lieber habe ich diese verdrehte Familie um mich als keine oder irgendwelche Schatten. Früher fand ich alles so grau und widerwärtig, die ganze Zeit hört man ja auch nichts anderes, von allen Seiten, neulich war ein Philosoph im Radio, der meinte, wenn die Menschen einmal aufgehört hätten, an Gott zu glauben, dann wäre das Leben sinnlos, oder irgendsowas. Aber ich hab eingesehen, wie dumm es ist, wenn man seine Zeit mit solchen Gedanken verschwendet. Und wenn ich heute jemand was in der Art sagen höre, alles wäre so grau und traurig und das Leben hätte keinen Sinn, dann kommt mir das vor, als wenn man einen spannenden Film sieht, und einer vor oder neben oder hinter dir macht einem alles kaputt mit seiner Nörgelei, wie blödsinnig und langweilig der Film wäre. Man ist richtig froh, wenn solche Leute in der Pause gehen.

Es ist Abend geworden.

Ich hab gehört, darüber hatte ich noch nie nachgedacht, dass jeder seinen eigenen Geruch gut findet, sogar allen möglichen Gestank, wie den Geruch von Scheiße. Aber wie wäre das wohl mit Leichengeruch?

Oft kommt es mir vor, als würde ich ersticken, aber das geht vorbei, wenn ich fliege. Oskar und Gautir sagen, irgendwann in den nächsten Wochen kann ich die Prüfung machen; ich hab keine Angst davor, jetzt hab ich achtzehn Flugstunden mehr, als ich brauche. Neulich hat Papa das Geld für die Stunden bezahlt, das ich noch schuldig war.

Ich muss ihm das wiedergutmachen. Vor einigen Tagen hab ich ihm das gesagt, aber er meinte bloß, mach dir darüber keine Sorgen, lieber Freund, aber ich muss es ihm wiedergutmachen.

Hätte ich ihn nicht gehabt, dann hätte ich es manchmal nicht ausgehalten.

Ich glaube, Dolli geht es nicht besser, jetzt wo Baddi mit Gerda zusammen ist.

Am Wochenende, als das Wetter so schlecht war, ging es mir so mies, dass ich den ganzen Tag nicht aus dem Zimmer ge-

gangen bin. Obwohl ich nicht krank war. Ich konnte nichts ins Tagebuch schreiben.

Jetzt will ich nicht mehr daran denken –
es ist bloß gut, fliegen zu können.

Manches Mal, wenn er müde und erschöpft war, hatte der alte Tommi sich gedacht, irgendwann würde ihm die unmündige Kinderschar entwachsen, wie in anderen Häusern auch. Bald würden die großen Kinder im Hause alt genug sein, ein eigenes Heim zu gründen, und vielleicht könnte das alte Paar dann einen ruhigen Lebensabend genießen. Tommi hatte vorgeschwebt, dass das junge Volk, wenn es flügge würde, eine gute Versicherung für ein sorgenfreies Alter wäre, womöglich könnten sie den greisen, abgerackerten Versorgern sogar Obdach bieten. Inzwischen war mehr als ein Jahrzehnt vergangen, seit Dolli ihre Kinder bekommen hatte, und immer noch sah es nicht so aus, als wolle sie ein eigenes Heim gründen. Zusammen mit Grettir und den drei Kindern lastete sie tatsächlich fünffach auf Tommi, und mitunter war er regelrecht sauer auf sich selbst, wenn er sogar das Benzin für den Leichenwagen bezahlte, als wäre das ganz selbstverständlich.

Und Baddi nun auch verheiratet. Obwohl es nicht schien, als hätte sich damit viel verändert. Keine Rede davon, dass er aus dem Alten Haus ausziehen würde, kein Anzeichen, dass er sich Arbeit suchte; das Einzige, was sich nach seiner Hochzeit änderte, war, dass er mehr im Bett lag und sogar noch öfter auf Sauftour ausging; rastloser war, ohne Fernsehen. Und kaum hatte Tommi Gerda ins Haus hinzubekommen, da kündigte sich bereits Familienzuwachs an, sie verkündeten, Gerda wäre bereits einige Monate lang schwanger, und demzufolge redete man darüber, wie man mehr Platz für sie schaffen könnte, ihr Zimmer oben wäre doch arg klein, und irgendwie wurde bestimmt, dass Baddi und seine Familie die Räume im Erdgeschoss bekämen, wenn sie frei würden.

Wann immer das auch sei. Nichts deutete auf Daisys und Hermans Abreise hin; es war schon lange klar, dass Daisy kein Kind mehr erwartete, falls sie das je getan hatte. Deswegen war es also nicht, dass sie weiter im Alten Haus warteten. In Wirklichkeit hatten sie nichts, worauf sie warteten, waren bloß gereizt, und alle anderen ihrer gründlich überdrüssig. Doch sie waren Strandgut auf dieser Insel. Hatten nicht das Geld für die Heimfahrt.

Tommi hatte eingesehen, dass es ihn natürlich am billigsten käme, wenn er ihnen einfach ein Flugticket nach Hause kaufte. Sie loswerden. Dieses miese Pack, das man ihnen untergeschoben hatte, nicht mehr durchfüttern müssen. Aber er versuchte immer, einen Rest von Stolz zu bewahren, konnte sich nicht endlos zum Narren halten lassen. Dieses Volk konnte selbst sehen, wie es nach Hause kam. Ging ihn nichts an.

Abgesehen natürlich davon, dass es ihm immer weniger gelang, mit den Einkünften aus dem Laden die täglichen Ausgaben für die Familie im Alten Haus zu bestreiten. Sein Warenangebot konnte er nicht weiter vergrößern, er hielt den Kiosk abends so lange wie möglich auf, doch irgendwas musste geschehen. Auf die ein oder andere Weise musste er modernisieren in diesen Zeiten härter werdender Konkurrenz, das Dienstleistungsangebot erweitern; und endlich kam er auf die Idee, Waren gratis ins Haus zu liefern. Sich nicht durchzuwursteln, sondern ein Geschäft mit Stil zu bieten.

Dafür kaufte er ein schickes Botenfahrrad, eine schwarze Kostbarkeit mit kleinem Vorderrad und einem Korb vor dem Lenker. Stellte Leute als Boten ein, Jungen aus dem Viertel, eine relativ gute Lösung, wie ihm schien. Und seinem Angebot, die Waren direkt nach Hause auf den Küchentisch der alten Weiber zu bringen, war durchschlagender Erfolg beschieden; alle kauften mehr, als sie tragen konnten, füllten Pappkartons mit Waren, die der Kaufmann am gleichen Tag anzuliefern fest zusagte. Die Jungen aber, die sich bei ihm verdingten, waren in erster Linie am Fahrradfahren interessiert, und überdies war es natürlich angenehm, für jemanden wie Tommi zu arbeiten, der sich nie aufregte, sich nicht überwinden konnte, die Jungen anzutreiben, und daher fuhren sie vielleicht an ihrem ersten Arbeitstag ein paar Waren aus, und dann bekam Tommi weder sie noch das Fahrrad wieder zu sehen, bis sie es einige Tage später ablieferten, oft mit platten Reifen.

Und der Alte durfte seine Waren selbst austragen, mit einem schweren Paket nach dem anderen in den obersten Stock der Wohnblocks oder ins nächste Viertel laufen …

II

Ein Tag ist für dich so wie tausend Jahr'

Und Danni entpuppte sich als beinah göttliche Gestalt, jener Sohn, der die ganzen vierundzwanzig Jahre teilnahmslos und eigenbrötlerisch in seiner Drecksecke des Alten Hauses gelegen hatte. Nein, vielleicht nicht eben göttlich, doch zumindest erhob er sich eines Morgens wie Phönix aus seinem engen, ungelüfteten Alkoven.

Es geschah früh am Tag. Dolli und Lina saßen schlaftrunken und morgengrau über ihren Kaffeetassen am Küchentisch und wurden Zeuge, wie Frank Daniel Levine Tomasson hochvergnügt und pfeifend zu ihnen hereintrat, mit sonorer Stimme einen guten Morgen wünschte und weiterpfiff, wie ein Vogel an einem herrlichen Frühlingstag singt, ohne eine Antwort zu erwarten.

Die Frauen hätten nicht verblüffter sein können, wären die Präsidenten Asgeir Asgeirsson und Lyndon Butterfly Johnson Hand in Hand in die Küche getreten. Noch nie hatte dieser Junge gewagt, jemandem gerade in die Augen zu schauen. Nie hatte er Leute von sich aus ansprechen können, ohne dabei wenigstens zu erröten. Die beiden Frauen saßen konsterniert am Küchentisch; hatten geglaubt, dieser harmlose Riese hätte nicht einmal den aufrechten Gang gelernt; bisher war das Riesenbaby gebückt durchs Haus geschlichen, mit leerem, ängstlichem Lächeln, hängendem Kopf, so dass die Haarlocke die

Augen überschattete, als erwarte er eine Ohrfeige. Im Übrigen lag er in seinem Alkoven und ließ brummend die Spielzeugautos fahren.

Und heute? Da steht ein beeindruckender Mann, der energisch zum Eisschrank tritt, die Lebertranflasche ergreift, die sich neulich plötzlich darin fand, einen großen, abgemessenen und soliden Schluck nimmt und anschließend die Kehle mit Tomatensaft aus der Kanne nachspült. Und während er trinkt, schweift sein dunkler, lebendiger Blick über den Rand der Kanne zum Tisch, verharrt dort eine Weile bei den maulоffenen Frauen und gleitet zur Seite.

Dieser Mann, der sie überraschend an einen Kriegshelden erinnerte, trug blankgeputzte Beatlesschuhe, eine Bomberjacke, hielt in der Hand eine Fliegermütze, eine flotte Lederkappe von der Art, wie Lina sie zuletzt gesehen hatte, als der berühmte Lindbergh in seinen besten Jahren einmal bei der Stadt zwischengelandet war. Sie fuhren zusammen, als er sich mit knapper Geste und klarer Stimme verabschiedete und die graugesichtigen Frauen einen Moment grinsend betrachtete, bevor er hinauseilte, schneidig und keck anzuschauen. Und irgendwas sagte er noch im Weggehen, etwas ganz Sonderbares, an das sie sich unmöglich erinnern konnten, keine von beiden, obwohl sie es den ganzen Tag lang versuchten, die ganzen folgenden Tage und hin und wieder in den kommenden Jahren …

War das nicht total verrückt? Und als Prinz Kreutzhage höchstselbst sich von seinem Bett erhoben hatte, so gegen Mittag, verstand er überhaupt nicht, was vor sich ging. Lina nahm ihren Sonnenschein kaum zur Kenntnis, wanderte bloß gedankenverloren und brabbelnd umher, und erst als Baddi fragte, ob man ihn absichtlich verhungern lasse, kochte sie ihm was zusammen. Er musste die Tasse fünfmal auf den

Tisch knallen, bevor es jemandem einfiel, ihm Kaffee einzuschenken, und als er sich drinnen in der Stube niedergelassen hatte, stellte sich heraus, dass niemand auf die Idee gekommen war, seine Zigaretten zu kaufen. Hier war etwas Verdächtiges im Gange; – *I smell a rat*, murmelte das Genie, ohne auch nur den Ansatz einer Erklärung für das Phänomen zu finden.

Erst am Tag danach. Er war überraschend früh auf den Beinen und kam herunter, als die ganze Familie beim Mittagessen saß. Alle waren versammelt, das alte Paar und Dolli und Grettir mit den Kindern, Daisy und Herman, und HveraGerda auch; alle stierten sie ins *Morgenblatt*. Vertieften sich in einen Artikel über die Fliegerschule, dabei ein Foto von den Gründern der Schule, zusammen mit drei Schülern, die gestern dort ihren Flugschein mit Bravour bestanden hatten. – He, das ist Brüderchen Danni, sagte Baddi heiser und verwundert, wurde jedoch keiner Antwort gewürdigt; vielleicht auch überflüssig bei so einer augenfälligen Tatsache; im Fliegeranzug stand er, Danni, im Zentrum des Bildes, überragte die anderen, als wäre er der Offizier der Truppe.

Niemand sprach über das Bild, jeder für sich schaute es an und schwieg. Nicht einmal untereinander schauten sie sich an, bis endlich der hässliche Kater Messias vor der Küche miaute und die Verzauberung von den Anwesenden wich. – Er hat Hunger, der Ärmste! – Ist dir kalt, Miezmiezmiez! Alle sprangen auf, als wäre dies unschuldige Tier ihr Leben. Lina häufelte für Messias Essensreste auf einen Teller, und sogar Dolli versuchte, das misstrauische und fauchende Tier zu streicheln. Jeder tat so, als schulde er der Katze einen großen Dienst, alle, bis auf Tommi, der der Szene belustigt zusah, und Baddi, der begriffsstutzig den Kopf schüttelte und wieder zum Diwan ging, sich dort auf den Rücken legte und rauchte.

Doch was auch immer man im Hause beredete, alles drehte sich eigentlich um Danni. An diesem Tag tauchte er zu Hause nicht auf, und auch nicht an den folgenden. An sich war das nichts Neues, wenn er verschwand und seiner Wege ging; jetzt aber sorgten sich offenbar alle um ihn, fragten sich, ob der Junge nicht wohl bald von selbst zurückkäme, fast so als hätten sie alle ein dringendes Anliegen. Die Nachbarn und Verwandten eilten herbei in hellen Scharen, jeder hatte das Bild in der Zeitung gesehen und natürlich schon lange gewusst, dass aus dem Jungen noch mal was Großes werden würde. Nun, die Familie antwortete zurückhaltend und bescheiden, sie hätten seiner Ausbildung wahrlich nicht im Wege gestanden, da das Interesse nun mal da war; kein Grund, viel darüber zu reden. Am zufriedensten von allen war Tommi, er stakste herum, redselig und stolz, genoss die Hochachtung, die man ihm endlich entgegenbrachte, die Aufmerksamkeit, wenn er die Sache kommentierte. Ob es nicht teuer wäre, fliegen zu lernen? – Tja, wenigstens ist das Geld nicht schlecht angelegt, sagte der Kramladenpächter und wippte auf den Fußballen vor und zurück. Tommi war der Einzige, der wusste, wo das Fliegeridol sich aufhielt, verriet jedoch nicht mehr als unbedingt nötig. – Kann sein, dass er heute Abend vorbeischaut, meinte er abwesend, scheinbar darauf konzentriert, sein Hemd in die Hosen zu stopfen.

Tatsächlich, der Abend kam und brachte den Helden mit. Sofort wurde er in die Küche gezogen. Willst du dich nicht zu uns setzen, mein lieber Danni?, fragte man ihn zum ersten Mal in seinem Leben. Tommi war so glücklich, dass er fast schielte, er fuhrwerkte mit dem Löffel in der Tasse herum, als hätte er einen elektrischen Schlag bekommen. Daniel setzte sich schmunzelnd und grüßte in die Runde, während Baddi gähnend auf die Armbanduhr schaute, sich auf dem Absatz umdrehte und unter der Tür auf Wiedersehn sagte; niemand nahm Notiz davon.

Allerdings war die Situation unleugbar ein wenig peinlich; mit diesem fremden Menschen wussten sie nicht zu reden. Fast so wie damals, als Baddi aus Amerika zurückkehrte, als ein ganz anderer Mensch. Daniel fragte nach der Katze und nickte zufrieden, als sie wie aus einem Munde antworteten, der Messias habe genug zu essen und zu trinken bekommen und schlafe jetzt ruhig und selig drinnen in der Stube. Wieder das große Schweigen, und zweifellos hätten sich Tommi und Danni bald in ihre flüsternde Privatwelt zurückgezogen, wenn nicht Onkel Snjolf aufgetaucht wäre, herzlich begrüßt wie immer. Er setzte sich in Baddis Ecke, und da er die Neuigkeit aus der Zeitung erfahren hatte, begann er unverzüglich eine Unterhaltung über die Fliegerei, auf der Basis seiner Spezialkenntnisse, als Experte für jedes Problem. Nicht gerade, dass er behauptete, Flug*kapitän* gewesen zu sein, trotzdem hatte er im Laufe der Zeit unzählige Flüge hinter sich gebracht und dabei öfter als einmal mit gutem Rat und klugen Hinweisen dem verirrten Piloten beigestanden und die Maschine samt allen Leuten gerettet. Darüber hinaus hatte er vor Jahren in den Westfjorden die Landungen der Katalina-Wasserflugzeuge beaufsichtigt, sogar Passagiere und Besatzung mit seinem Motorboot übergesetzt; daher war er nicht ohne Erfahrung, was solche Dinge anging. Er nahm seinen Flachmann mit Rum, schaute selbstzufrieden ins Dasein und stieß mit dem Fliegerhelden an, der Juice trank. Danni genoss die Unterhaltung mit seinem Onkel, er ging sogar rauf in sein Zimmer und holte Bücher, um sie ihm zu zeigen: *History of flight* und *The airpilot's bedside book*, von denen Snjolf meinte, die könne er ohne Bedenken empfehlen, wenn jemand sich in die Materie einarbeiten wolle.

Wohlgemerkt, es war das erste Mal, dass Danni überhaupt Bücher aus seinem Alkoven holte, um sie jemandem aus dem Haus zu zeigen, und neugierig lagen alle über dem Küchentisch und folgten der Unterhaltung. So vertieft, dass keiner hörte, als Baddi unter der Tür stand und seiner Frau Gerda befahl herzukommen. Auch sie hatte dem Gespräch über Fliegerei verzückt gelauscht und reagierte widerwillig erst beim dritten Anruf.

So verging ein glücklicher Abend, mit Danni im Glanz der Bewunderung. Die Kinder wurden erst spät ins Bett geschickt, fröhlich und guter Dinge; Danni trug alle drei auf einmal hoch, und vor dem Einschlafen hampelten Snjolf und Tommi mit ihnen im Zimmer herum. Gingen wie Chaplin, rannten vor die Türpfosten und stießen mit den Köpfen zusammen wie Laurel und Hardy. Alles lachte. Auch die Wahrsagerin. Selbst Grettir japste nach Luft. Und bevor die Älteren zu Bett gingen, streifte man noch kurz ein anderes Thema: Danni wäre jetzt so erwachsen, dass er ein größeres Zimmer haben müsste. Wie wäre es mit dem Telefonzimmer? Mittlerweile sei es wohl überflüssig, diesen Riesenraum bloß zum Telefonieren zu gebrauchen, ob er es nicht auch eine gute Idee fände, aus seinem Alkoven aus- und dort einzuziehen? Ja, tatsächlich hätte er schon überlegt, sich einen geräumigeren Schlafplatz zu suchen, vielleicht unten in der Stadt; doch davon wollte man nichts hören. Tsa tsa tsa, die Familie muss zusammenhalten, selbstverständlich bekäme er das Telefonzimmer, es stünde sowieso leer. Man müsste sich nur so schnell wie möglich daranmachen.

Sodann senkte sich nächtliche Stille über die familiäre Eintracht.

Einzelne Laute hie und da unterstreichen nur das Schweigen. Sanftes Sofaknacken. Ein Kind seufzt im Schlaf. Wasser tropft langsam und gleichmäßig aus einem Kran. Später ein Knarren auf den Dielenbrettern, ein Rascheln an der Klotür, es wird abgezogen, und als der Wasserstrom versiegt und der Kasten sich erneut gefüllt hat, herrscht wieder schweigende Dunkelheit.

Bis ein dumpfes Dröhnen aus der Ferne dringt. Es wird lauter und lauter, und als draußen im Hof der Kies aufspritzt, erwacht das Haus aus seinem Schlummer. Die alte Geschichte, und doch immer wieder neu und variationsreich. Hier kommt Bjarni Heinrich Kreutzhage, um seine ureigene Bühne zurückzuerobern. Er hatte das Haus irgendwann im Laufe des Abends allein verlassen, mit frischgeputzten Schuhen, und offenbar in der Stadt eine lustige Gesellschaft gefunden.

Und was für eine Bande. Lui Lui, der Taube Grjoni und Maggi Beauty waren der Spielclub des Blindenvereins im Vergleich zu diesen unheimlichen Gestalten. HveraGerda flüchtete vor zwei stinkenden Kerlen in Anzügen, von denen sie behauptete, sie hätten sich vollgepinkelt, aus ihrem Zimmer hinüber zu Dolli und Grettir und dem Waffenschrank. Sie gab an, diese Männer hätte sie noch nie gesehen. Tommi kam auf die Beine und schielte hinunter, um festzustellen, wer sich da herumtrieb, kannte aber auch nur einen von den Festteilnehmern; einen, dessen Anblick ihn so aufregte, dass er Danni weckte und ihn bat, mit ihm zu wachen und auf das Schlimmste gefasst zu sein. Dort war nämlich erschienen der berüchtigte Verbrecher Messerstecher-Kiddi, während der Besatzungszeit zu sechs Jahren Gefängnis verurteilt, weil er seine Geliebte aus Eifersucht abgeschlachtet hatte, und es schien, als sei er durch seinen Gefängnisaufenthalt noch verstockter geworden. Womöglich müssen wir wählen, ob wir einen Mord begehen oder selbst ermordet werden wollen, sagte Tommi. – Messerstecher-Kiddi!, schrie Lina. – Diesen Schweinehund will ich nicht in meinem Hause haben! Was für ein Pack schleppt dieser Mensch hier an?, fügte sie hinzu, und alles wunderte sich über den radikalen Sinneswandel; plötzlich war Omas geliebtes Herzblatt »dieser Mensch«. Und als die ersten altbekannten Geräusche aus dem Erdgeschoss drangen, Krach und Schmerzensschreie, da befahl sie ohne lange zu fackeln, die Gesellschaft aufzulösen.

Wer sollte das tun? Dazu musste man die Polizei rufen, und sich die Treppe hinunterzuwagen hätte bedeutet, den Kopf in das Maul des Löwen zu stecken. Der hünenhafte Fliegerheld indessen hatte keine Angst. Aufgeplustert vor Selbstsicherheit, trampelte er die Stiege hinunter und ins Telefonzimmer, schubste grimmig die Männer zur Seite, die ihm im Wege standen, und rief, ohne mit der Wimper zu zucken, die Wache an. Eins elf sechsundsechzig. Machte kein Geheimnis aus seinem Anruf, flüsterte nicht in den Hörer, o nein, jeder im Hause, der seine Sinne noch beisammen hatte, hörte durch das besoffene Gebrüll, wie seine klare Stimme den am anderen Ende der Leitung bat, man möge kommen, um einige total besoffene Trunkenbolde, die sich selbst eine Schande und den Mitmenschen ein Übel wären, aus dem Hause zu entfernen.

Und dabei umgab Danni eine solche Aura, dass niemand sich mit ihm anzulegen wagte, sogar Baddi sank der Mut. Er machte noch nicht einmal Anstalten, einen Stuhl zu packen, um ihn dem Teufelskerl auf den Schädel zu schlagen.

– Ach nee, unser Brüderlein kann wirklich schon telefonieren?, fragte er schließlich, und wollte es höhnisch klingen lassen, kriegte jedoch nur einen barschen Blick zurück. Und Baddi blieb unbeweglich stehen, nachdenklich, wartete, und als die Polizei eintraf und den Saustall aufräumte, rührte er weder Hand noch Fuß. Reagierte erst, als ihm selbst Handschellen angelegt wurden. Da schaute er auf, erhob mit großen, treuherzigen Augen den Blick von den Fesseln hoch zu seiner Familie auf dem Treppenabsatz, schüttelte dann die Beamten ab und schritt ungestützt, allein wie ein Verurteilter auf dem Weg zum Galgen, zur grünen Minna.

Jene Nacht musste er wie ein gewöhnlicher Strolch in der Zelle verbringen. Keine Begnadigungsersuchen regneten auf das Gefängnis nieder, keine Anrufe bombardierten Inspektor Gudlaug, und als die Nachtwache schließlich zusammenpackte, wurde er mit den anderen Elenden zusammen in die Morgenkälte abgeschoben.

Hungrig und durstig wanderte er allein heim in sein Vater- … nein, sein Großmutterhaus, wo er sich neben seiner schwangeren Frau auf dem Bauch ausstreckte. Den ganzen Tag wie tot dalag. Doch als er erwachte, die Augenlider hob und sich im Zimmer umschaute, da rührte es ihn fast zu Tränen. Den harten Knochen. Denn Oma hatte ihm eine Sinalco und ein Päckchen Camel auf den üblichen Platz am Fußende gestellt.

Als sich dies ereignete, war es Hochsommer und das Land im Aufschwung; die Nation von Optimismus gepackt, denn sie war jung und glaubte an die Zukunft. Es gab so viel Arbeit, dass jeder, der wollte, sich zu Tode schinden konnte. Auf dem Wege dahin das Ritterkreuz am Bande erwerben. Jetzt war die Zeit gekommen, da die Plackerei Geld einbrachte, und Geld ist etwas Schönes. In der achthundertjährigen Literaturgeschichte des Landes hatte der graue Hering als eher elender Broterwerb gegolten, verglichen mit Räuberei und Betrug; letztere hatten, um die Wahrheit zu sagen, nichts von ihrem Glanz verloren, der Hering hingegen gelangte zu Würden und

Ehren, wurde mit Diamanten verglichen, Silber des Meeres genannt. Und das Silber floss in so dicken Strömen die Küsten dieser Insel hinauf, dass es schien, als wollte der Allmächtige für die vergangenen mageren Jahre Wiedergutmachung leisten. Fischer, lächelnd in Sturm und Brandung, singend bei der Arbeit an Bord, füllten die sonnenglänzenden Schiffe oft mehrmals an einem einzigen Tag. Die Nation erlebte ein Wunder, und das hieß Heringswunder. Alles war wie neu und berauscht vor Glück. Die Zeitungen veröffentlichten Bilder von Leuten, die sich von einer hohen Plattform in Heringshaufen warfen. Man sah Männer, Heringskönige genannt, wie sie die silberschuppige Köstlichkeit über ihren Kopf schütteten, ähnlich Dagobert Duck im Geldbad. Die beliebtesten Schlager im Radio waren Karnevalslieder über Frauen, die im Schlafen und Wachen nach noch mehr Hering riefen, nach mehr Tonnen, mehr Salz. Aus allen Gebäuden dröhnte der Heringswalzer. Schiffe liefen aus zu fernen Ländern, beladen mit Tonnen von eingelegtem Hering, für den die reichsten Nationen der Erde Gold und Dollars ausgaben. Nach Meinung des Tauben Grjoni, weil er so prima gegen Kater wirkte. Das Land blühte auf. Alle schienen sich gut zu vertragen. Penner und Verbrecher zogen singend zu den Fischplätzen. Blinde wurden sehend. Bachstelzen flöteten nach Noten. Sogar die Regierung war beliebt, denn sie hatte wahrhaftig beschlossen, die Landsleute mit einem Fernsehsender zu beglücken, echtes isländisches Fernsehen, das sofort im kommenden Herbst Programme in der Väter Zunge ausstrahlen sollte. In jenem Sommer sah man überall im Lande Scharen von Leuten mit Filmgeräten, um für die kommenden Sendungen Material zu produzieren …

Und all das trug zu Daniels berühmten Taten jener Tage bei. Er beteiligte sich aus der Luft an der Suche nach den Schiffbrüchigen eines gesunkenen Heringsbootes, die man dann heil und gesund aus einem dümpelnden Gummifloß aus ruhiger See fischte, und aus diesem Anlass erschien der Held wiederum mit einem Foto in der Zeitung, das zweite Mal im Verlauf einer Woche. Was würde als Nächstes kommen? Er und Tommi mieteten eine Maschine und flogen auf die Westmännerinseln, wo Baddi in der Klemme saß, er war unvermittelt zu den Inseln abgedampft, zusammen mit Gerda und Lui, wahrscheinlich in der Absicht, dort mit seiner Hände Arbeit Geld zu verdienen. Doch als es darauf ankam, passte dem Jungen die Arbeit nicht, außerdem fand er den Geruch dort zu schlecht, auf dem Bauernhof, wo er, nach ein paar Tagen im Hotel, festsaß, ohne Geld für die Rechnung oder die Heimfahrt.

Ihre Rückkehr wurde zum großen Ereignis; der vollbesetzte Leichenwagen fuhr hinaus zum Flughafen, um die Rettungsmannschaft zu empfangen, die bescheiden, aber schwindlig vor Glück, winkend aus dem Flugzeug stieg. Keiner nahm Notiz von Baddi, der als Letzter ausstieg; als wäre er irgendein Gepäckträger oder Bauernlümmel. Mittlerweile hatte Baddi jedoch die Faxen dicke. Er weigerte sich standhaft, mit den anderen zusammen im Leichenwagen heimzufahren, war abweisend und verdrießlich, verschwand einfach. Kam erst nachts nach Hause, besoffen, aber allein. Marschierte durchs Haus und führte zusammenhanglose Reden. – *A'm gonna tellya something, mistah!,* schrie er in verschiedenen Tonarten durchs ganze Haus und rief als Nächstes in Amerika an.

– Mrs. Gogo Brown?

– Was?

– Weißt du das nicht, Weib?

– *As they say …*

– *Ain't nobody here but us chickens.*

– Ja, genau der.

– Nein, hier kann man regelrecht krepieren, auf diesem … *Treasure Island.*

– Das Wetter?!

– Glaubst du, ich ruf an, damit wir über das Wetter reden?

– I don't give a damn, woman.

– Hör mal, Mama, ich bin hier ausgezogen.

– For good!

– Du kannst mir zwei Flugtickets schicken.

– One way tickets to the blues …

Nachdem er aufgelegt hatte, stiefelte er in sein Zimmer und weckte Gerda, so dass es durchs ganze Haus schallte:

– *Pack your troubles!* Wir hauen hier ab!

Unruhige Tage folgten. Fürchterliche Tage, alles stand kopf. Beinah ein Ausnahmezustand. Baddi war so durchgedreht, dass alle im Hause den Tränen nahe waren. Er, der niemals länger als höchstens vierundzwanzig Stunden hintereinander gesoffen hatte, trank jetzt Tag für Tag. Vielleicht nicht mit dem gleichen Spektakel wie sonst, meistens blieb das junge Paar in seinem Zimmer, zwischen Gerümpel und Chaos, und soff. Ab und zu kam er heraus, trampelte mit Getöse und Getobe durchs Haus und sagte, zum Glück würden sie bald für alle Zeit und Ewigkeit von hier verschwinden. Dann lachte er in sich hinein, stellte Elvis auf volle Lautstärke und sang mit, dass das Haus dröhnte. Die leeren Schnapsflaschen warf er aus dem Fenster, wo sie draußen auf dem Kies oder an einer der benachbarten Baracken zerschellten. Setzte sich ins Auto und fuhr ins Monopol für Nachschub, mitunter so betrunken, dass das Auto schlingerte. Einmal versuchte Danni, verantwortungsbewusst wie er war, seinen Bruder vor den Folgen des Alkohols am Steuer zu warnen, er könne verunglücken; das hätte er besser sein lassen, denn Baddi raste vor Wut über seine Einmischung. – Willst du vielleicht fahren!? Das hat ja so prima geklappt, deine Fahrstunde damals! Wenn ich mich umbringen wollte, dann würde ich mich zu dir ins Auto setzen! Haha! Hah! Und den ganzen folgenden Tag wurde jede halbe Stunde wieder aufgewärmt, wie Danni damals seine berühmte Fahrstunde gehabt hatte, jedes Mal fand Baddi einen neuen Blickwinkel; klopfte in der Nacht zehnmal an die Tür zum Alkoven des Fliegerhelden, um dem ganzen Hause neue Wahrheiten über diese Sache zu verkünden. – Leute, die nicht Autofahren können, sollten gefälligst nur als Gepäck im Flugzeug mitfliegen.

Die Familie stöhnte. Ich ertraaag das nicht, hörte man von allen Seiten; aber sie trösteten sich mit dem Gedanken, dass alles bald ein Ende hätte, zählten die Tage bis zu seiner Abreise, noch ein paar Tage, und Friede würde einkehren.

Diese Unruhe, dieses Zittern infizierte sie alle im Alten Haus. Sogar die Katze war ständig gereizt und fauchte und spreizte die Krallen, wenn jemand in ihre Nähe kam.

Dolli war nie sonderlich belastbar gewesen, und nun, in diesem andauernden Kriegszustand, wurde sie zum reinsten Nervenbündel. Wohl hätte man von ihren Nächsten ein wenig Rücksicht erwarten können, doch damit war es nichts. Ausgerechnet jetzt musste Grettir ihr in den Ohren liegen wegen dieser abenteuerlichen Reise zu den Ostfjorden. Natürlich lehnte sie strikt ab, und damit wäre normalerweise die Sache erledigt gewesen, diesmal jedoch nicht. Grettir bohrte weiter, kam zu jeder Tages- und Nachtzeit damit an. Schickte sogar die Kinder vor mit dem Ergebnis, dass die lieben Unschuldsengel ihre Mutter in dieser schwierigen Zeit plagten mit Bitten und Betteln, sie wollten zu den Ostfjorden fahren, wo dort doch alles brennt und friert.

– Die wollen mich wohl unter die Erde bringen?!, fragte

Dolli die Wahrsagerin, die in der Küche über ihren Karten saß. Doch als Dolli lauter wurde und die Frage wiederholte, legte Lina den Finger an die Lippen und zischte.

Sie hatte etwas gesehen in den Karten.

Die Wahrsagerin überlegte, schmatzte, schnalzte mit der Zunge. Ihre Brauen zogen sich zusammen über aufgerissenen Augen, dann murmelte sie ein Stück aus einem altertümlichen Gebet, etwas über die Hufklauen Luzifers, und schlug die Karten erneut.

– Was ist?, fragte Dolli, als Lina die Hände rang und sich bekreuzigte, und da verstand die Jüngere: Die Karten verkündeten nichts Gutes.

– Die Meereskarte, murmelte Lina. – Eine unglückliche Reise …

– Vielleicht eine Warnung für mich, ich soll mit dem Bastard nicht in den Osten fahren, fragte Dolli, und Lina hielt das nicht für ganz ausgeschlossen. Erst als die Alte die Karten das dritte Mal geschlagen hatte, wurde sie leichenblass und erhob sich und rief die Heilige Dreifaltigkeit im Himmel an. Diesmal hatten die dunklen Mächte so deutlich zu ihr gesprochen, als höre sie den Sprecher im Radio. Jene schlechten Vorboten betrafen eine lange Luftreise, einen Flug …

Große, traurige Neuigkeiten.

Und das konnte nur eines bedeuten. Vierundzwanzig Stunden später, fast auf die Minute genau von jetzt an, von dieser Stunde an, wo Großmutter und Enkelin am Küchentisch des Alten Hauses über den Karten saßen, sollte Baddi sich auf seinen langen Flug in den gelobten Kontinent begeben, über den tiefen, kalten Atlantischen Ozean.

Noch einmal würde die Sonne aufgehen.

Kummer überwältigte die alte Wahrsagerin. Sie spürte, wusste genau, dass sie sich in letzter Zeit nicht genügend um ihren geliebten Jungen gekümmert hatte. Der Junge, immer so treu und empfindsam. Vor ihren Augen schwebte das Bild ihres Lieblings, wie er gefesselt unten in der Diele stand und bittend zu seiner Großmutter aufsah. Eine Bitte um Hilfe und Stütze in einer feindlichen Welt. Doch als er am meisten ihrer Obhut und Wärme bedurft hätte, da begegnete ihm nichts als Kälte und Unduldsamkeit; wie ein ängstliches, verirrtes Tier hatte er sich in seinem Zimmer eingeschlossen, nur die Flasche als Trost. Und noch dazu eine schwangere Frau zu beschützen und beschirmen.

Und nun sollte die Alte ihren Augenstern verlieren. Jetzt würden, so verkündeten die Karten, die dunklen Mächte sich rächen. Lina steckte Dolli mit ihren Gewissensbissen an, und einen Augenblick schauten sie einander in die Augen, gelähmt vor Schrecken, sodann wandten sie sich zum Zimmer des Jungen, wo das Paar in drückender Hitze und zusammengeknülltem Bettzeug zwischen einem Haufen halb gepackter Koffer, Kleidungsstücken und leeren Flaschen schlief. Baddi erschrak so gewaltig, dass er wie eine Stahlfeder hochsprang, mit geballten Fäusten, als die beiden Frauen die Tür aufstießen, aufgelöst, in einem einzigen Wortschwall; dann, als er zu sich gekommen war, wurde er blindwütig und warf die beiden stante pede hinaus, versuchte erst gar nicht, ihrem schrillen Gerede auf den Grund zu gehen. Schmiss sie raus und knallte die Tür zu, rief von innen, in diesem Hause könne man nicht einmal mehr in Ruhe schlafen wegen des verdammten Radaus, und nichts half, kein Klopfen, keine sanften Überredungskünste, er öffnete nicht. Rufend und klagend rannten sie die Treppe wieder hinunter, und auf dem Weg durch die Diele fiel der Blick der Alten auf die Schuhe des Jungen, seine blauen Wildlederschuhe, die verdreht wie erschossene Vögel in einer Ecke lagen, und sie beschloss, ihm für die Fahrt ein

Paar neue Schuhe zu kaufen. Schnell musste es geschehen, duldete keinen Aufschub, wie das meiste, was diese beiden anfassten, also hin zum Telefon und Grettir aufgegabelt nach zwanzig Anrufen und Botschaften für Werkmeister und Bauunternehmer, die glaubten, es müsse sich mindestens um den Todesfall eines nahen Anverwandten handeln, und den Mann vom vierten Stock eines halb fertigen Neubaus holten, mit bedeutungsvoller Miene.

Grettir kam sofort nach Hause, ratlos und verwirrt, in seinem Leichenwagen, wurde bereits an der Tür von den Frauen in flatternden Mänteln umgerannt.

Wie der Blitz runter ins Schuhgeschäft der Gebrüder Hvannberg!

Obwohl die Schuhe, die sie kauften, die teuersten im ganzen Laden und zweifellos in der ganzen Stadt waren, schnaubte Baddi nur abfällig. Diese soliden Lloyds-Schuhe hatte Lina ihm schenken wollen, als symbolischen Beweis ihrer Zuneigung, doch waren sie *das* Thema des Hauses den ganzen Tag vor der Abreise des jungen Paares vom Flughafen Keflavik, dieses verdammte Schuhwerk. Niemand außer den beiden Frauen verstand, warum sie so wichtig waren, dennoch taten alle so, als wäre es eine Frage von Leben und Tod, dass der Junge diese »hochwertige Fußbekleidung«, wie Tommi sich ausdrückte, annehme. Mehrmals in der Nacht wachten die Kinder davon auf, dass Baddi mit voller Lautstärke das Geschenk ablehnte.

– Ist mir doch scheißegal, wenn ihr sie bei irgendwelchen … *Everly brothers* gekauft habt, diese potthässlichen verfluchten Latschen!

Eine Wahnsinnssache! Als die Stunde der Abfahrt näherrückte, verstand Baddi, dass sie ihn milde stimmen wollten, glaubte aber, es wäre wegen seiner Drohungen, niemals wiederzukommen, also hämmerte er sie ihnen unentwegt ein. Machte alles um sich herum schlecht, Haus, Viertel, Stadt, Nachbarn, Autos, Wetter, und nicht zuletzt die Esja, diesen widerlichen Berg. Erteilte den beiden Frauen, inzwischen ermüdet von Anspannung und mangelndem Schlaf, die Erlaubnis, Gerda beim Packen zu helfen, doch weiter gab er nicht nach. Zuletzt wuchs die Spannung ins Unermessliche, so dass jeder, der konnte, sich davonschlich. Danni saß den ganzen Tag unten bei Tommi im Laden. Die Kinder hielten sich in angemessener Entfernung. Daisy und Herman flüchteten zu Fia. Verwandte und Nachbarn, die kamen, um den Jungen zu verabschieden, stolperten rückwärts wieder hinaus. Sogar Onkel Snjolf, der im Taxi angefahren kam und schnurrbartzwirbelnd ins Haus trat, drehte in der Diele wieder um und trippelte hinunter zu Tommi und Danni in den Laden. Und als man abfahren sollte zum Flughafen nach Keflavik, wollte niemand mit, außer natürlich Grettir als Fahrer und die beiden Frauen.

Wahrhaftig, es war eine schwierige Tour; Baddi knurrte vor Verdruss und schwerem Kopf. Grettir ging ihm dermaßen auf die Nerven, dass er irgendwo auf halbem Wege endgültig die Nase voll hatte und dem Kerl befahl anzuhalten. Stellte sich auf die Landstraße und sagte, er würde laufen. War nicht zu bewegen, wieder einzusteigen, bevor nicht endgültig geklärt wäre, dass Grettir aufhören würde wie ein Rollstuhlfahrer zu chauffieren und die Weiber kein Wort mehr über die hässlichen Galoschen von Hvannberg & son sagten. Habt ihr das klar?!

– Aber es sind doch so gute Schuhe, seufzte Lina, als das Auto sich in Bewegung setzte; man musste zum zweiten Mal halten, und diesmal brachte man kein Wort mehr aus Baddi heraus, bevor er seine Siebensachen geschnappt hatte und dem nächsten Bus seinen Daumen entgegenstreckte.

Erneut verzweifelte Verhandlungen, und schließlich setzte er sich wieder ins Auto, nachdem er Dolli angewiesen hatte, sich auf den Rücksitz zu verziehen, damit er nicht neben ihr sitzen müsse. – *You're full of shit, that's why,* antwortete er auf die Frage, warum er nicht in ihrer Nähe sein könne. Sie lief hochrot an, brachte vor lauter Scham kein Wort heraus. Doch nachdem sie sich auf ihren Platz geklemmt hatte, hinten bei den Koffern, und sie eine Weile schweigend gefahren waren, wollte sie die Sache diskutieren; wollte das Ganze in einen gutartigen Witz umdeuten und fragte, ob sie nicht alle »*full of shit*« wären, so gesehen, ich meine, in den Därmen … hähä …

– *I guess you are right,* räumte Baddi ein, – bei dir fällt es bloß so sehr auf! Daraufhin schwieg er so eisern, dass Grettir ganz kurzatmig wurde, und niemand drehte sich um, obgleich Dolli demonstrativ ihr Taschentuch hervorgezogen hatte und dort hinten vor sich hin schluchzte. Du lieber Himmel. Endlich war man fast am Ziel; die Männer am Zaun zum Flughafengelände kannten Grettir und den Leichenwagen und winkten ihn grinsend durch, und Grettir griente zurück, knallrot angelaufen; wollte elegant vom Wachposten losfahren, würgte dabei jedoch den Motor ab, und als er endlich den Wagen in Gang setzte, die Schläfenadern vor Anstrengung geschwollen, da hielten sich die Uniformierten bereits den Bauch vor Lachen, während Baddi ungeduldig mit den Fingern einen Takt auf das Armaturenbrett klopfte …

Rauf zur Abfertigungshalle und raus. HveraGerda trippelte auf der Stelle und wollte sich offenbar von den anderen verabschieden, doch Baddi fuhr dazwischen, befahl ihr barsch, sich zu beeilen, und führte sie eilig aus der Empfangszone. Die beiden Frauen und Grettir standen in einiger Entfernung, während Baddi die Koffer auf die Waage knallte und die Tickets gestempelt wurden; standen ratlos da, und Lina sah aus, als hätte sie vergessen, dass es Worte gibt. Sie schien ihm hinterherlaufen zu wollen, als der Junge der Tür zum Duty-free zustrebte, konnte sich womöglich nur nicht entscheiden, welchen Fuß sie zuerst vorsetzen sollte. Das Genie drehte sich unter der Tür um und verkündete mit einem Schwenker der rechten Hand und einer Stimme, die durch das ganze Gebäude schallte.

– Ich komme NIEMALS wieder!

Und war verschwunden.

Auf dem Weg zurück in die Stadt grübelte die Wahrsagerin über ihren Liebling nach …

In der Weite des Himmelsgewölbes ist ein Flugzeug nicht bemerkenswerter als ein Regentropfen, der ins Meer fällt.

Sein Aufprall verstummt, ohne dass die Stimmen der Winde ihren Sang stören ließen.

Die Erde bleibt reglos, selbst wenn vom wolkenlosen Himmel sein Gebein am Berggipfel bricht.

Nicht erzittern die Gletscher mit ihrer jahrhundertealten Last auf den Hochebenen.

Der schwere Sturm wirbelt in den Klüften.

Ein Wagen auf gewundener Straße …

Und weiter? Lina saß wie auf heißen Kohlen, als sie wieder daheim waren, ließ Dolli alle zwanzig Minuten am Flughafen anrufen, um zu fragen, wie der Flug verlaufe, und später am Abend das Ferngespräch mit Gogo drüben in Amerika: Baddi war selbst am Telefon, lachte durch die Leitung, kalt und herausfordernd, es war kein vernünftiges Wort aus ihm herauszubringen, weil alles, was er sagte, sich um Schuhe drehte.

– *Don't step on my blue suede shoes … These boots are made for walking …* Haha! Hah! Hah! *Now you listen to me, woman …* Vielleicht war die Verbindung schlecht, denn selbst als Dolli in den Hörer brüllte und ihre Mutter sprechen wollte, bekam sie keine Antwort, bloß noch mehr Gelächter; – *Walk a mile in my shoes, you bitch!* Dann ein Tuten.

Nachdem Dollis Wut über diese verfluchte Frechheit abgeklungen war, ging den beiden Frauen erst auf, welch himmlische Ruhe ins Haus eingekehrt war. Während sie weg gewesen waren, hatten Danni und Snjolf mit Hilfe der Kinder aufgeräumt, abgewaschen, staubgesaugt, die Teppiche geklopft und ausgelüftet. Und nachdem ganz sicher war, dass Baddi unbeschadet über das westliche Meer gelangt war, wurden die beiden Frauen auf einmal gewahr, welch kristallklare Stille sie umgab. Die Kinder saßen alle drei auf dem Teppich im Telefonzimmer und spielten Siebzehnundvier. So versunken, dass sie nicht einmal aufschauten, wenn jemand vorbeiging. Onkel Snjolf war in Baddis Ecke in der Küche eingeschlafen, schlief dort, die Wange in die Hand gestützt, und wachte nicht einmal auf, als Dolli lachend Lina herrief, um ihr zu zeigen, in welch merkwürdiger Stellung der Onkel schlafen konnte. Drinnen in der Stube mahlte das Radio träge vor sich hin, Tommi lag auf dem Sofa, streckte die Zehen und hörte mit einem Ohr dem leisen Vortrag über die Winterfahrten der Landpostboten übers Hochland aus dem alten brummenden Empfänger zu. Danni saß am Esszimmertisch und las. Schaute hoch und lächelte, als er die Frauen sah.

– Er wird doch nicht etwa arbeiten sein, antwortete Danni, als Dolli fragte, ob Grettir hier sei, und vom Sofa her stimmte Tommi spöttisch zu; – Das kann doch wohl nicht wahr sein, sagte er, und auf einmal war Dolli von einer solchen Zuneigung für diese gelassenen Männer erfüllt, dass sie beschloss,

Schmalzgebackenes zu machen, in diesem grauen Hause ein seltenes Ereignis.

Eine halbe Stunde später saßen alle zusammen schmausend um den Küchentisch und hörten Onkel Snjolf zu, wie er Lügengeschichten erzählte aus der Zeit, als er selbst Landpostbote war und neun Tage hintereinander in einer Schutzhütte droben in der Einöde aushalten musste, allein und ohne Vorräte.

Doch der Frieden zerbrach, und dieses Mal war der stille und leise Grettir der Störenfried. Er gab keine Ruhe wegen dieser Fahrt ins Ostland, in das Dorf, wo er geboren und aufgewachsen war. Jenes Heringsdorf wollte am kommenden Wochenende sein hundertjähriges Bestehen feiern, mit Lustbarkeiten und einem Fest im Freien, und man erwartete einen großen Zustrom ehemaliger Dorfbewohner. Niemand durfte fehlen. Grettir hatte es fast schon aufgegeben, Dolli zum Mitkommen zu überreden, da riefen seine Jugendfreunde an, sagten, sie hätten ein Schiff gechartert für die Reise nach Osten, und das würde billiger, je mehr sich daran beteiligten.

– Du kommst also, meinten diese forschen Kameraden aus der Heimat, deuteten an, man könne auf der Reise bei einem Schluck aus der Flasche schöne alte Erinnerungen auffrischen. Ein Nein käme nicht in Frage …

Grettir war seit mehr als zwölf Jahren nicht mehr im Ostland gewesen, und bei dem Gedanken, er könnte das Fest verpassen, kamen ihm fast die Tränen. Er würde fahren! Er wurde mürrisch, schlief schlecht, marschierte nachts brummelnd im Zimmer auf und ab.

– Was ist los, Mensch?!, fragte Dolli verdrießlich, weil sie keinen Schlaf kriegte. – Bist du krank?

– Nein, mit *mir* ist nichts.

– Na, dann ist es ja gut, sagte Dolli und legte den Kopf auf das Kissen, tat, als wäre sie eingeschlafen.

– *Ich* bin's schließlich nicht, der hier krank ist, sagte Grettir nach einer Weile mit zitternder Stimme.

Dolli setzte sich auf und schaltete das Licht ein.

– Wovon redest du eigentlich, Mensch? Ist jemand anders krank?

– Das hab ich nicht gesagt.

– Sondern?

– Aber vielleicht kommt's einen hart an, wenn hier keiner mit einem fahren will!

– Wer will hier nicht mit wem fahren?

– Hat überhaupt keinen Sinn, darüber zu reden.

– Spiel hier nicht den Idioten, Mensch! Sag mir, wovon du redest.

– Zum Beispiel … Das Jubiläumsfest zu Hause im Ostland.

– Allmächtiger!

– Siehste, ich wusst es doch!, sagte Grettir und rannte aus dem Zimmer.

Am nächsten Tag, als er zur Arbeit gefahren war, trug Dolli die Sache Lina vor. Ob es ratsam sei, den Unglücksraben ins Ostland zu begleiten. Lina rang die Hände, nichts schien ihr verachtenswerter als eine Reise aufs Land, nichts widerlicher als die Landschaft außerhalb der Stadt, so viel hatte sie auf ihren Touren nach Keflavik gesehen. Nie hatte sie sich zu einem Sonntagsausflug nach Thingvellir oder Hveragerdi überreden lassen. Und mit dem Schiff die ganze Strecke in die Ostfjorde zu fahren, der Mann war wohl nicht recht bei Trost, auf solch ein Abenteuer auch noch Frau und Kinder mitzuschleppen. Dolli hingegen dachte nach und bat die Alte, sicherheitshalber die Karten zu schlagen, um zu sehen, was sie über die Reise sagten.

Die Karten verkündeten nichts Gutes. Die erste Karte war der Karobube, offenbar Grettir; an ihn klammerte sich eine schwarze Dame, und das war alles andere als glückverheißend; womöglich eine verdammte Hure und Nutte, mit der er durchbrennen würde. Andererseits konnte die schwarze Dame auch seine Mutter sein, Asa, diese alte Hexe; die wohnte da im Osten und passte wunderbar in dieses Scheißkaff! Die nächste Karte war das Pik-Ass, ein Vorbote von Tod und schrecklichem Unglück, und mit einem Aufschrei warf Lina die Karten von sich.

Damit wäre die Sache eigentlich erledigt gewesen, aber Dolli war nicht ganz mit sich im Reinen, weil es dem Kerl doch so eine Herzensangelegenheit war, bestimmt würde er lange Zeit mürrisch und ungenießbar, wenn man direkt Nein sagte. Grettir gegenüber die Weissagung der Karten als Argument anzuführen, hatte ebenfalls keinen Sinn; er besaß zu wenig Fantasie, um die tiefere Bedeutung solcher Wissenschaft zu verstehen. Vielleicht könnte man nach dem Motto »Eine Hand wäscht die andere« vorgehen; Dolli wünschte sich dies und jenes, einen Pelzkragen, eine Trockenhaube; und Lina entdeckte sofort den Wert einer solchen geschäftlichen Vereinbarung; wenn man die Sache genauer betrachtete, könnte der Mann sehr wohl das eine oder andere für sie erledigen. Nach langen Diskussionen schlug sie die Karten erneut. Diesmal kam die Meereskarte …

So ist das nun mal …

Grettir kam zum Abendessen nach Hause, verbissen vor lauter Schwermut, appetitlos vor Kummer, hatte sich vorgenommen, Dolli eher entschuldigend und beschämt gegenüberzutreten, und wollte, als letztes Mittel, dieses Intrigenspiel doch noch zu gewinnen, sein Schweigen einsetzen. Wie sperrte er die Ohren auf, völlig überrascht und außer Fassung, als Dolli ihrerseits ihm geknickt vor Reue gegenübertrat, mit geschwollenen Augen vor Kümmernis, bedrückt und vergrämt. Was ging da vor?

– Du tust so, als ob ich nie was für dich tun wollte, schluchzte Dolli, – wo ich doch so gern wollte, wenn du nur ab und zu auch was für mich tätest …

Es dauerte einige Minuten, bis Grettir begriff, was die veränderte Tonart zu bedeuten hatte, und er anfing, den Knoten zu entwirren. – Mein Schatz … Und nach einigen Schluchzern nahm Dolli sich zusammen, es ging ihr schon viel besser.

Grettir schwebte regelrecht. Er stolzierte im ganzen Haus umher, blökte vor sich hin, richtete seine Worte nach oben, an die Deckenlampen, und wiederkäute den gleichen Satz ununterbrochen: Mein Schatz, ja selbstverständlich, mein Schatz! Er wäre bereit gewesen, in Feuer und Schwefel zu waten, jajaja, selbstverständlich! Und während der drei Tage bis zur Abfahrt des Schiffes nach Osten machte er kaum ein Auge zu. Arbeitete wie ein Berserker, um die Tour zu finanzieren, und in seinen freien Minuten raste er herum und erledigte Aufträge; für die Reise einkaufen, die Frauen im Leichenwagen zu Besorgungen fahren. Ging wie auf Kohlen, fürchtete, Dolli würde sich besinnen, zählte die Sekunden, bis das Schiff ablegte und keine Umkehr mehr möglich war.

Dolli blieb dabei, obwohl sie den Kerl an einem Faden hätte zappeln lassen können, wenn sie Zweifel geäußert hätte. Halb krank vor Weinen und Angst. Die Fahrt mit dem Schiff würde kein Spaß, seekrank könnte sie werden! Es kam ihr vor, als müsste sie vor ein Hinrichtungskommando treten; sie besprach sogar mit Lina, ob sie nicht vorsichtshalber mit dem Pastor reden sollte, bevor sie fuhr, doch die Alte riet ihr ab; zumindest wäre der Gemeindepfarrer nicht der Richtige, dieser perverse Dreckskerl und Rufschänder.

An einem kühlen Morgen legte man vom Hafen in Reykjavík ab; das Fahrzeug ein alter rostiger Kabinendampfer, den die Männer aus Spaß ein halbes Unterseeboot nannten. Tatsächlich stampfte das Schiff wie ein Unterseeboot im frischen Ostwind, den sie während der gesamten Fahrt gegen sich hatten; sie waren viele Stunden länger auf See als geplant. Die ganze Zeit lag Dolli weinend unten in ihrer Koje und litt. Grettir wieselte um sie herum, leise und unterwürfig, tat, was er konnte, während sie ständig behauptete, sie würde sterben. Ähhh … Erschreckt und verwirrt schauten die Kinder ihre Mutter an, die mit roten Augen und rissigen Lippen in ihrer Koje lag, jedes Mal vor Angst schrie, wenn das Schiff sich senkte, jedes Mal, wenn das Motorgeräusch sich veränderte; am meisten Angst hatte sie, wenn sich die Tür zum Gang öffnete … Grettir lief ständig raus und rein, und sie rief ihm nach und schimpfte wegen seines Gerennes, so dass er sich wieder rausschlich und das Gebrüll abschnitt und vor sich hin brummte:

– Na, das ist aber eine seltsame Seekrankheit. Sie kotzt ja nicht mal!

Doch, sie erbrach sich. Ghööö! Während der Kerl quietschvergnügt auf dem Schiff herumschlenderte mit einer wohlgefüllten Pulle, auf Wogen des Glücks, in Ferien! Auf dem Wege heim in sein altes Dorf, mit seiner Familie, die er sich in der Hauptstadt zugelegt hatte. Ins Dorf, wo seine Mutter wohnte, seine Mama, die er seit neun Jahren nicht gesehen hatte, seit damals, wo sie ins Alte Haus zu Besuch gekommen war und mit ihrer Meinung, Grettir habe unter seinem Stand geheiratet, nicht hinterm Berg gehalten hatte; eine Woche früher als geplant reiste sie ab und meinte, sie käme nie wieder. Grettir war auf dem Wege heim in das Dorf, wo sein Vater ein sagenumwobenes Leben geführt hatte; ein kaltblütiger Draufgänger, der beste Schnapsbrenner der Gegend während der Prohibition; brannte den Sprit in Konservendosen oben im Hochland, in einer Höhle, und die Geschichte war berühmt, wie es erst einem ganzen Heer von Polizisten schließlich gelang, ihn aufzustöbern und nach langem Kampf zu überwältigen. Und nicht zuletzt wegen des Alten, weil er ihm aufs Haar glich, war Grettir überall beliebt bei den Leuten, die diese Begebenheit kannten. Der Wurzelzwerg, Nobody im Alten Haus, Nobody unten in der Militärbasis, der einsilbige und humorlose Schwerarbeiter in den Arbeitsschuppen der Hauptstadt; dort auf dem rostigen Kahn wurde er gefeiert wie ein verlorener Sohn oder ein Kriegsheld.

– Nein, ist das nicht Schützen-Grettir, der Sohn von Brenner-Mundi?!, wurde er begrüßt, wenn sie sich trafen und umarmten, die alten Bekannten von den Ostfjorden. Unten im Rauchersaal wurde etwas Wärmendes in den Kaffee geschmuggelt. Oben auf dem Bootsdeck trank man verstohlen aus dem Flachmann, ein schneller Schluck, ein hastiger Blick in die Runde. Gesang, Schulterklopfen, Erinnerungen an alte Tage. Jippihjaijeh!

Seit Jahren hatte Grettir sich nicht mehr so hervorragend amüsiert, war er nicht mehr so vergnügt gewesen. Vielleicht noch nie … Doch er wusste, er musste aufpassen. Wenn er sich vollaufen ließe, würde Dolli ihn mit sich schleppen ins nächste Flugzeug nach Hause, sobald das Schiff anlegte. Deswegen war er hin- und hergerissen; trank, klopfte Leuten auf die Schulter, sang und war im siebten Himmel, jeweils zehn Minuten an einem Stück, dann nahm er sich eine Viertelstunde und umsorgte Dolli, und so fort und fort während der gesamten neunundzwanzig Stunden, die die Fahrt dauerte. Sie lag inzwischen in der Koje und bat den Allmächtigen um Gnade.

Als das Schiff anlegte, hatte der Sturm sich beruhigt, doch die See war immer noch aufgewühlt, und die donnernde Brandung schlug gegen die Küste des Dorfes. Hin und wieder drückte ein scharfer Windstoß den dicken Rauch aus dem Schornstein der Fischmehlfabrik hinunter auf die winzigen Häuser, die dumpf unter dem hohen Berg kauerten. Die Sonne verbarg sich irgendwo weit droben über der Rauchwolke.

In Grettir brodelte die Freude. Ab und zu durchfuhr ein fröhliches Frühlingslüftchen seinen ganzen Körper, und hätten seine Zehen nicht festgesessen, wären sie ganz von alleine losgelaufen und hätten ein Ballett aufgeführt. Der Mensch trug braune, geschnürte Leinenschuhe aus der Schuhfabrik in Akureyri, Schuhe mit weißen Gummiflecken über den Knöcheln als Verstärkung, und eine derart sportliche Fußbekleidung hatte er außer bei der Arbeit nicht mehr getragen, seit er verheiratet war. Des Weiteren ein dunkelblauer Anzug, keine Krawatte und ein weißes Nylonhemd mit offenem Kragen. Er fühlte sich wie Jungle-Jim.

Dolli trug ein enges Kostüm und Schuhe mit Pfennigabsätzen und hatte höllische Angst, eine Laufmasche in ihre Nylonstrümpfe zu reißen. Sie fühlte sich, als hätte sie mit knapper Not einen Flugzeugabsturz in der Wüste überlebt und müsste nun meilenweit bis zur nächsten Ansiedlung marschieren. Und die drei Kinder; sie trugen ihre grobgewebte Sonntagskleidung, die kratzte und stach; sie fühlten sich hundsmiserabel, unfrei, eingeengt, und hatten eine höllische Angst, ihrer Mutter Kummer zu bereiten, indem sie Flecken oder Knitter darauf machten.

So stand die Familie mit ihrer Tonne Gepäck oben an Deck und schaute hinunter auf den Kai, wo die Schiffer die Gangway festzurrten. Kaum war das geschehen, stürzte Grettir fort, ohne sich im Geringsten um seine Familie oder das Gepäck zu kümmern (wahrscheinlich ein Vorgeschmack, dachte Dolli), um seine Mutter Asa zu begrüßen, die auf dem Kai wartete. Und Vetter Duddi! – Jah! Sakra, was ist das lange her, seit wir uns gesehen haben …

Als Nächstes rannte er die Gangway wieder hoch, um Dolli und die Kinder zu holen, während Dolli da bereits fühlte, wie sie eine Allergie gegen den Gestank aus der Fischmehlfabrik entwickelte; ihre Nase schwoll an und lief wie nach langem Weinen, als sie auf Pfennigabsätzen die Planke hinunterschritt, mit vorgehaltenem Taschentuch. Und meine Frau, jah! Die Dorothea … ja, wie kann ich denn nur so … ihr kennt euch …

Schwiegermutter und Schwiegertochter begrüßten einander kühl, und Dolli meinte, sie sei müde und müsse sich hinlegen, verständlich, nachdem sie während der ganzen Fahrt kein Auge zugetan hatte. Grettir war auch nicht unbedingt ausgeruht, hatte aber keine Lust zu schlafen, wollte durchs Dorf schlendern und sich umschauen, musste jedoch einen geeigneteren Zeitpunkt abwarten; die Familie eilte direkt nach Hause zur alten Asa und richtete sich im Schlafzimmer ein.

Die Festlichkeiten selbst sollten weiter oben in einem Tal stattfinden, wo ein Zeltdorf im Entstehen war. Mit Lastwagen wollte man dorthin fahren, zeitig am nächsten Morgen, daher musste die Familie sich ausruhen; Dolli legte sich gleich ins Bett und wies die Kinder an, bei ihr zu bleiben, was stundenlanges Theater und Geschrei nach sich zog, weil sie überhaupt nicht müde waren, sich auf dem Schiff wunderbar ausgeschlafen hatten. Dolli ließ die Tür offen und fuhr jede Viertelstunde hoch, rief nach Grettir, der Hummeln im Hintern hatte und sich doch nicht aus der Küche wegtraute.

Am selben Abend noch ging das Gelage im Dorf los. Und

die Leute aus den kleinen Landsiedlungen konnten wahrhaftig nicht weniger gut feiern als die Hauptstädter; die Trunkenheit erinnerte an die Besäufnisse daheim im Camp Thule. Wie ein Waldbrand. Wettergegerbte Draufgänger von der Fischerflotte, Männer von der Art, die bestimmt nicht allein zu Hause bei ihrem nervenschwachen Mütterlein wohnen, schlugen wie Berserker um sich in bluttriefenden Hemden. Alte Frauen im Nachtgewand flüchteten auf die Straße, völlig aufgelöst, während aus den Häusern der Krach von splitterndem Mobiliar drang.

– Sigurgisli, hör auf damit! Gott im Himmel, hör auf damit, sag ich! Aijaijai, willst du deinen Onkel umbringen …

Viele Zähne und viele Fensterscheiben gingen in jener Nacht zu Bruch; trotzdem kam es nur zu zwei wirklich ernsthaften Unfällen: Einer der Saufbrüder ertrank fast im Hafenbecken, der andere wurde mit dem Messer niedergestochen, doch dem Bezirksarzt gelang es, sein Leben zu retten. Es kam nie heraus, wer das Messer gezogen hatte, da die Tat spätnachts geschah, als die Polizeimannschaft schon längst geflohen war.

Dolli saß vor Angst zitternd in der Stube und warf hin und wieder einen Blick aus dem Fenster. Grettir war es strikt verboten auszugehen; mochte ihm der Boden noch so sehr unter den Füßen brennen, er durfte nicht mal zum Kiosk und Zigarren holen, obwohl er für sein Leben gern geraucht hätte, wie immer, wenn er sich ernsthaft amüsierte …

Am Morgen darauf fuhren planenbedeckte Lastwagen durch die Straßen, über das Schlachtfeld, und sammelten die Leute auf, die zum Fest wollten: Jeden Einzelnen aus dem Dorf. Sie standen draußen am Tor, Grettir und Dolli mit den Kindern und die alte Asa mit den Verwandten. Ein nach Fisch stinkender Wagen hielt vor ihnen. Kaum konnte man sein eigenes Wort verstehen, so laut dieselte der Motor. Die Hinterräder waren so groß wie der kleine Bobo. Grettir warf das Zelt, die Rucksäcke, Schlafsäcke und Dollis Koffer auf die Ladefläche. Dann kamen die Leute an die Reihe; Grettir stützte seine Mutter mit der Hand, als sie hinaufkletterte, er hob die Kinder hoch, sprang selbst mit einem Schwung als Letzter auf und grüßte strahlend. Auf der Ladefläche saßen einige stramme Kerle im Pullover und ein paar lächelnde, flüsternde, etwas verlegene Mädchen und Frauen in besonderer Festtracht: weißen Männerunterhemden, die Hreggvid, dem Kugelstoßer, oder Maggi Beauty gepasst hätten, die Hemden geschmückt mit dem Ortswappen und dem Motto des Festes. Sie wurden über den andern Kleidungsstücken getragen, und den Kopf aller Damen schmückte ein federngeziertes Kopftuch, eine Spende von der Fischfabrik. Sie stimmten ein fröhliches Lied an. Selbstgebackenes ging rund …

Aber Dolli, wie sollte sie auf diese Ladefläche hochkommen, in all ihrem hauptstädtischen Schick? Sie stand verlegen unten, und Grettir hatte keinen Blick für sie, begrüßte nur diese schwarzen Königinnen, und erst als der Fahrer den Gang einlegte und heiter fragte, ob alle da wären, gab Dolli Laut, rief ihren Mann:

– Greeeee TTIIIIR!

Alle schraken zusammen, und die Frauen mit dem Federschmuck fingen an zu tuscheln und die Köpfe zusammenzustecken, sogar Grettir begann zu lachen.

– Dorothea, meine Liebe! Nein! Kommst du nicht hoch? Sakra!

Unter anderen Bedingungen hätte Dolli bloß das nächste Taxi herangewinkt und wäre nach Hause gezischt. Sie erstickte fast vor Wut und Scham, und nach vielen Mühen und blöden Witzen seitens der Männer gelang es schließlich, die Prinzessin aus Thule auf den Wagen zu bugsieren, indem man den ganzen Kram von der Ladefläche wie eine Treppe aufstapelte; endlich, als das Geflüster und Gezischel sich gelegt hatte, nahm Dolli das Taschentuch vom Gesicht und warf Grettir einen Blick zu, der ihn normalerweise getötet hätte, wäre er nicht so wild entschlossen gewesen, sich durch nichts und niemanden das Vergnügen an dieser Reise kaputtmachen zu lassen. Und als der Lastwagen mit dem dazugehörigen Poltern und Rumpeln abfuhr, der Traktorspur nach, die zum Festplatz führte, sagte der Held:

– Sakra! Das ist beinah so wie in Texas …

Die Festlichkeiten im Freien dauerten drei Tage, Tage ohne Regen, an die sich die Kinder später als eine der schrecklichsten Quälereien erinnern sollten, die sie je erlebt hatten …

Hin und wieder brach die Sonne durch, doch es war, als folgte jedem Sonnenstrahl ein steifer Wind; sobald die Sonne schien, fing es an zu stürmen. Der Jünglingsverein des Fjordes hatte das Fest organisiert, war jedoch in solchen Arrangements unerfahren, hatte nur spärlich für Toiletten, Waschgelegenheiten und Abfallbeseitigung gesorgt, und binnen kurzem türmte sich der Müll. Das Gelände glich nicht zuletzt auch deswegen einer Müllkippe, weil eine ständig dichter werdende Schar von Möwen darüberschwebte; große Mantelmöwen und Graumöwen mit breiten Schwingen, die ihre Kreise über dem Tal zogen. Dolli litt. Ihre Nase schwoll mehr und mehr an, weil ihre Allergie gegen den Fischmehlgestank schlimmer wurde. Außerdem holte sie sich natürlich einen Schnupfen in dem Zelt, wo sie sich die meiste Zeit aufhielt. Es gab Ungeziefer. Sie fand eine Spinne im Schlafsack, und durch den Schock bekam sie einen solchen Weinkrampf, dass sie fast erstickte. Grettir wollte sich amüsieren, und er amüsierte sich tatsächlich königlich, jedenfalls in den Phasen, wo er durch das Gelände streifen konnte und mit den alten Kumpanen abwechselnd den Flachmann ansetzte. Und wenn gesungen wurde, die alten La-ger-feu-er-ge-sääänge erklangen zur Gitarre, dann stimmte er ein, und das war, wie man sagt, so, dass die Dächer sich von den Häusern hoben. Trotzdem bewies er seinen guten Willen, Dolli zu helfen, und wahrhaftig, sie hatte Hilfe nötig. Die arme Frau, sie wollte ihn bei sich haben, war krank und verängstigt, ganz besonders als er hinausging, um die Zeltpfosten zu kontrollieren, und länger als zehn Minuten wegblieb. Oder wenn er wegging, um für Dolli etwas zu kaufen, Limonade, Würstchen, Süßigkeiten oder belegte Brote an der Bude am Ellidafluss; keinesfalls konnte sie das Zeug aus der Kuchendose der alten Asa essen, der alten Vogelscheuche. Grettir tat alles, sich Frieden und ihre gute Laune zu erkaufen.

Und wenn sie pinkeln wollte! Da musste Grettir die Kranke stützen; sie wackelte und schwankte auf ihren hochhackigen Schuhen mehrere Kilometer weit vom Festplatz weg ins Gelände; konnte sich nicht einfach in ein Gebüsch hocken wie alle anderen, jemand könnte ja kommen, und die schnarchenden Säufer überall und Leute, die sich paarten; sie griff sich an den Kopf und schaute weg.

Die Kinder wären gern bei Grettir gewesen, mit ihm herumspaziert und hätten Leute getroffen. Geritten. Aber sie durften nicht. Dolli hielt sie mit eisernem Griff bei sich; sie sollten nicht ins Verderben geraten. Wenn sie tagsüber hinausging, war ihnen verboten, von ihr wegzulaufen, sie mussten an ihrer Hand bleiben, und die beiden älteren wurden reinweg verrückt davon. Knatschten und jammerten. Wogegen der kleine Bobo schwieg, eisern schwieg mit leidvoller Miene. Sich kaum bemerkbar machte.

Diese Ausflüge tagsüber gingen nicht über den Festplatz. O nein, um den machte man einen großen Bogen. Kroch über die Hügel und das Heideland und blickte nieder auf die Widerwärtigkeit und Unmoral. Sodom und Gomorrha. Die Kinder quengelten, und Dolli schrie:

– Ich prüüügel euch windelweich, wenn ihr nicht an der Hand bleibt!

Grettir trippelte mit und strengte sich an, vergnügt zu bleiben. Sakra!

Nur ein einziges Mal schauten sie dem Unterhaltungsprogramm zu. Grettir sollte an einer Kissenschlacht teilnehmen. Wo der Fluss am tiefsten war, hatte man auf beiden Seiten des Ufers Podeste errichtet; dazwischen ein Planke, und auf der Planke trafen sich Vertreter der Dorfbewohner und der Gäste zur Kissenschlacht. Zehn in jeder Mannschaft, jeweils zwei kämpften, bis einer in den Fluss fiel; der Nächste wurde an seiner Stelle auf die Planke geschickt, und die Mannschaft verlor, deren Kämpfer zuerst alle im Wasser lagen. Grettir war als Achter an der Reihe, in der Gruppe der Emigranten. Die Dorfleute hatten sich bisher besser geschlagen; nur fünf von ihnen waren gefallen, als Grettir für seine Mannschaft antrat. Die Spannung auf dem Höhepunkt.

Und jetzt war der Recke in Form. Jetzt konnte er beweisen, was er taugte. Er schlug und focht und schwang das Kissen um sich. Einer nach dem anderen von der Dorfmannschaft fiel. Unverrückbar schien er auf der Planke zu kleben. Vielleicht lauerte im Hintergrund die Angst, in den Fluss zu fallen und sich den neuen Anzug und die Leinenschuhe nass zu machen. Er hatte nichts anderes mit. Doch in erster Linie war es der Spaß. Er kämpfte wie ein Held und schaffte es, alle anderen von der Planke zu schicken, und wurde in einem vergoldeten Stuhl unter stürmischem Jubel weggetragen.

Es war das einzige Mal in diesen Tagen, dass Dolli das Taschentuch von den Augen nahm; sie legte es weg und machte ein Foto: Grettir in der Schlacht; mit Gogos altem Apparat. (Auf dem Abzug später sah man fast nur Himmel …)

Und Grettir kam nicht los aus dem Freudentaumel, erst als die Schöne Bergfrau die Nationalhymne auf den Text von Matthias Jochumsson anstimmte. Die Bergfrau wurde von einer Dame in Nationaltracht gespielt, vielleicht die Frau des Sparkassendirektors. Sie begann ihren Vortrag, aber auf dem Festplatz verstand man wegen des Lärms kein Wort. Einige verantwortungsbewusste Männer vom Vorbereitungskomitee stiegen auf die Bühne, schwenkten die Arme und machten schscht. Ganz still wurde es allerdings erst, als sie selbst die Festteilnehmer grimmig fixierte:

– Würdet ihr bitte so freundlich sein und das Maul halten! Dann begann sie ihren Gesang, ohne Textblatt:

»Gott unseres Landes, sei gelobt;
du strahlst in ewigem, ewigem Glanz!«
(Die schwache Stimme zitterte.)
»Deine Heerschar der Zeiten, sie flicht dir zum
Ruhm aus Sonnenlichtgaben den Kranz.
Ein Tag ist für dich so wie tausend Jahr' …«
(Schweigen)
»Ein Tag ist für dich so wie tausend Jahr',
ein Jahrtausend ein Tag, der verglüht!
Äh …
Ein Jahr ist für dich …«

Hier verstummte sie endgültig. Die Festgäste schwiegen ebenfalls und glotzten auf die Bühne. Schließlich zog die leichenblasse Frau ein Papier aus ihrer Tasche, doch der Wind packte es, und das Blatt flog über die Köpfe der Gäste davon. Die Frau schlug die Hände vors Gesicht und kletterte von der Bühne herunter. Eine Weile dauerte das Schweigen noch an, bis ein paar Säufer mit Bravorufen anfingen und der Ruf sich über das Gelände verbreitete; endlich rettete der Direktor vom Gefrierhaus geistesgegenwärtig die Situation, indem er die Beifallsrufe in ein vierfaches Hurra auf den Präsidenten und die Heimaterde einmünden ließ …

Der Präsident war anwesend; er saß auf dem Ehrenplatz neben dem Bürgermeister, der so voll war, dass er ein ums andere Mal vom Podest fiel. Das Fernsehen war ebenfalls da mit seinen Kameras; sie waren auf die Bergfrau gerichtet, als diese die Hymne vermasselte, daraufhin drehte man sie hastig um zum Ehrenpodest, wo der Bürgermeister ein Päckchen Lakritzpastillen aus seiner Tasche geklaubt hatte und dem Präsidenten davon anbot. Am Tag darauf war es vorbei. Alle packten zusammen und fuhren mit den Lastwagen heim. Grettir schwebte noch immer im Siegestaumel nach seiner Heldentat mit dem Kissen. Die Kinder hatten aufgehört zu quengeln und saßen gebeugt neben ihrer weinenden Mutter, die soeben das fünfunddreißigste Taschentuch weglegte, das sie auf dieser Reise verbraucht hatte, damit sie sich auf der Ladefläche des Wagens festhalten konnte, der wie die holzgeräderten Planwagen der Einwanderer polterte und krachte. Beinah wie in Texas! Sakra! Das Einzige, was vom Fest zurückblieb, war ein riesiger Abfallhaufen an der fruchtbarsten Stelle im Distrikt und die Möwenschar, die gierig über den Leckerbissen kreiste …

Luftfahrt

Jenes Wochenende war vielleicht von allen das ruhigste in der wechselvollen Geschichte des Alten Hauses. Alle irgendwo unterwegs, sogar Daisy und Herman: Fia und Toti hatten endlich ihren alten Traum wahr gemacht und waren über das ganze Wochenende weggefahren, auf eine Art Campingtour, und hatten die jungen Amis eingeladen, sie an den Ort des familiären Glücks zu begleiten, runter zum Meer.

Das Wetter war klar. Niemand wollte sich wahrsagen lassen. Kein Besuch. Das Telefon schwieg. Tommi genoss es, in Frieden arbeiten zu können; saß am Kioskfenster und meditierte über das Dasein oder räumte hie und da eine Kleinigkeit im Lager auf. Allein im Hause zurück blieben die Wahrsagerin, der Flugkapitän und der Kater Messias. Jahrelang hatte die Alte keine leisen Geräusche mehr wahrgenommen, und jetzt sperrte sie die Ohren auf, zupfte in ihrem Gesicht herum, lauschte auf die luftigen Stimmen der verborgenen Mächte. Stand in einem Nervenkrieg mit dem Kater, der um sie herumschlich, in ein Versteck hinter den Möbeln sauste und die Wahrsagerin nicht aus den Augen ließ, dann aber den Kopf auf die Pfoten legte, ohne Antwort zu geben, wenn das sabbernde Relikt aus grauer Vorzeit das Wort an ihn richtete. Es war auch nicht gerade schön anzuhören, was sie sagte, Zischen und Pfeifen bei jedem Wort, alles drehte sich um die

Ärmsten dort an den Ostfjorden. – Tsa tsa tsa … Fahrt durch den Forst … Schnickschnack und Faxen … zimperlichpimperlich schwärzester Sinn … Und dahin lässt sich das Pack in einem Lastkahn schippern. Zusammengepferchter Plunder im Frachtraum. In die hinterste Hölle auf dem schäbigsten Schiff …!

– Sollten die Behörden so was nicht verbieten?!, fragte sie schließlich und hatte sich in Wallung geredet, doch der Bepelzte hing seinen Gedanken nach und schwieg. Da spürte die Alte etwas, das andere nicht gewahr werden, und fing an zu stampfen und sich zu drehen, unter Anrufungen und Bekreuzigungen, und jetzt stellte Messias den Buckel auf und zog sich fauchend zum offenen Fenster zurück …

An jenem Dienstag …

An jenem Dienstag erwachte Daniel um 7.24 Uhr. Schaltete das Licht ein und wunderte sich, als er auf seine Uhr am linken Handgelenk schaute. Hielt sie zweifelnd ans Ohr, doch sie tickte; und einen Moment lang vergaß Danni sich, lauschte gebannt auf das Geräusch, diesen Laut, den er schon hundertmal gehört, aber bislang irgendwie nie richtig verstanden hatte: Das Ticken war so dünn und klein und leise, dass man hätte meinen können, es würde bei der geringsten Belastung verstummen, bei der geringsten Bewegung, dem geringsten Wetterumschwung; würde erlöschen wie eine Kerzenflamme in einer schwachen Brise. Und doch lag auch noch etwas anderes in diesem Räderwerk, etwas, das es ewig machte, vielleicht der unbeirrbare Rhythmus, das Gleichmaß, das nicht zu erschüttern war. Und am Horizont seiner Gedanken sah Danni riesige Breitwandbilder aufscheinen: Berge zerbarsten, Städte stürzten ein unter Dröhnen und Kreischen, und brennende Wildtiere flohen unter gequälten Schreien aus den

Wäldern, um mit allen Geschöpfen im rasenden Chaos unterzugehen …

… doch als die Glut erkaltete und die Rauchwolken sich auflösten und der Lärm schwieg und alles erstarrt schien wie auf dem Bild einer Wüste oder eines Gletschers: Da erhob sich gegen das Schweigen, das Grabesschweigen, in all seiner Ruhe und Siegesgewissheit, wieder das Ticken der Uhr, die mahlenden Sekunden.

Jetzt war Danni so hellwach, dass der Versuch, wieder einzuschlafen, keinen Sinn hatte. Er setzte sich auf. Normalerweise kam er sehr schnell in die Kleider, wenn er einmal die warme Bettdecke von sich geworfen hatte, doch heute war ihm wohl, alles um ihn herum genau richtig angenehm, vermutlich schien die Sonne und wärmte das Dach. Eine Weile saß er in seiner Unterwäsche auf der Bettkante und betrachtete Hände, Füße, Haut und Adern, die Muskeln, wie sie sich dehnten und zusammenzogen und tanzten, ohne dass er sich eigentlich bewegte. Eine Zeit lang betrachtete er die winzigen Schweißperlen auf der glänzenden, sonnengebräunten Haut, sah nichts als das feine Muster und die Härchen und die Spuren, die der Druck seiner Finger hinterließ; das ganze Zimmer trat zurück, während er dasaß und sich seiner selbst freute. Dann zog er sich frische schneeweiße Unterwäsche an, graue Frotteesocken mit rotbraunem Karomuster an den Seiten, schwere schwarze Jeans und enge Lederstiefel mit dicken Absätzen. Stand auf und spürte eine kleine Verstauchung im Knöchel, eine Zerrung, die sich allmählich legte, anfangs stechend gewesen war, jetzt aber nur noch ein dumpfer Schmerz, heute schon weniger als gestern, eine Irritation, die die Gesundheit des Übrigen eher bekräftigte, das ganze Wohlbefinden seines Körpers. Spürte, es würde ein guter Tag. Trat über die knarrende Türschwelle. Ging die Treppe hinunter, Schweigen im Hause, und doch wurde er Großmutter gewahr, ein leises Murmeln, das Schleifen ihrer braunen Filzpantoffeln auf dem Küchenboden.

Trat an die Haustür und schaute hinaus. Leichte Bewölkung, die Sonne jetzt eben von Wolken verdeckt. Ein guter, kühler Geruch in der Luft; ein schwerer Duft wie von Heidekraut, seltsam und ungewöhnlich hier in der Öde. Die Baracken schliefen, obwohl in einigen schon die Öfen angezündet waren und der Rauch senkrecht zum Himmel stieg.

– Guten Morgen, Oma.

– Jaja?, antwortete sie in freundlichem Ton.

Aufs Klo. Saß dort lange, ohne Unbehagen, ohne Anstrengung. Kein Fauldunst. Schnäuzte sich ins Waschbecken und war nunmehr rein und fleckenlos wie ein Neugeborenes. Wusch sich die Hände und fühlte, wie behaglich es war, als das klare, glitzernde Wasser über die Haut rann. Ging ins Waschhaus und duschte sich unter dem warmen Strahl aus dem roten Schlauch, summte dabei ein Lied von den tiefen Wassern zwischen zwei Liebenden, die getrennt sind und nicht wieder zusammenkommen können trotz all ihres Verlangens; sang das Lied ohne Traurigkeit oder Klage, denn wir sind Kinder der Sonne und nichts ist unüberwindlich, und sogar das Leid kann warm und schön sein. Raus mit einem Handtuch um den Leib, und die Sonne, die jetzt schien, nahm die Reste des Wassers zu sich.

Wie aus dem Nichts erschien der Kater an der Tür und huschte mit ins Haus. Er tappte misstrauisch über den Küchenboden, mit feurigen Augen; forderte mit heiserem Miauen sein Fressen. Im Vergleich zu anderen war dieser Kater vielleicht groß, vielleicht wie ein Panzer auf der Ausfahrt zu seinem dreizehnten Kriegseinsatz, doch in Wirklichkeit war er nur ein kleines pelziges Knäuel, das in einer feindlichen

Welt Schutz suchte. Mit etwas Geschick konnte man ihn in den Arm nehmen, und nach kurzer Zeit hörte er auf, sich zu wehren, der Stolz des Einzelgängers schmolz dahin, und die Furcht unterlag dem wohligen Gefühl, gestreichelt zu werden und an einem warmen Körper zu liegen, dort, wo das Herz schlägt.

Und dann schließt das pelzige Knäuel, nur scheinbar ein wildes Untier, die Augen … Und schließlich springt der alte Motor in seinem Körper an, die eingerosteten Mühlräder drehen sich, mühsam wegen mangelnden Gebrauchs; der lahme, einäugige Kater, der eigentlich nie mehr zu schnurren versuchte, tut es dennoch; wie ein alter Bulldozer an einem frostkalten Morgen, und der Mensch muss kämpfen, seine Gefühle im Zaum zu halten. War der Kater wieder auf dem Boden, blieb er eine Weile wie verwirrt stehen, doch statt sich dem Fressnapf zuzuwenden, machte er einen Satz aus dem Fenster und verschwand, ohne sich umzusehen. Als schämte er sich für seine Sentimentalität. Und ward nicht mehr gesehen.

Daniel schwieg. Saß und starrte eine ganze Weile die Morgenzeitung auf dem Tisch an, ohne zu lesen, da fiel sein Blick auf die Sonne, und er wurde von neuer Kraft und Klarheit erfüllt. Stand auf und holte Brot. Aß fünf dicke Scheiben Graubrot mit Käse und trank zweieinhalb Gläser Milch dazu.

Aus der Stube hörte man die leise Stimme des Nachrichtensprechers mit den Vorhersagen der Meteorologen für die nächsten vierundzwanzig Stunden: alle Landesteile und Fahrwasser, Windstille, wolkenlos … übertönt vom schrillen Klingeln des Telefons … dem lauten Schrei der Großmutter aus dem Telefonzimmer, Anrufungen und Stoßseufzer … Dann kam sie in die Küche gefegt, schimpfte über den elenden Wurzelzwerg, den beschissenen, der seine Frau und seine Kinder mitschleift in dieses Sodom und Gomorrha, zu dem Verbrecherpack da draußen auf dem Lande, wo kein rechtschaffener Mensch hinfahren sollte. War jedoch nicht ganz konsequent, die Alte, denn sie schlug vor, der Junge solle ins Ostland fliegen, vielleicht könne er damit seine geliebte Schwester aus der Not retten.

13.07 Uhr Abflug vom Flughafen in Reykjavík. Eine zweisitzige Übungsmaschine, Eigentum der Fliegerschule, schwebte in den wolkenlosen Himmel nordwärts an der Küste entlang. Allein in luftiger Höhe, war Daniel, der Fliegerheld, optimistisch und hellsichtig; genoss es, auf der einen Seite das Land, auf der anderen das Meer zu haben, und dachte nach über die Zukunft und sein Glück. Seine Fluglehrer hatten angedeutet, er könnte vielleicht, sobald er sein Profi-Zertifikat in der Tasche hätte, Arbeit bekommen bei der größten Fluggesellschaft des Landes, die mit den großen, glänzenden Turbomaschinen für viele hundert Passagiere und den Interkontinentalflügen … Und Daniel schwebte über Küste, Flüsse und breite Fjorde und sah neue Küstenlinien aus dem Ozean auftauchen; wie die Erdteile sich aus dem Meer erheben, wie das alte Europa im Glanz der Morgensonne aus dem Atlantischen Ozean aufstrahlt oder das große Amerika sich aus der Tiefe erhebt im hellroten Schein des Sonnenuntergangs; Daniel überquerte die Hùnabucht, drehte nach Osten, die Nordküste entlang, und gab über Funk wolkenlosen eisblauen Himmel durch, nirgends das kleinste Wölkchen, und der Fliegerheld genoss sein Dasein. Der Himmel war sein, in jeder Richtung, nichts band oder lähmte ihn dort hoch oben über den Sorgen und Bürden der Erde. Er sah den Rauch aus den Schornsteinen der Fischfabriken aufsteigen, die Staubwolken auf den Landstraßen, die Wellen sich brechen am Bug eines Heringsfängers, doch nichts davon reichte zu ihm hinauf. Nichts davon berührte ihn. Er öffnete das Seitenfenster und sang, berauscht von Glück, ein Lied für den Wind und die blaue Weite, das niemand hörte, nicht einmal die Vögel des Himmels, man sah sie kaum, tief unten ihre klatschenden Schwingen über der Erdoberfläche …

Südwärts über die Ostfjorde, bis er die Höhe verringerte und eine leichte Atembeklemmung spürte, glaubte, es sei die Anziehungskraft der Erde; er sah Seen und Moor, Menschen auf den Wiesen, meinte sogar Klagen und Weinen von Kindern zu hören. Folgte dem Verlauf des Tales, das menschenleer dalag, wenn auch die Bühne und zwei Toilettenhäuschen noch da waren, und der Müll; und der Motorenlärm wurde lauter, als die Maschine sich dem Boden näherte, gleichzeitig erstarb das Lied im Herzen des Helden.

Er war mehr als überrascht, Grettir am Flughafen vorzufinden, es schüttelte ihn regelrecht, nach der Sphärenmusik in hoher Luft diesem krummen Repräsentanten alles Irdischen zu begegnen. Grettir tat sich wichtig und lotste den Helden aufgeräumt zum Jeep seines Vetters, der mit dem Kopf nickte und zahnlos unter seiner Kapuze hervorgrinste.

– Sie hat angerufen, die Alte!, sagte Grettir, als man losfuhr, den Weg zum Dorf, in dem klappernden Jeep, vielleicht war Danni mit den Gedanken zu weit weg, um zu antworten, und Grettir sagte nichts mehr, fiel immer mehr in sich zusammen, je näher der Jeep dem Haus seiner Mutter kam, bei der Einfahrt in den Hof hatte er angefangen, im übervollen Aschenbecher am Armaturenbrett zu rühren.

Als er ausstieg, warfen sich die Kinder auf ihren Onkel, hängten sich an Danni, als sei er gekommen, sie aus Lebensgefahr zu erretten, und der Fliegerheld war gerührt und froh, spürte, wie die Erde sich dem Himmel näherte, aber nur für einen kurzen Augenblick, der verging, als er die Türschwelle überschritt und seine Schwester mit gequälter Stimme von drinnen jammern hörte.

– Daniel! Mein Bruder! …

Saß, das Gesicht von schrecklichem Leid gezeichnet, aufrecht im Bett, streckte ihm, als er an der Tür erschien, die Hände entgegen, wie wenn sie dem Tode nahe wäre, und der Flieger stellte sich vor, sie hätte vielleicht dort in der Stube gefangen gesessen, gezielter Folter ausgesetzt … Sie jedoch eröffnete eine lange, verwickelte Rede über Scheußlichkeiten und Schrecken, Ungeziefer im Zelt, Hurerei, Sauferei, Dreck, Kindergejaule, den Hochmut, mit dem ihr alle begegnet waren, die Unsauberkeit; wurde kurz gestört, als die Kinder hereinliefen, um den Onkel erneut zu feiern, worauf Dolli sie brüllend hinauswarf: – Haut blooooß ab! Hab ich nicht schon genug gelitten?! Und ihre Stimme zitterte und brach, die Kinder trollten sich, während die Mutter ihre Rede fortsetzte, und Daniel verstand alles, ohne die einzelnen Worte länger unterscheiden zu können wegen des Ohrensausens, das allmählich in Kopfschmerzen und Schüttelfrost überging, so dass er am liebsten geschrien hätte und davongelaufen wäre, und es doch nicht konnte, weil die geliebte Schwester seine Hand festhielt; also begnügte er sich damit, die Zähne zusammenzubeißen, bis die Kiefer schmerzten, und dachte bei sich, wie viel man doch auf dieser Erde ertragen müsse …

Endlich gelang es ihm, sich loszureißen, als Asa, die alte Hexe, zum Kaffee bat, er ging hinüber und setzte sich in die Küche zu Kuchen und Butterbroten, ohne Appetit, während ein paar Dorfbewohner, die wie zufällig hereingeschneit waren, um diesen Mann zu betrachten, der groß wie ein Riese war und allein durch die Himmel flog, ihn mit offenem Mund anstierten. Die Kinder quengelten, fieberrot vor Freude, wollten zum Flugzeug und einsteigen, Grettir hob an zu fragen, wie die Reise gewesen wäre, brummte jedoch nur und knurrte, fand die richtigen Worte nicht und wusste, er sollte eigentlich nicht nach dem Flug fragen, neigte den Kopf und studierte ein Stück Torte, während seine Stimmbänder hüpften und quietschten; endlich brach der Damm:

Hattest du gute Flugbedingungen?

Danni kam nicht dazu, irgendwas zu antworten, weil Dolli sich ihren Weg in die Küche bahnte und den Faden wieder aufnahm, von Leiden und Qual, war aber immerhin so feinfühlig, dass sie es auf Englisch tat, damit die Bauerntölpel nichts verstünden, bloß mitkriegten, dass sie nichts hören durften. *Terrible times … nobody good to me … sickness … bad weather … rotten smell … children crying … shit everywhere … Sodom … the horror …*

Und Daniel starrte auf den Tisch und antwortete ebenso abgehackt, einsilbig: – Oh? … Überlegte, was er eigentlich dort zu suchen hatte. Wie konnte er jemandem nutzen? Hoffentlich glaubte sie nicht, er könnte sie nach Hause fliegen, mit dieser zweisitzigen Propellermaschine. Wünschte sich wieder in die Luft hinauf und erfand endlich als Grund zum Aufstehen, er müsse anrufen und den Wetterbericht abfragen. Murmelte etwas in den Hörer, wenig geübt in Verstellung, und kehrte in die Küche zurück, hünenhaft und mächtig, meinte, er müsse sich bald aufmachen. Die Dörfler waren offensichtlich erleichtert, diesem Fremdsprachenkurs zu entkommen, und boten dem Helden an, ihn zum Flugplatz zu dirigieren, aber für Dolli kam das nicht in Frage; der Flieger war *ihr* Bruder, und sie würde ihn begleiten und hinführen, wie es sich gehörte. Warf Grettir einen strengen Blick zu, der den Wink verstand und verlegen mit dem Jeepvetter in die Diele trippelte, wo er ihm die Autoschlüssel abschwatzte.

Endlich Schweigen, als sie im Auto saßen, auf dem Weg zum Flugplatz; sogar die Kinder schwiegen, als sie begriffen, dass der Onkel heimfuhr, heim ins Alte Haus zu Oma und Opa, ohne sie; Grettir saß am Steuer und sah immer aus, als suchte er nach dem rechten Wort, während Dolli mit leerem Blick auf die Straße schaute. Danni hatte keine Übung darin, Schweigen zu brechen und ein Gespräch anzuspinnen, probierte es dennoch. Fragte, wie die Schiffsreise gewesen wäre, und damit fand Dolli die Sprache wieder, auf Isländisch, von Widerlichkeiten und Gräueln und Qualen. Grettir schwieg, saß über das Lenkrad gebeugt, gab immerhin von sich, das wäre jetzt aus und vorbei, er hätte ihnen für die Rückfahrt Plätze im Bus reserviert.

– Drei Plätze, ja! Aber wir sind fünf!

Das letzte Stück des Weges hörte man allein den Motor. Abschied auf dem Flugfeld, ein bedrückter Abschied, weil Dolli sich einfallen ließ, ihrem Bruder dort in der Windstille einen solchen Kuss aufzuschmatzen, dass der hochgewachsene Fliegerheld bleich wurde. – Wie sind die Flugbedingungen?, platzte Grettir noch einmal heraus, als hätte er nur eine Sekunde, das erlösende Zauberwort zu sprechen, aber die Kinder sagten ihrem Onkel gerade auf Wiedersehen, so dass Danni nicht antworten konnte. Grettir wiederholte die Frage, bekam aber auch diesmal keine Antwort, denn zwischen Flug und Bedingungen schlug der Flieger die Tür der kleinen Übungsmaschine zu.

Der Propeller vorne drehte sich, die Wirbelwinde jagten den Staub auf um die Familie, die am Jeep stand und dem geflügelten Fahrzeug nachwinkte, das mit heulendem Motor zum Ende der Startbahn rollte. Drehte und einen Augenblick wartete. Die Familie versuchte, den Flieger zu erspähen, sah jedoch nur die Sonne auf der Frontscheibe glänzen. Dann schwoll der Lärm an, wurde unerträglich, als die Maschine am Jeep vorüberschoss, und ebenso schnell leiser, als sie sich auf der Startbahn entfernte, abhob und rasch hinauf ins Blaue stieg. Sich weiter über den Fjord erhob, in den klaren Himmel. Nach Süden abschwenkte und hinter der Felsnase verschwand, während ihr Geräusch schwächer und schwächer wurde und schließlich erstarb …

Nachdem er eine Weile über der Bergspitze gekreist war, gelang es dem Piloten des amerikanischen Militärhubschraubers zu landen, und zwei Marinesoldaten in Kampfuniform stiegen aus, halb geblendet von dem scharfen Licht der Sonne auf dem Gletscher. Sie rückten ihre dunklen Sonnenbrillen zurecht, befestigten Steigeisen unter den Schuhen, schlugen einen Pfosten ein und banden ein Seil daran fest, das längs des abschüssigen Weges zwischen Fels und Harsch herabhing. Daran hangelten sie sich hinab zum Wrack. Zuerst erreichten sie ein unverbranntes Stück Tragfläche. Ein wenig weiter unten lag der Hauptteil des Flugzeuges, was von ihm übrig war, nach der Explosion und dem Feuer. Sie steckten ein paar versengte, zerfetzte Kladden ein, die zwischen den Überresten lagen. Alles mittlerweile eiskalt geworden. Der eine versuchte, wie in Gedanken, das, was von dem Piloten übrig war, herauszuholen, litt wohl an Unwohlsein; der andere, vielleicht in Vietnam oder Korea gewesen, meinte zu seinem Kameraden, der da hätte nicht lange leiden müssen … *Must have been a big man,* sagte er. Hier war nicht viel mitzunehmen, doch bevor sie umkehrten, hob der Lebenserfahrenere von den beiden einen kohlschwarzen Gegenstand auf, der in den verharschten Schnee gerollt war, als sie sich mit der Leiche abmühten. Mit dem Daumen streifte er den Ruß vom verschmorten Zifferblatt, betrachtete es eine Weile nachdenklich, hielt es dann ans Ohr unter der pelzgefütterten Lederkapuze, und für einen Augenblick verschwanden die Sonne und der Gletscher und das Heulen der Winde von den Bergen und der Motorenlärm des Hubschraubers, als er wie aus endloser Ödnis ein winziges und doch regelmäßiges Ticken vernahm.

Karolina, die Wahrsagerin, stimmte eine inbrünstige Litanei an, mit hohen Tönen und Anrufungen, die dem lutherischen Bezirkspfarrer so gegen den Strich gingen, dass er sich fast umgedreht und das Haus verlassen hätte. Laut klagend wankte die Alte durch die Stube, rang die Hände und ballte die Fäuste, verfluchte Satan und drohte mit Rache. Verfluchte sogar Gott, las diesem Hundesohn und Betrüger die Leviten, zwischendurch weinte sie und fragte, wie er ihr das hätte antun können, wie er das über sich gebracht hätte. Hatte sie nicht genug gelitten? – Musst du fortwährend meine Kinder morden?!, fragte sie, und den Kindern, gelähmt vor Schrecken, schien es, als sähen sie Flammen unter den Filzpantoffeln der Alten hervorzüngeln, während sie sich weinend auf dem Fußboden drehte …

An jenem Morgen blieb Tommis Laden geschlossen.

Wie verebbt das Leben im Alten Haus. Die Einwohner des Thulecamps unterhielten sich mit leiser Stimme. Sogar die Kinder schienen nur mechanisch zu spielen, freudlos. Die Zeitungen berichteten von dem Unglück am höchsten Berggipfel des Landes und brachten ein Bild des Piloten, schwarz umrahmt. Leute riefen an und kamen ins Alte Haus, um ihr Beileid auszudrücken; Verwandte, Nachbarn, Menschen, die seit Jahrzehnten die ganze Familie gekannt hatten. Nur nicht den Verstorbenen …

III

Haus unterm Galgen

Es war, als fiele Feuer und Schwefel über die Familie. Nichts blieb ihr. Das Alte Haus verschwand. Das ganze Viertel wurde in Trümmer gelegt. Und alles das, nachdem Frank Daniel Levine Tomasson nicht mehr unter den Lebenden weilte.

> … als ich von seinem Tod erfuhr, dort, in mehr als zweitausend Meter Höhe, wo die Maschine abstürzte und verbrannte, auf dem höchsten Gipfel des Landes. Er war nämlich einer der besten Menschen, denen ich je begegnet bin, klug, ein hervorragendes Gedächtnis, rasche Auffassungsgabe, und was es auch war, es geriet ihm zum Besten. Ich habe diesen jungen Flugschüler kennengelernt wie selten einen, manche Stunde hat er bei uns zugebracht, draußen auf dem Flugplatz oder bei mir zu Haus, in meiner Familie, wo er jederzeit willkommen war. Frank war oft in sich gekehrt und ernst, aber nie stumpf; er war wissbegierig und interessiert an den letzten Wahrheiten des Lebens und Daseins, an Mystik und an Psychologie. Darüber hinaus verstand er etwas von Lyrik und liebte sie. Und die Tatsache, dass er nicht, wie so viele andere, überheblich lächelte, wenn er *Monolog des Starkad* von Einar Benediktsson vortrug, beschreibt

ihn vielleicht besser als manches andere. Er besaß alle Eigenschaften, die einen guten Piloten ausmachen, Genauigkeit, Energie und Überblick. Überdies führte er einen untadeligen Lebenswandel. In meinen langen Gesprächen mit diesem jungen Mann konnte ich immer wieder feststellen, wie sehr er im tiefsten Innern davon überzeugt war, dass wir uns am Ende unserer irdischen Tage auf eine höhere Ebene der Existenz begeben. Für mich, der ich in die Jahre gekommen bin, ist es ein Trost zu wissen, dass ich, wenn ich unser aller Schicksal erleide, die Hoffnung habe, diesem wirklich guten Menschen wiederzubegegnen. Im Namen der Fliegerschule/ KG drücke ich allen Anverwandten mein Beileid aus.

Gautir Viglundsson

Man brachte Tommi die Zeitung mit dem Nachruf ans Bett; er hatte zu allem anderen auch noch eine Grippe bekommen und konnte kaum sprechen.

In dieser Krankheit alterte er um ein halbes Jahrhundert. Als er endlich wieder aufstehen konnte, war er ein Bild des Jammers. Er, der immer darauf geachtet hatte, sich gerade zu halten und aufrecht, hing jetzt im Sessel wie eine Puppe, die jemand fortgeworfen hat.

Er konnte sich nicht aufraffen, an der Sarglegung teilzunehmen, also ging Lina allein, diese stahlharte Frau. Doch selbst sie war danach so erschüttert, dass man kein Wort aus ihr herausbrachte; erst am folgenden Tag, als die Kaufleute Gundi und Gisli anriefen und nach Tommi fragten, sich über die geschäftliche Situation des Ladens Sorgen machten. Da nahm die Wahrsagerin den Hörer und fand die Sprache wieder: Ob die Zöllner und Pharisäer nicht einmal Achtung vor dem Tod hätten. Ob man einen alten, gramgebeugten Mann in solcher Stunde nicht in Frieden lassen könne. Und die Kaufleute, rot angelaufen wie Rotbarsch, entschuldigten sich und baten, zu grüßen und die Nachricht zu übermitteln, sie hätten einen Mann an der Hand, der sich erboten hätte, den Laden eine Weile zu führen. Doch die Wahrsagerin legte auf, bissig und trocken, fragte nicht einmal, wer dieser Mann wäre …

Sie kamen am Tag vor dem Begräbnis, der amerikanische Ausläufer der Familie; dic Abenteurerin Grima Olina Arnkelsdottir Brown mit zwei der noch lebenden Kinder und einer Schwiegertochter.

Nie hatte Baddi prächtiger ausgesehen …

Endlich war der Junge erwachsen. Über den scharfen Gesichtszügen lag Ernst. Er trug einen dunklen Anzug mit einem hellen Seidenschal um den Hals. Ritterlich, feierlich und rücksichtsvoll reichte er seiner Mutter beim Aussteigen die Hand, nahm den Fahrer beiseite und bezahlte großzügig und dankte für die Tour, wandte sich wieder zum Auto und half seiner Halbschwester, der behinderten Klara Louise Brown, vom Rücksitz. Klara sagte etwas, gab einen unverständlichen Laut von sich, der alle befremdete, doch Baddi antwortete beruhigend, geleitete sie mit brüderlicher Sorgfalt zur Tür des Alten Hauses und stellte sie seiner Oma, seiner anderen Halbschwester und den anderen nahen Anverwandten vor, die diese eigenartige Kreatur zum ersten Mal im Leben sahen. Klara versuchte, ihren Namen zu sagen, hatte jedoch offenbar keine normale Gewalt über Zunge und Kiefer, man hörte nur einen ulkigen Laut. Falls jemand sie belächelte, ihr gegenüber nur eine Spur von Spott oder Herablassung erkennen ließ, dann begegnete er Baddis zurechtweisendem und scharfem Blick.

– Niemand soll sich über Klara lustig machen!, verkündete dieser Blick, und das sollte er noch oft in klaren Worten wiederholen.

Während Gogo und Gerda zusammen mit der Familie die Taschen hineintrugen, führte Baddi seine Schwester Klara in die Stube und setzte sie in einen Sessel. Dann trat er hinaus zu seiner Großmutter und umarmte sie, schweigend, verlässlich und tröstend. Und nachdem er sich nach Papa erkundigt hatte, ging er die Treppe hinauf und setzte sich ans Krankenbett, saß lange Stunden des Tages dort und hielt die Hand des Alten.

Gogo wanderte durchs Haus, lebensprühend bei jeder Bewegung, sprach laut und munter, hatte sich eine filterlose Zigarette angezündet und saß in einer Wolke von Rauchringen. War ganz verwundert, entweder wie sich alles verändert hätte oder wie alles gleich geblieben sei. Sie steckte alle mit einer gewissen Unbekümmertheit an; sogar in diesem ganzen Unglück war sie wie ein Sonnenstrahl; in der schwarzen, figurbetonten amerikanischen Trauerkleidung, mit Schleier vor dem Gesicht, wirkte Gogo doch wie die Sonne selbst, die Welt erhellend. Des Menschen Glück, zu leben trotz solcher Qualen, strahlte aus jeder Pore. In ihrer Gegenwart wurde alles einfach, niemand brauchte sich über irgendetwas zu sorgen. Sie hob den Schleier vom Gesicht, steckte die Zigarette ins Mundstück, paffte in alle Richtungen, und sagte: Mein lieber Freund, *no sweat!* in jedem zweiten Satz. Man fragte sie, was man wegen Daisy und Herman unternehmen solle, die nach Auffassung der Familie zum absolut untragbaren Kreuz geworden waren; alle hatten gehofft, Gogo hätte die Lösung parat, doch es stellte sich heraus, dass sie die beiden völlig vergessen hatte. Lachte ausgelassen, als sie sich an das Paar erinnerte.

– Diese Idioten!, nuschelte sie und fing an, Anekdoten über die beiden zu erzählen.

Daisy sei so ein Aschenputtel, immer von ihrer Familie gequält und herumgeschubst, und als sie glaubte, schwanger zu sein, wusste sie, man würde sie erschlagen. Auf kleiner Flamme rösten! Und dann dieser bescheuerte Herman; wohl hatte er seine guten Seiten, obwohl er ein Scheißer und Faulenzer war; seine Sippschaft zum Beispiel war steinreich, auch wenn sie im Augenblick nichts mit ihm zu tun haben wollte.

– Aber wie kriegen wir die beiden denn bloß los?

– Hahaha! Daisy und Herman noch immer hier im Hause!

– Naja, irgendwie haben sie sich ja zu Fia und Toti verdrückt.

– Fia und Toti! Können Fia und Toti ihnen den Flug nach Amerika bezahlen?

Jetzt war es an der Wahrsagerin zu lachen. Sie lachte nicht oft, doch wenn sie es tat, lachte sie mit todernstem Gesicht. Lachte mit ihrer ganzen tiefgründigen Seele, und es war wie der Vorbote eines Erdbebens …

– Tss, *no sweat, darling!*, sagte Gogo, als Lina wieder Luft holen konnte. Ich werde euch die beiden vom Halse schaffen *in a jiffy!*

Auf dem Regal in der Stube hatte man ein gerahmtes Konfirmationsfoto von Danni aufgestellt, und den ganzen Tag brannten rechts und links neben dem Bild zwei kleine Lampen. Vor der Altartafel. Und der Jüngling auf dem Bild glich einem Heiligen oder Erlöser, wenigstens sprach man so von dem verstorbenen Piloten; dem geliebten Sohn, Enkel, Stieftochtersohn, Bruder und Onkel … Der jetzt fortgegangen war, und doch auf ewig nahe; sein Name war in jedem Gespräch, er war immer in ihren Gedanken, im Wachen wie im

Schlafen. Jede Nacht erschien er den weiblichen Familienmitgliedern im Traum; kaum hatten Lina, Gogo oder Dolli die Augen geschlossen, da nahte der hünenhafte, aufrechte Heros; sogar die kleine Gilli träumte von ihrem großen Onkel und sagte, er hätte mit ihr über Bilder gesprochen.

Irgendwelche Bilder …

Und Lina träumte das gleiche. Frank Daniel trat an ihr Bett, schmuck und hübsch, wie er gewesen war, allerdings nicht sonnengebräunt, sondern weiß wie Marmor, mit Ringen unter den Augen, blauschwarz wie sein Haar. Ein Duft begleitete ihn, ferne Töne wie von einer himmlischen Messe, als er in sanftem, mildem Ton das Wort an seine Großmutter richtete; er sprach von Bildern und Licht, doch als die alte Frau wach wurde, verschwand der Junge, so weiß und unglaublich schön mit seinem sanften Gesicht. Und das Letzte, was sie von ihm vernahm, war, dass es seinem Bruder schlechtginge …

So strahlend er auch in ihren Träumen erschien, war er doch wie von einer schwermütigen Aura umgeben, und Lina glaubte, die irgendwo schon gesehen zu haben, konnte sich aber nicht erinnern, wo; erst am folgenden Tag, als ihr die Skizzen des Erlösers in des seligen Daniels Kladden einfielen; die Hefte lagen inzwischen, geheimnisvoll und furchteinflößend wie eine mittelalterliche Schatzkarte, oben in seinem Zimmer, seinem Alkoven, wo, wie sich bei Einbruch der Dämmerung herausstellte, ein Licht brannte; ein Schimmer drang durch den Türspalt. Doch niemand trat ein, das Licht zu löschen, niemand untersuchte seinen hinterlassenen Besitz, die Frauen warteten vielleicht darauf, dass eine der anderen sich ein Herz nähme, bis schließlich Lina am Morgen des Begräbnistages dekretierte, dieser Alkoven solle hinfort als heiliger Ort gelten, nichts dürfe verändert werden, am besten solle niemand seinen Fuß hineinsetzen, nicht einmal um das Licht zu löschen, das brennen solle, solange es brennen könne. Und tatsächlich war es eine Art Zauberbirne, sie brannte nicht aus, sie leuchtete weiter, einen Monat und noch einen …

Und nun sollte die Beerdigung sein.

Seit der Zeit, als die Fundamente des Alten Hauses und ihres Wohlstandes gelegt wurden, hatte niemals von dort aus ein Begräbnis stattgefunden. Die Kinder waren getauft und konfirmiert worden, das junge Paar hatte geheiratet mit allen dazugehörigen Feierlichkeiten, Kindergeburtstage mit ihrer Freude am Dasein – und nun sollte man einen Mann begraben, der in des Lebens schönster Blüte gefällt worden war.

Als der Pastor seine Ansprache hielt, waren alle endgültig davon überzeugt, was für ein Heiliger Danni in Wahrheit gewesen war, dieser stille und schweigsame Menschen- und Tierfreund. Die Kinder hörten, Gott habe ihn gewisslich innig geliebt und daher in solch jungen Jahren zu sich genommen. Der kleine Bobo lauschte zitternd und zagend und hoffte nur, Gott möge ihn selbst nicht allzusehr lieben, und als Lina diese Worte der Würdigung hörte, wurde ihr klar, dass sie jetzt ihren geliebten Baddi schirmen und schützen müsste, damit er nicht auch in das graue Schattenreich der toten Seelen verschwände.

Es war etwas faszinierend Schönes an diesem Todesfall. Solch einen herrlichen, blumenbeladenen Sarg hatten die Barackenbewohner noch nicht gesehen. Und bisher hatte es keine Familie gegeben, die so edel ihre Trauer trug. Sie kamen in drei schwarzen Taxis zur Kirche gefahren, in Schwarz gekleidet und feierlich; vorn gingen Dolli und Grettir mit den Kindern, feingemacht, gemessenen Schrittes. Obwohl Dolli bewegt und ernst war, trug sie es gefasst, und sogar Grettir wirkte würdevoll, als er Frau und Kinder durch die Kirche führte. Hinter ihnen ging HveraGerda, schön wie eine Königin, mit dem alten Tommi am einen und ihrer Schwiegermutter Gogo am anderen Arm. Die Bewohner des Camps hatten Gogo in ihrer Fantasie während der vergangenen Jahre, seit sie nach Westen gegangen war, mit immer fantastischeren Vorstellungen umgeben, alle hatten sich diese große Schutzheilige der Feiertage wie eine Prinzessin aus den dänischen Illustrierten vorgestellt: Heute, da sie sie in ihrer schwarzen Trauerkleidung erblickten, wurden sie nicht enttäuscht ...

Als Letzter kam Baddi, wie die höchste Trumpfkarte, prächtiger als der verstorbene Präsident der USA; in dunklem Anzug, Seidenschal, weißen Schuhen, das dunkle Haar zurückgekämmt. Er trug eine Sonnenbrille und führte liebevoll seine Großmutter, die Wahrsagerin, mit der einen Hand und seine gelähmte Schwester mit der anderen.

»Ein' feste Burg ist unser Gott ...«

Und dann stützten sie sich gegenseitig bei diesen schweren Schritten hinter dem Sarg, hin zum frisch ausgehobenen Grab auf dem Friedhof, und als die Erde herabfiel, konnte niemand die Tränen zurückhalten, außer Baddi, der sich hinter seiner schwarzen Sonnenbrille versteckte, und Tommi, der vor Kälte und Grippe zitterte und seine Umgebung offenbar kaum wahrnahm.

Über dem Leichenschmaus im Alten Haus hielt jenes schwere, feierliche Gepräge bis zum zehnten Liter Kaffee. Mittlerweile war es im Hause so heiß, dass man alle Fenster weit öffnete, und mit der Brise, die durch die Gardinen wehte, breitete sich eine leichtere Stimmung aus. Die Männer streckten sich und gingen hinaus zum Pinkeln, die Frauen knöpften den Kragen auf und lockerten die beengenden Strumpfhalter und sprachen über alte Zeiten. Und es fehlte weiß Gott nicht an Gesprächsthemen oder Schauspieltalent; zum Kaffee waren selten gesehene Verwandte erschienen, Silla und Thuri, Linas Nichten und Pflegekinder, die sich jetzt zum ersten Mal im Alten Haus blicken ließen. Doch war dies weder Tag noch Stunde, um sich über mangelnde Kinderstube oder fehlenden Familiensinn zu beklagen; deshalb wurden die beiden Schwestern bald zum Mittelpunkt einer lebhaften Unterhaltung drinnen in der Stube, zusammen mit vier Generationen aus dem Alten Haus in direkter weiblicher Linie. Die Wahrsagerin lenkte das Gespräch rasch weg von den Gespenstern der Vergangenheit und hin zur Gegenwart; von Silla hörte man als wichtigste Neuigkeit, dass ihr Ehemann auf dem Arbeitsplatz bösen Zungen und Verleumdungen ausgesetzt gewesen war; er, der als Zollbeamter zu Wohlstand gekommen war, war jetzt ohne Bezüge suspendiert, und ihn erwartete ein Verfahren wegen einiger recht unschöner Verstrickungen. Lina unterließ es, in diesem Zusammenhang ihre Lieblingszitate aus der Bibel anzubringen, obwohl sie gut in ein Gespräch über Zöllner gepasst hätten; stattdessen erlaubte sie Silla fortzufahren, die recht geschickt in der Rhetorik war und jede Menge Neuigkeiten auftischen konnte. Wie zum Beispiel, dass Linas Schwester Hugrun sich von ihrer Sekte und den Geistheilungen in Tromsö gelöst hatte und nunmehr ein eigenes Geschäft als Medium in der Hauptstadt Norwegens betrieb.

– Und als ich neulich in Oslo war, sagte Silla, – da kannte einfach jeder die Hugrun!

Ohne Zweifel: In dieser Familie gab es keinen Mangel an übernatürlichen Fähigkeiten. Die Hugrun in einer ausländischen Hauptstadt in aller Munde, Lina, die berühmteste Wahrsagerin Islands, die Schwestern Silla und Thuri befassten sich mit Magie, Geistheilungen und Handlesen. Und jetzt hatte sogar die kleine Gilli einen ersten Blick in jene verborgene Welt geworfen; ihr Traum vom seligen Daniel, wie er von Bildern sprach, löste dort auf dem Begräbniskaffee die diffizilsten Kommentare aus, obwohl keine dieser weisen Frauen ihn wirklich schlüssig deuten konnte. Dennoch bot der Traum Anlass zu manch tiefgründiger und hochfliegender Betrachtung über das Leben des jungen Mannes und seinen allzu frühen Tod, über Gott und den eigentlichen Sinn des menschlichen Daseins.

Es war eine feierliche Zusammenkunft und schön …

Niemand, der Schnaps trank. Nicht einmal Baddi. Entwuchs er etwa der Sauferei? Großmutters Liebling! Er saß da mit seiner Kaffeetasse, hinter der Sonnenbrille versteckt, in einer Ecke des Zimmers, wie die Statue eines Philantropen, der kein Elend sehen mochte. Und sogar die Kinder waren ruhig und leise, wie sie da bei ihrem Onkel in der Küche saßen. Alles schien die Trauer zu ehren, zumindest die Welt des Verstorbenen, dort, wo das Weibervolk über den Traumdeutungen brütete. Doch bevor man zu bemerkenswerten Ergebnissen kam, rollten Fia und Toti mit einem ihrer Söhne ins Haus, einen Wirbel um sich verbreitend wie ein Rudel Grindwale, und strandeten auf den Sofas in der Stube. Und dieser mittlere Sohn, der Gosi, war heute mal richtiggehend servil, trug seinen neuen Sonntagsanzug, altmodisch und zu klein, und darüber hinaus rauchte er eine Zigarette, paffte diesen *Luxus,* der in Fias Familie immer verboten gewesen war, und alle machten große Augen.

– Hast du dir das Rauchen angewöhnt, Gosi?, fragte Dolli und betrachtete mit zweideutigem Grinsen diesen Klotz mit dem Kindergesicht.

– Bloß heute, aus besonderem Anlass, meinte Fia leichthin, und alle schauten sie irritiert an. Niemand konnte sich vorstellen, was an diesem Begräbnistag zu feiern gewesen wäre.

– Der Junge hat es schließlich zum Geschäftsleiter gebracht!, erklärte Toti.

– Wo ist er denn Geschäftsleiter?!, fragte Lina mit einer Stimme, als ersticke sie vor Lachen.

– Gummiverkauf im Zero?, riet Baddi zwischen zwei Rauchringen.

– Nicht ganz!, quietschte Gosi vergnügt. – Nicht ganz!

– Ihr solltet den Laden doch wohl kennen!, sagte Fia, atemlos vor Erregung. – Wenigstens der Tomas!

Der Tomas …

Ja, nach einer dramatischen Pause erzählte sie freudig bewegt, als verkünde sie einer Versammlung gespannter Parteimitglieder einen unerwarteten Wahlsieg, Gosi habe Tommis Laden übernommen.

Das verdiente wahrhaftig die Bezeichnung Neuigkeit, und die Familie im Alten Haus erstarrte …

Doch nur für einen Moment. Dann grinsten sie gleichgültig und zuckten die Achseln. Betrachteten mit unverhohlener Verachtung Fias Familie, die tat, als wäre es das reinste Weltwunder, wenn der Junge zwei oder drei Wochen lang als Vertreter für den alten Mann eingestellt wäre. Allerdings bewegte sie die Sache doch, aber sie stellten ihre Bedenken beiseite und erhielten auch umgehend Gelegenheit, das Ganze zu vergessen, denn in diesem Augenblick wurde an die Tür geklopft.

Und nicht zuletzt deswegen war diese Trauerfeier der Erinnerung wert:

– Da draußen ist die Sunneva von der Armenfürsorge, meldete Gilli in der Stube, und alle schraken zusammen.

Diese Frau von der Behörde war im ganzen Viertel bekannt. Sie wurde immer Armenfürsorgerin genannt, und außerdem war sie noch von der Jugendfürsorge, und ihr Erscheinen wirkte auf die Leute vom Thulecamp, wie wenn man ein Laken über das Gesicht eines Menschen auf der Bahre breitet.

Sie sah vielleicht nicht unbedingt boshaft aus, erschien jedoch mitunter zweimal am selben Tag, und beim zweiten Mal mit der Polizei, und dann klangen Schreie und Flüche und Jammerlaute aus einer Baracke, und schließlich wurden die Kinder weggebracht, während eine weinende, haareraufende Mutter, die es in den beiden vergangenen Wochen nicht fertiggebracht hatte, nüchtern zu werden, im Nachthemd draußen in der Kälte stand …

Natürlich hatte man Vorbehalte gegenüber Sunneva, einmal deswegen und außerdem, weil Karolina, die Wahrsagerin, diese Frau sofort mit einem entschiedenen Bann belegt hatte; und das, obwohl Sunneva mit ihren Armutsangelegenheiten der Wahrsagerin selbstverständlich nichts zu sagen hatte und demzufolge nie in das Alte Haus zur Königsfamilie kam. Ihre Wege kreuzten sich nie, bis auf ein oder zwei Male, als die Königin des Viertels sich in die Affären unglücklicher Barackenbewohner einmischte, und zwar in der Weise, dass Sunneva, die Fürsorgerin, einige wohlgesetzte Wahrheiten zu hören bekam, über ihre Sippschaft von gebrandmarkten Huren und Abdeckern …

Und jetzt kam heraus, dass Sunneva den Armenstempel in ihrer Berufsbezeichnung aufgegeben hatte und nur noch Bevollmächtigte hieß, offenbar etwas unglaublich Vornehmes, obwohl die Kinder das Wort mit *voll sein* in Verbindung brachten. Sunneva hatte sich demnach aus den Armutsangelegenheiten hinaufgearbeitet beziehungsweise hinuntergearbeitet, denn sie setzte im Auftrag der Stadtverwaltung Leute vor die Tür.

Und aus diesem Grunde war sie gekommen …

Der gesamte Familienspähtrupp stapfte nach draußen in die Diele: Lina, Dolli und Baddi; sogar Tommi und Grettir schlichen unbemerkt hinzu, dorthin, wo Sunneva nach dem Hausherrn fragte und an Lina verwiesen wurde. Daraufhin wedelte sie mit einer schriftlichen Anordnung, des Inhalts, dass die Familie sich eine andere Unterkunft suchen müsse, das Alte Haus werde niedergerissen; ja, das gesamte Viertel sollte dem Erdboden gleichgemacht werden, innerhalb sechs Monaten.

– Na? Sind wir dir irgendwie im Wege?, fragte Baddi schließlich nach langem Schweigen, und dabei stieg Grettir das Blut zu Kopf, er zog sich in die Ecke zurück und schaute zu Boden, wie um nachzusehen, ob er irgendwie irgendwem im Wege stünde. Lina fand die Sprache wieder, nach dreiundzwanzig Sekunden Luftschnappen. Sprache und Kraft: Mit eigener Hand schmiss die Alte die Bevollmächtigte raus auf den Kies …

Man hatte die Alte schon oft erregt gesehen, aber diesmal war sie vollkommen rasend. Wahnsinnig. Glut loderte in ihren Augen. Sie fauchte. Heute, nach dem Verlust des Sohnes, die Familie eine klaffende Wunde; hier und heute, nur wenige Augenblicke seit er in geweihte Erde gebettet ward, da wagt es diese barbarische Puffmutter, herzukommen und ihnen zu drohen, man werde sie aus ihrem eigenen Hause hinauswerfen! Die Wahrsagerin bündelte die schlimmsten Worte, die sie kannte, und begann den Indianertanz; und Sunneva flüchtete vor dem Zorn der alten Wahrsagerin und ihren hochheiligen Schwüren, dass das gerächt würde, und müsse man sich auch mit dem Teufel verbünden. Offenbar wirksame Drohungen, denn danach geschahen Dinge, die mehr als alles andere die Wahrsagerin zu einer Berühmtheit machten.

Nur wenige Abende später brach ein Verflossener von Sunneva bei ihr ein, betrunken, auf der Suche nach Silber, und als sie aufwachte und ihn in der Stube überraschte, bekam sie mit der schweren kristallenen Blumenvase einen Schlag über den Schädel, einen tödlichen Schlag …

Es war, als bebe die Erde, als die Nachricht in den Zeitungen erschien. Das ganze Viertel geriet in Aufruhr. Noch Tage später wagten die Leute kaum, in Richtung des Alten Hauses zu schauen. – Ist die Alte hier nicht ein bisschen zu weit gegangen?, murmelten alle und jeder im Camp hinter vorgehaltener Hand, doch niemand sagte es laut. Niemand konnte etwas sagen, da es in Wirklichkeit nichts zu sagen gab, das konnte sich jeder an fünf Fingern abzählen, so vernünftig, dass es alle verrückt machte und keinen beruhigte. Nicht einmal im Alten Haus konnte man darüber reden. Niemand traute sich, auch nur die Zeitungsartikel zu lesen, es sei denn hinter verschlossener Tür, jeder verzog sich in seine Ecke, wie ein Mönch oder Einsiedler. Sogar Lina schien aus dem Gleichgewicht, sie war so abwesend in jenen Tagen, murmelte und zischte …

Aber die Zeit verging, das Leben kehrte in seine Grenzen zurück, die neuen und die üblichen. Ein paar Tage später spielten die Kinder wieder draußen, Grettir fuhr zur Arbeit, und gelegentlich kamen Kunden zu Lina in die Küche, um sich wahrsagen zu lassen. Tommi erholte sich von der Grippe, war fieberfrei und auf dem Wege der Besserung, lag aber trotzdem die meiste Zeit schweigend und kraftlos im Bett. Baddi saß den Nachmittag in der Stube und meditierte, begleitet von Elvis Aaron Presley, und ein ganzes Wochenende kam und verging, ohne dass er Schnaps anrührte. Die seltsame Klara erwies sich als erstaunlich leichte Bürde. Sie konnte sich recht gut selbst versorgen und den Verhältnissen anpassen, sogar Isländisch verstehen. Daniel fehlte natürlich, doch vielleicht war er im Hause nie leibhaftiger gegenwärtig, nie präsenter gewesen als damals, da sein Bild beleuchtet auf dem Regal in der Stube stand. Und erst jetzt gab es ständige Verbindung zwischen ihm und seinen Angehörigen, wenn auch nur in deren Träumen.

Gogo machte sich ohne Unterbrechung zu schaffen, legte die Hände nicht in den Schoß, wenn sie zu Hause war; trocknete mit der einen Hand ab und leerte die Aschenbecher mit der anderen; ruhelos in Bewegung mit der Zigarette im Mundwinkel, dem spöttischen Blick, und unterhielt sich mit mehreren Leuten auf einmal über die verschiedensten Themen. Außerdem bemühte sie sich eifrig, nach dieser langen Abwesenheit von der Heimat, alte Verbindungen zu Menschen und Orten wieder aufleben zu lassen und zu pflegen. Alte Freundinnen, die anscheinend alle entweder Fjola oder Loa hießen, tauchten nacheinander im Haus auf; sie suchte auch neue Bekannte, doch die meisten waren alte: Männer im zweiten Frühling, die mittlerweile etwa zu bescheidenem Wohlstand gekommen waren, eine schuldenfreie Kellerwohnung besaßen oder ein kleines Bankkonto, womöglich sogar eine scharfzüngige Ehefrau; Männer, die sich jetzt mit dem Gedanken trugen, alles aufs Spiel zu setzen für die Gesellschaft leichtsinniger Mädchen mittleren Alters. Und hin und wieder fuhren solche munteren alten Kerle beim Haus vor, mit Stielaugen vor Erwartung, in einem guterhaltenen Skoda oder in einem Jeep, der tuckerte, als lachte jemand über die müden Witze aus dem Band *Isländischer Humor;* und in diesen Wagen stieg die fünfzigjährige Mutter der Kontinente, graduiert in weiblicher Eleganz, küsste die Kerle leicht auf die Wange und sagte vielleicht: – *Keeeeeli, daaaaarling, long time no see!* Und dann holte man die Freundin Fjola, und wenn sie ebenfalls im Auto saß, knöpfte Keli seinen Beutel auf und fragte sich, ob er nicht im Paradies gelandet sei …

So hatte jeder seine Rolle; abgesehen davon, dass alle Daisy und Herman so gut wie vergessen hatten. Sie waren nun fast eine Woche bei Fia und Toti; das allein schon war völlig unverständlich. Fia und Toti gehörten nicht zu den Leuten, die Notleidende längere Zeit in ihre Etagenwohnung aufnehmen; da musste etwas anderes dahinterstecken.

– Bestimmt glaubt Fia, sie könnte aus den beiden was rausschlagen!, sagte Lina. Tochter Gogo trillerte ihr lebensfrohes Lachen:

– Was könnte man bei diesen beiden Idioten denn wohl rausschlagen?

– Vielleicht sollen sie den *puddin' pie* in die USA verkaufen, meinte Baddi, nahm jedoch an der weiteren Unterhaltung nicht mehr teil, weil er stattdessen einen Song über Puddingtorten vor sich hin summte; – *mercy mercy puddin' pie / you 've got something that money can't buy …*

Dann, eines Abends, kamen sie bedrückt und niedergeschlagen ins Alte Haus, die »jungen Amerikaner«.

Die jungen Amerikaner, das war die Bezeichnung, die Fia und Toti immer für das saubere Paar gebrauchten; – die jungen Amerikaner haben uns nämlich erzählt, dass der Tomas so krank ist, sagten sie erklärend, als Gosi plötzlich Tommis Laden ganz übernommen hatte; und das Erste, was Gogo wissen wollte, als Daisy und Herman im Alten Haus erschienen, ganz verblüfft über ihre Anwesenheit, war, wieso zum Teufel sie Fia und Toti mit Informationen über den Gesundheitszustand von jemand hier im Hause versorgten. – Wer hat euch darum gebeten?

– *They always kept asking!*, antwortete Daisy mit weinerlicher Stimme. Sie war so niedergeschlagen, weil sie sich eingebildet hatte, Fias Familie würde sie aus der Verbannung in diesem kalten Land retten; gerade vorhin hatten sie sich aufgerafft und Toti gebeten, ihnen das Fahrgeld zu leihen, da wurden sie mit Schimpf und Schande vor die Tür gejagt. – So eine verfluchte Unverschämtheit!, heulte Fia, dass es noch tagelang zwischen den Wohnblocks widerhallte.

Herman allerdings schüttelte den Kummer rasch ab und fing an zu schimpfen. Er sei solche Behandlung nicht gewöhnt, hätte ganz andere Vorstellungen gehabt, als er beschloss, dieses Land zu besuchen; aber jetzt, nach seinen Erfahrungen in Alten Haus und ganz bestimmt nach seinen Gesprächen mit Fia und Toti, da sei ihm klargeworden, welchen Charakter gewisse Menschen hier hätten … regte sich immer mehr auf, während die Familie Gogo resigniert ansah und fragte, was man mit so einem Scheißpack anstellen sollte.

– *No sweat, darling!,* sagte Gogo. – So was an Idiotie muss man sich nicht bieten lassen. Erhob sich mit schwingenden Hüften, trat vor den Spiegel und legte Lippenstift auf, zog die Strumpfbänder zurecht und brüllte: – Grettir, hierheeer! Könntest du mich mal eben fahren? Sagte den jungen Amerikanern, sie sollten ihre Klamotten packen, und ließ das Zeug ins Auto tragen, in den Leichenwagen. Und als Daisy und Herman mit ihren Siebensachen im Auto saßen, verwirrt und gespannt, wies Gogo den Weg: Hier rechts, dann links hoch, geradeaus, und wieder links, bis sie Stopp sagte, unter der Fahne mit den fünfzig Sternen, die am weißen Botschaftsgebäude wehte. Und da schubste Gogo die beiden aus dem Auto und ins Haus. Und dem Botschaftssekretär verkündete Grima Olina Arnkelsdottir, dieses heimatlose Volk gehöre zu ihnen, sie sollten selber auf ihre Habenichtse aufpassen. – *It's your baby, you rock it!,* war ihre letzte Bemerkung, bevor sie sich mit einer hochmütigen Kusshand verabschiedete, und damit war das Alte Haus von Herman und Daisy befreit.

Mittlerweile waren zehn Tage vergangen, seit Baddi wieder im Lande weilte, und noch immer hatte er keinen Schnaps angerührt.

Er war wie umgewandelt.

Und als er sich volllaufen ließ, geschah es völlig unerwartet, keine Vorwarnung mit Schuheputzen und was sonst dazu gehörte, vorher wie nachher war er wie umgewandelt. Ein umgewandelter Säufer …

Früher hatte er gewöhnlich an Wochenenden getrunken, doch diesmal war es ein Mittwoch; er fuhr in die Stadt, um mit Gerda Kinderkleidung auszusuchen. Traf einen Bekannten, einen Kerl in weißem Nylonhemd, angegilbt, jedenfalls was man unter dem graugesprenkelten Mantel sah. Dieser Mantelfreund trug schiefgetretene Schuhe und pumpte Baddi um Kleingeld an, bat ihn dann, an seiner Stelle mit dem Geld in die Apotheke zu gehen und Sprit zu kaufen, sie verschwanden zusammen in Richtung Apotheke, und Gerda, die einen Moment warten sollte, sah nichts mehr von ihnen.

Erst am nächsten Morgen, da kamen sie an, nur die beiden; und diesmal wurde kein Gelage organisiert, kein Elvis Presley ertönte; die beiden Kerle saßen bloß in der Küche und laberten sich gegenseitig die Ohren voll.

Der Saufkumpan, Turi mit Namen, wiederholte ständig, er sei Kapitän auf dem Trawler *Sirius* und scherte sich den Teufel darum, ob Baddi zuhörte, erst als er einen Schlag und ein ersticktes Stöhnen vernahm und sah, dass der Junge sich ein scharfes Messer durch Handrücken und Handfläche in die Tischplatte gejagt hatte, und das Blut strömte über das Wachstuch wie die Worte aus dem Kapitän der *Sirius*, der immerhin die Treppe hochtaumelte um Hilfe. Dolli und Lina kamen in wehenden Morgenmänteln in die Küche geeilt, und ihnen auf den Fersen HveraGerda mit einem trüben Lächeln in den

Augen; doch Baddi wollte keine Hilfe, hatte sich einen Spüllumpen, inzwischen blutdurchtränkt, um die Hand gewickelt und rief: – Käpten, was soll dieser verdammte *bullshit* … und warf den Saufkumpan aus dem Hause seiner Großmutter und seines Ziehvaters hinaus, mit einem Spektakel, der die Hälfte der Bewohner im Viertel weckte; die andere Hälfte erwachte, als der Junge noch einmal an die Tür ging und hinter Käpten Turi herbrüllte, er solle gefälligst wieder reinkommen und sich zu ihm setzen. Dolli und Lina, die die Wunde versorgen wollten, befahl er die Schnauze zu halten, er hätte die Nase endgültig voll von Weibern, die immer irgendwelche Wunden versorgen wollten.

Allmählich ließen die Saufbrüder nach, Turi fiel schnarchend zur Seite und machte sich da auf der Bank in die Hosen, während Baddi zusammenhangloses Zeug von sich gab, was die Frauen erschreckte, so sehr glich es manchmal einem Schluchzen.

Der Armenfürsorgerin Sunneva, die zu ehrenhaften Leuten gekommen war, um sie aus ihren Wohnbaracken oder dem Alten Haus hinauszuwerfen, erging es, wie es nun mal so geht.

Trotzdem gab es keine Ruhe …

Am Tag des Begräbnisses war sie durch die Haushalte des Viertels gezogen mit der Mitteilung, das Gebiet müsse für eine neue Bebauung geräumt werden, und obgleich alle sie fürchteten, wagte keiner, ihr Bescheid zu stoßen, wie Lina es tat. In vielen Haushalten hatte Sunneva sich in die Küche gesetzt und in freundlichem Ton besprochen, was man vernünftigerweise für die bald wohnungslosen Barackenleute unternehmen könnte. Wenige Tage später stand sie als Todesanzeige in der Zeitung.

Irgendwie mysteriös, das Ganze.

Und als ein Regen von Briefen auf das Viertel niederging, die genau die Worte jener Frau wiederholten, die erschlagen in ihrem Grabe lag, da waren die Leute von ihren Aussichten nicht gerade begeistert. Das Gerücht ging um, in der Räumungsabteilung der Stadtverwaltung sähe man nachts flackernde Lichter. Als dann die Erben beziehungsweise Kollegen von Sunneva in Fleisch und Blut auftauchten, mit Dokumentenmappen und sogar goldgerahmten Angeboten für neue, bessere Wohnstätten, da dankten viele artig und beschlossen, ihre gemütliche Baracke zu verlassen.

Einer nach dem anderen …

Im Morgengrauen tauchten zwei gelbe Kipplaster auf, und hinter ihnen rollte ein großer, schwarzer Seilbagger ins Viertel; ein Bagger mit hohem Ausleger, wie ein Galgen, von dem die gespreizten Schaufeln an einem Drahtseil herabhingen. Knirschend kam der Bagger vor der ersten leeren Baracke zum Stehen, und nach kurzer Beratung der Männer im Blaumann warf er kreischend die stahlbewehrten Schaufeln auf jene Heimstatt, seit einem Vierteljahrhundert zuerst Unterkunft einer sieggewohnten Armee und dann Zuflucht der kleinen Leute des Nordens, und zerdrückte sie wie eine Schachtel Streichhölzer.

An jenem Tag versanken drei Baracken.

Abends, als die Menschen sich zum Schlafen niederlegten, wartete dieser hohe, schwarze Galgen schweigend über ihnen.

Im Alten Haus jedoch lebte die Familie ihr normales Leben und wollte sich durch nichts aus der Ruhe bringen lassen. Sie glaubte an sich und ebenso an das Haus; mochte auch das Heer der Maschinen die kleinen Baracken niedermachen, aus dem Alten Haus würde die Familie nicht weichen.

Der alte Tommi schüttelte die Schwäche ab und plante

schon, seinen Laden wieder zu übernehmen, zumal wegen der Finanzen: Da tauchte ein unerwartetes Glück auf, wie ein Hoffnungsschimmer in der unsicheren Welt der Hausbewohner. Wohlriechende Männer mit eleganten Taschen und wedelndem Scheckheft trafen sich mit dem alten Krämer zu einer Besprechung wegen einer Geldsumme und baten um Entschuldigung, dass sich ihr Kommen etwas verzögert habe; es sei mit einigen Schwierigkeiten verbunden gewesen, die nächsten Anverwandten des Frank Daniel Levine Tomasson ausfindig zu machen, des verstorbenen Piloten; unnötige Schwierigkeiten, denn der Fliegerheld hatte einen Brief bei der Versicherungsgesellschaft hinterlassen, in dem stand, dass Tomas Tomasson, Kaufmann, die gesetzlich festgelegte Versicherung für Piloten erhalten solle, falls ihm etwas zustieße. Und die wohlriechenden Männer mit den wedelnden Scheckheften waren demnach hergekommen, um ihr Beileid zu bekunden und das Geld bringen.

Natürlich war ein Menschenleben nicht mit Geld aufzuwiegen; dennoch kam dieses Geld wie bestellt, und nachdem der alte Krämer den Scheck in seine braune Brieftasche gesteckt hatte, bewegten sich die Gespräche in der Küche auf einer höheren Ebene, als sie das in den Tagen der Bedrängnis getan hatten, wo die einzigen Einkünfte des Haushaltes aus ein paar kümmerlichen Wechseln bestanden hatten, für die der eine oder andere von Gogos Skodabesitzern oder Kellerwohnungsbesitzern bürgte. Und die Nachricht von der Versicherung fügte sich wundersam zu den Traumbildern der Frauen, denen der selige Daniel immer häufiger im Schlaf erschien; ständig sprach er davon, dass es seinem Bruder schlechtginge, und dann diese flackernden Lichter, und wieder, man müsse etwas für seinen Bruder tun. Nun mit einem Male ging manchem in der Küche ein Licht auf; jetzt, wo das Geld des verstorbenen Piloten ins Haus gekommen war, machte eine plötzliche Erleuchtung die Deutung einfach:

Wie der Blitz stürmten vier Generationen hinein zu dem alten Kaufmann, der gerade Schulden und Rechnungen zusammenzählte; Karolina, Gogo, Dolli und die kleine Gilli standen plötzlich über ihm, die Mäuler in munterer Bewegung:

– Da-Das Ge-Geeeld! Danni will, dass wir Baddi einen neuen Fernseher kaufen.

– Seid ihr da sicher … versuchte Tommi einzuwenden, selbst wenig überzeugt, weil er wusste, dass er dem Willen dieser Frauentruppe wenig entgegenzusetzen hatte. Und eigentlich wurde er auch nicht gebeten oder die Angelegenheit mit ihm diskutiert, sondern man verkündete schlicht und einfach, und am nächsten Morgen saß der alte Tommi im Leichenwagen, umringt von maulfertigen Frauen, auf dem Weg ins nächste TV-Geschäft. Und auf dem Rückweg konnte er nicht mehr nach vorne schauen, weil er den gewaltigen, bleischweren Karton mit dem 22-Zoll-Gerät auf den Knien hatte. Er dachte bei sich, bevor dieses Geld, mit dem er die finanzielle Situation der Familie hatte ins Lot bringen wollen, sämtlich für Dinge wie dieses draufginge, das er auf dem Schoß hatte, würde er es lieber in etwas Bleibendem anlegen, etwas, das sogar die unbesiegbare Zeit kaum zerstören könnte, und da kam nicht viel in Frage …

Gleich am selben Nachmittag war er beim Steinmetz, mit dem Rest der Versicherungssumme, und zahlte ihm den Marmor auf die Hand. Einen großen weißen Grabstein mit der Inschrift:

Hier ruht
FRANK DANIEL LEVINE
Pilot

Selig die reinen Herzens sind
Denn sie werden Gott schauen

In den Stein war das Bild eines Mannes mit Flügeln gehauen; vielleicht sollte er einen Engel darstellen, obwohl er manchem eher wie ein Held aus der griechischen Mythologie vorkam.

Und dieser weiße, große und schöne Gedenkstein war vielleicht das letzte Symbol der Zeit des Wohlstands in der Familie, oder jedenfalls der blühenden Jahre, die am längsten gewährt hatten …

Die Hütte der Hühner-Magga

Sollten sie sich im Alten Haus verschanzen? Einer Festung glich es allerdings, dieses betonwandige Monument, steingrau und massiv, mit Fenstern wie Schießscharten, und wenn nun, im Auftrag der städtischen Behörden, ein Heer von Baggern mit langen Auslegern und Stahlmäulern und ganze Kompanien blaugekleideter Arbeiter anrückten, ließe sich doch, mit weitsichtiger Planung, das Alte Haus voraussichtlich verteidigen. Zum Beispiel mit Verstärkung, dem Tauben Grjoni; er, Lui Lui und Onkel Snjolf als Scharfschützen in den Fenstern; Waffen gab es genug in Grettirs und Dollis Schlafzimmer. Bei jedem Schützen eins der Kinder, zum Nachladen der Gewehre. Das Telefonzimmer, umfunktioniert zur Waffenschmiede: Benzinbomben herstellen, Bogen spannen, Pfeile wachsen, Messer schleifen. Der Generalstab in der Vorderstube: Dunkelheit und Rauchschwaden hinter massiven Fensterläden, und wortkarge, entschlossene Männer breiten eine Karte auf dem Tisch aus, deuten hierhin und dorthin und einigen sich mit knappen Worten. Hin und wieder wird ein Waffenstillstand vereinbart, um Verhandlungen einzuleiten; der schwarze Leichenwagen fährt unter weißer Fahne ins provisorische Hauptquartier des feindlichen Heeres, der Waschküche des Künstlerblocks. Dort sitzen die hochdotierten Vollstrecker der amtlichen Beschlüsse, wütend und ungeduldig, setzen diese trotzige Familie unter Druck, damit sie aufgebe, doch kraftlos sinken ihnen die Hände, und die Knie werden ihnen weich, wenn die Emissärin des Alten Hauses, Karolina Klaengsdottir, die Kommandozentrale betritt, in Begleitung ihres Leibwächters und Generals, des deutschstämmigen B. H. Kreutzhage. Dann setzen die Kämpfe wieder ein, Verwundete werden in der Küche versorgt, doch binnen kürzester Zeit sind die Schützen wieder zur Stelle, überall verbunden, aber ungebrochen; diese Familie kapituliert niemals, und schließlich begreifen die Aggressoren, dass mit solchen Mitteln allein die Festung nicht zu erobern ist, hier müssen andere Wege gefunden werden; vielleicht könnte man die Verteidiger durch eine längere Belagerung aushungern, doch die stolze, kriegserfahrene Familie hat für solche Fälle Gegenmaßnahmen geplant, hat zum Beispiel die alten Tunnel wieder geöffnet, die unter dem Viertel hindurchführen, und dadurch alles Lebensnotwendige aus dem Lager von Tommis Laden am Rande des Viertels herbeigeschafft. Nur an Munition fehlt es, und selbst das ist keine Katastrophe; aus Scheren, Küchenmessern, Gartengeräten, Besenstielen und Fleischklopfern schmiedet man tödliche Waffen, und jeder, der sich dem Alten Hause nähert, muss mit einem Speer aus einem der Fenster rechnen, oder mit einer Falltür, so dass die Obrigkeit keine Chance hat. Darauf würden sie sprechen: – Nun ist der Beweis erbracht, dass sie der Gewalt nicht weichen … Wir sehen nur zwei Möglichkeiten, und beide sind schlecht: die eine, den Rückzug anzutreten, die andere, Feuer zu legen und sie im Hause zu rösten. – Daher lasst uns eilig Feuer anlegen. Und damit ist natürlich klar, wie die Sache endet: Das Haus geht in Flammen auf. Den Frauen wird freier Abzug gewährt, und vielleicht gelingt es dem ein oder anderen Mann, sich in Frauenkleidern hinauszuschleichen, Onkel Snjolf oder so …

Selbstverständlich weigert sich Lina, das Haus zu verlassen; jung war sie, da sie sich mit Tommi vermählte, und ihr Knappe Bobo trägt sie zu ihrer Lagerstatt. Höhnisch grinsend und furchtlos kämpft Baddi in den Flammen, und als man glaubt, alle im Alten Haus seien tot, hört man ihn Rockballaden anstimmen aus den glühenden Ruinen … aber irgendjemand müsste dem Feuer entkommen und die Rache auf sich nehmen, der Schwiegersohn im Hause … Grettir? Nein, das ginge niemals …

Das wäre niemals gegangen.

Außerdem waren so viele andere Dinge dringlicher zu klären als jene perversen Drohungen, das Alte Haus niederzureißen. Der alte Tommi musste zum Beispiel etwas unternehmen wegen der finanziellen Lage der Familie; er konnte nicht endlos herumliegen, daher ermannte er sich eines Morgens ganz früh, brühte Kaffee, setzte das Gebiss ein und stakste los, die Schiffermütze auf dem Kopf, den altbekannten Weg zur Arbeit.

Seinen Laden zurückzufordern.

Sah zu seiner Verwunderung, dass man ein Stück von dem Schild über der Tür abgesägt hatte, so dass dort nicht mehr *Tommis Laden* stand, sondern nur noch *Laden*.

Nun ja, trotzdem war er gekommen, seinen Laden zurückzuholen, der alte Krämer.

Hinter dem Ladentisch stand Gosi Thorgnyrsson mit einem breiten Grinsen auf dem speckigen Gesicht; neben ihm ein Innenarchitekt, und sie sprachen darüber, wie man die Inneneinrichtung erneuern könnte. Wenigstens müsse man dem Ganzen ein modernes Aussehen verleihen, besser noch, ein zukunftweisendes Outfit, denn dieser rundliche Sohn Totis mit seinem Gegrinse war gewiss ein Mann der Zukunft, Tommi dagegen ein Überbleibsel der Vergangenheit mit gestörtem Realitätssinn, so verkalkt, dass er nicht begriff, wann er abzutreten hatte. Als Tommi sagte, er sei jetzt zurück und wollte wieder übernehmen, antwortete Gosi mit einem schlichten Nein.

Nein!, sagte er feixend, und als der Alte ihn mit leerem Blick anschaute, schlug Gosi das gleiche Lachen an wie in den alten Tagen, wenn er vom Rad gefallen war.

– Neinnein, sagte Gosi – Mama und Papa haben mir den Laden gekauft.

– Mit so einem Halbidioten kann man natürlich nicht reden, sagte Tomas. Verabschiedete sich trocken, ging denselben Weg wieder zurück und setzte sich daheim im Alten Haus ans Telefon, um die Sache durch ein kurzes Gespräch mit den beiden Kaufleuten Gundi und Gisli zu bereinigen. Der Alte drehte die Wählscheibe mit entschlossener Hand und murmelte unterdessen, die beiden Kaufleute würden wohl nicht lange brauchen, um dem jungen Tropf klarzumachen, wie die Dinge lägen.

Die Kaufleute Gundi und Gisli, die inzwischen die Tirolerhüte abgelegt und die Füße von den Tischen genommen hatten, waren gestandene, ehrenwerte Kaufleute, Mitglieder der Handelskammer und der Freimaurerloge, Gisli war sogar von den Konservativen als Kandidat aufgestellt; das waren die Männer, für die Tommi seit fast dreißig Jahren arbeitete, Männer, die wussten, was die Glocke geschlagen hatte.

Und die trotzdem völlig sprachlos waren, als Tommi ihnen sein Anliegen vortrug. Lange brauchten sie, um überhaupt zu verstehen, was er wollte: Den Laden wieder übernehmen? Sie hätten angenommen, er habe sich ganz zur Ruhe gesetzt, und es geschehe mit seinem Willen und mit seiner Zustimmung, dass Gosi in seine Fußstapfen trete und der Laden damit in der Familie bliebe …

Und hier lag kein Missverständnis vor, das man hätte bereinigen können; Gosi Thorgnyrsson hatte sich nämlich in die Firma Gundi & Gisli KG eingekauft, andernfalls hätten sie ihn den Laden nicht weiterführen lassen; eigentlich war es nur eine Frage der Zeit gewesen, wann der Laden geschlossen würde; dieses Geschäft im Thulecamp war ihnen zuletzt fast eine Last geworden, obwohl es sich unter der neuen Leitung etwas besser machte.

– Ihr hättet es mich wissen lassen können.

– Doch, sagten Gundi und Gisli, wir haben mehrfach vergeblich versucht, dich telefonisch zu erreichen, aber Thorgnyr und Snaefrid meinten zu uns, du wärst nicht … tja, irgendwie nicht imstande …

Und an dieser Stelle legte Tomas Tomasson, vormaliger Filialleiter, den Hörer auf.

Der Alte glitt schnell in die Depression, blätterte gedankenlos in der Zeitung, wogegen Lina, als sie aufstand und die Neuigkeit hörte, ein wahres Feuerwerk losließ. Sie und Dolli brüllten ins Telefon nach Grettir, der im Leichenwagen, knatternd wegen des fehlenden Auspuffs, angerauscht kam; Lina wickelte sich in ihren dunkelsten Schal und ließ sich ins Hauptkontor der Kaufleute fahren, wo Gundi in einer Besprechung saß, die sich jedoch innerhalb von Sekunden auflöste, als diese lärmende Alte hereinstürmte mit teuflischem Geschimpfe und Drohungen. Es kostete den bestürzten Kaufmann eine Dreiviertelstunde, überhaupt zu Wort zu kommen, um seine Hände von dieser schändlichen Sache reinzuwaschen; hier war nichts mehr zu machen, getan ist getan und Kauf ist Kauf; leider!, schade, dass es so enden musste. Er versuchte, ihr Ersatz zu bieten, vielleicht könnte er dem Alten eine andere Arbeit beschaffen, leichte Lagerarbeiten oder Ähnliches, doch die Wahrsagerin war nicht gekommen, um zuzuhören. Sie schritt hinaus, Verachtung in jeder Bewegung, und Dolli, ihr auf den Fersen, knallte so grimmig die Tür hinter sich zu, dass der Rahmen krachte. Und alle im Hause trocknen sich den Schweiß von der Stirn und sehen wie vom Donner gerührt dem Leichenwagen nach, wie er mit explosionsartigem Dröhnen verschwindet.

Für Lina war die Sache noch nicht erledigt. Als Nächstes stand ein Besuch bei ihren Nichten Silla und Thun auf dem Programm, die sie über die schändliche Geschichte in Kenntnis setzte. Grettir wartete ratlos drei Stunden lang draußen im Auto, während man Rachepläne schmiedete und Zaubertränke braute; später am gleichen Tag versuchte die Wahrsagerin vergeblich, ein Treffen mit Behörden, Ministern und dem Bürgermeister zu arrangieren, und so war es Abend geworden, bevor sie in den Wohnblock der Elektrizitätswerke stürmte, um mit Fia und Toti abzurechnen.

Und dort traf Stahl auf Stahl: Fia kreischte, antwortete aus vollem Halse; nach viertelstündigem Streit, der mit Heulen und Türenschlagen endete, war die Freundschaft zwischen den beiden Familien ein für alle Mal erledigt. Fia hatte sogar einiges an Gegenklagen über die Familie im Alten Haus vorzubringen:

– Wir schulden euch rein gar nichts!

Es war schwierig, einen roten Faden in diesem Wortgefecht zu entdecken; man vernahm, die Sippe im Alten Haus bestünde aus nichts als Selbstgefälligkeit und Egoismus. Leute betrügen und ihnen die Pfennige aus der Tasche ziehen, ihnen Gäääld abschwatzen, nur das könnt ihr, sogar stehlen, wie zum Beispiel von den jungen Amerikanern. Was den Laden anging, da hatten die vom E-Werke-Block dort seit fünfzehn Jahren zu überhöhten Preisen eingekauft, nie Rabatt bekommen, obwohl es hieß, sie wären enge Verwandte und Freunde, oder nur wenn man sie für irgendwas ausnutzen wollte, etwa um die Fußballerei zu finanzieren; überhaupt hatten die im Alten Haus für ihre Verwandten nichts als Gleichgültigkeit und Frechheit aufgebracht; – Es war bestimmt kein Spaß für meine Söhne, sagte Fia, – wenn sie gesehen haben, wie die Verwandtschaft Schmuck und feine Sachen an fremdes Pack aus den Baracken verteilte, während sie selbst leer ausgingen …

Offenbar hatten sich die Zeiten geändert. Wenn Lina sich heute im Leichenwagen zu einer Unterredung fahren ließ, führte das nicht länger zum gewünschten Erfolg. Bis dahin hatte die Methode ausgezeichnet gewirkt. Diesmal war sie einen ganzen Tag lang in der Stadt herumgesaust, ohne dass sich ein Lichtblick zeigte. Gosi besaß das Geschäft noch immer; später, als das ganze Viertel abgerissen wurde, durfte dieser Bau, der den Laden beherbergte, als Einziger stehenbleiben. Stand dort lange Zeit, mit zwei erleuchteten Zigarettenreklamen am Giebel, doch unter neuem Namen: Hieß nicht länger *Tommis Laden* oder nur *Laden*, sondern wurde nach dem neuen Besitzer genannt und erhielt den Namen *Gosi-Markt* – neuer Stil der neuen Zeit.

Der Herbst ging ins Land, der Polarwinter senkte sich über die Insel. Noch im letzten Frühjahr war für die Familie im Alten Haus alles zu ihrer Zufriedenheit gelaufen, doch jetzt lag die Zukunft düster vor ihnen. Immer hatte die Familie Gogo in Amerika als Rückhalt gehabt, wenn es hart auf hart kam; hatte sich irgendein Mangel aufgetan, rief man drüben an, wo sie in ihrem ganzen Reichtum saß. Jetzt war die seltsame Situation eingetreten, dass sie selbst im Alten Haus lebte, in der hinteren Stube, zusammen mit der gelähmten Klara; war schon beinah fünf Wochen da und schien keine Lust zu haben, in den Westen zurückzukehren.

Nicht, dass sie sich etwa Sorgen darüber machte; Gogo machte sich nie Sorgen, was auch immer ihr begegnete, sie trug es mit Lachen und leichtem Sinn.

– *No sweat, darling,* ihr zieht einfach nach Amerika, sagte sie zu dem alten Paar, wenn diese ihre Sorgen über das Schicksal der Familie zur Sprache brachten, als ob nichts einfacher wäre für die Wahrsagerin, die ihr Leben lang nicht weiter als bis Keflavik gereist war. Trotzdem fehlte es Gogo nicht an Verantwortungsbewusstsein; wenn sie sah, dass es im Haushalt an etwas mangelte, regelte sie die Sache meist ohne viel Aufhebens; überredete einen alten Freund, sie im Jeep abzuholen, und kam heim mit einer Papiertüte voller Luxus. Fehlte Toilettenpapier, brachte sie sackweise rosengemusterte Servietten, fehlte Brot, schleppte sie ausländische gefüllte Kekse in farbenfroher Verpackung an, sie kam mit Obst in Dosen, Erdnussbutter und Marmelade in Gläsern, Papiertaschentüchern, und meist steckten ein paar lange Stangen Zigaretten in den Tüten. Die Gogo war einfach einmalig.

– Man sollte sich nie Sorgen um so einen Scheiß wie Geld machen!, meinte sie, und alle fanden den Satz völlig richtig, wenn sie es sagte. Trotzdem war die Geldnot zu einem Problem geworden, kein einziger roter Heller mehr im Hause, und eines Tages machte sich Lina auf zu einer Beratung mit dem Bankdirektor, dem sie oft gewahrsagt hatte.

– Wie willst du das Darlehen zurückzahlen?, fragte Gogo. – Es ist doch viel besser, wenn man sich das Geld schenken lässt!

– Das geht doch wohl nicht so einfach, sagte die Wahrsagerin.

– Doch doch, bleib locker, *darling*, sagte Gogo.

– Ich regele das schon. Und nach einer halbstündigen Sitzung vor dem Spiegel verschwand sie in Pelzjacke und engem Rock. Bestimmt war es bei dieser Gelegenheit, dass sie den alten Valgeir aus Foss überredete, einen Wechsel für sie zu unterschreiben. Der alte Valgeir besaß eine Kellerwohnung im Nachbarviertel und war ein Sonderling. Er wohnte dort mit seinem verwaisten Neffen, der überall Zippi genannt wurde, ein merkwürdiger Kerl, oft nach Einbruch der Dämmerung in öffentlichen Parks anzutreffen, wo er umherstreifte, bekleidet nur mit einem Mantel, unter dem die nackten behaarten Beine hervorstanden; und wenn Frauen vorbeikamen, sprang er vor und öffnete den Mantel, woraufhin die Frauen kreischend davonliefen und auf der nächsten Polizeiwache angaben, sie hätten sich nur durch Flucht retten können. Einige Male war Zippi festgenommen worden und hatte dadurch seinem Onkel unerträgliche Schande bereitet; deswegen war Valgeir in letzter Zeit ziemlich menschenscheu geworden. Dann verliebte er sich auf seine alten Tage in eine Dame namens Loa, Kassiererin in einem Lokal, wo man billig Frikadellen an Schwerarbeiter verkaufte; und Valgeir war zu Lina gekommen, um ihren Rat einzuholen, was diese Liebesaffäre betraf, allerdings hatte er zu dem Zeitpunkt Loa noch nicht einmal anzusprechen gewagt. Wie der Zufall es wollte, kannte Lina die Loa, eine Freundin von Gogo aus der Besatzungszeit; und Lina wahrsagte Gutes für Valgeir und Loa und arrangierte eine Begegnung; und seitdem war Valgeir ein Freund des Alten Hauses.

Gogo hatte mit solchen Kerlen keinerlei Probleme, munter und leichtherzig, wie sie war. Gesellschaft fand sie genügend, hatte reichlich zu tun und schien sich in ihrer alten Heimat wohlzufühlen, als hätte sie alles westlich des Meeres vergessen. Bis von dort ein Eilbrief kam, adressiert an Klara Louise Brown im Alten Haus: Komm sofort heim, anbei Geld für Ticket, Dad.

Was tun?

Das fehlte noch zu allem anderen, dass der Schutzgeist Gogo in die Klemme geriete. Sie allerdings schien nicht im Geringsten außer Fassung, schaute bloß auf die Uhr und meinte: – *Ok my gosh*, Klara und ich sollten wahrhaftig machen, dass wir nach Hause kommen!

Schon zwei Tage später verabschiedeten sich diese beiden liebenswerten Verwandten aus dem Alten Haus, Gogo plapperte über die abwegigsten Dinge, als sie hinausspazierte, und redete noch immer, ohne dass sie jemandem auf Wiedersehn gesagt hätte, als Baddi mit ihnen im blauen Oldsmobile vom Hof fuhr. Freilich wurde der Abschied nachgeholt, da sie auf halbem Wege umdrehen mussten, weil Klara entdeckte, dass Mama die Tickets und die Pässe vergessen hatte, und Gogo fand das so lustig, dass das Letzte, was man von ihnen hörte, als sie zum zweiten Mal vom Hof fuhren, das trillernde Gelächter von Mrs. Arnkelsdottir Brown war.

Und fort waren sie.

Zurück blieb die Familie im Alten Haus, im Thulecamp, das nun so rasch vom Zahn der Zeit und der Bagger zermalmt wurde, dass bald nur noch die Festung allein übrigblieb, einsam und verloren, wehrlos wie ein schiefer Werkzeugschuppen auf einem großen Kartoffelfeld.

An jenem Tag konnte man es im Hause nicht aushalten vor lauter Krach beim Abriss von Thorgunns Baracke. Thorgunn hatte eine städtische Sozialwohnung bekommen, endlich eine neue kleine Etagenwohnung, so eine, wie sie sich seit einem Vierteljahrhundert gewünscht hatte. Nun zog sie dort ein, ihre gesamte Habe in Pappkartons, allein und müde. So war sie schon seit dem Tage, da ihr Vater, der alte Sigurjon, vor drei Wochen in die Pflegeabteilung des Altersheimes gebracht worden war, um dort das Zeitliche zu segnen, und niemand in der Baracke übrigblieb außer ihr.

Die Situation stand nicht zum Besten …

Hin und wieder kamen Leute zu Lina und ließen sich wahrsagen, doch sie wahrsagte meist Schlechtes und nahm wenig Geld dafür. Baddi trank ab und zu und verbrachte dann ganze Nächte mit philosophischen, wenn auch unzusammenhängenden Gesprächen bei seiner Oma in der Küche. Ein Unfall im Nachtleben der Stadt hatte ihn seine Vorderzähne gekostet, und er schämte sich offenbar in Gesellschaft. HveraGerda lag und wartete darauf, Karolinas Familie um ein weiteres Mitglied zu vermehren. Die Kinder standen den ganzen Tag draußen im Regen, in Stiefeln und Anorak, und schauten zu, wie die Handlanger der Obrigkeit das Viertel niederrissen. Grettir arbeitete, was wenig änderte, denn die Leute im Alten Haus litten weiter an Geldmangel, wie sehr er sich auch anstrengte.

Allmählich verloren sie den Mut. Warteten vielleicht auf einen neuen Angriff der Kommune, doch noch ehe das geschah, klopfte der Freund des Hauses an die Tür, Valgeir aus Foss, in miserabler Laune. Schon an der Tür schwenkte er das Mahnschreiben seiner Bank und wiederholte beim Überschreiten der Schwelle fünfmal hintereinander, dergleichen hätte er noch nie erlebt.

Lina und Dolli steuerten ihn in die Küche, spöttisch lächelnd.

– Was ist denn looos, mein lieber Valli?

– So was hab ich ja noch nie erlebt! Die Grima Olina, deine Tochter …, deine Mama, für die hab ich doch einen Wechsel unterschrieben, was ich eigentlich nie tue und auch noch nie gemacht hab, bloß weil sie es war, und sie hat versprochen, den sofort nach vierzehn Tagen einzulösen. Ich kann nur hoffen, dass das Ganze ein fürchterliches Missverständnis ist, denn jetzt hab ich von der Bank eine Mahnung gekriegt über die ganze Summe.

– Na, womit hast du denn gerechnet?, fragte Lina, und als Nächstes überrumpelten sie den Kerl im Sturm: Es hätte doch wohl keinen Sinn, einen Wechsel für jemand zu unterschreiben und dann heulend angelaufen zu kommen. Wusste er nicht, wie die Situation war? Besaß er nicht genug Geld? Wollte er sie vielleicht mit sich ins Grab reißen? – Das kannst du nicht machen, Valgeir, du lässt zu, dass der verdammte Zippi dir auf der Tasche liegt, dir die Haare vom Kopf frisst und dich jahrelang betrügt, und dann kommst du hier heulend an wegen dieser Kleinigkeit, nach allem, was wir für dich getan haben. Findest du es besser, wenn dieser Drecksack dir alles wegschnappt? Willst du nicht mal zeigen, was für ein Mann in dir steckt?

Und Valgeir aus Foss trat den Rückzug an, gemurmelte Entschuldigungen auf den Lippen, und versprach, sich jetzt endlich aufzuraffen und den Zippi rauszuschmeißen.

So was brachten sie also noch fertig, mit Leichtigkeit, einen solchen Kerl bei den Hörnern zu packen. Als jedoch am nächsten Morgen zwei schwarzgekleidete Beamte von der Stadt erschienen, um die Zukunft des Hauses zu besprechen, war die Luft raus, ihr Kampfgeist hatte sie verlassen, und sie ließen Tommi allein mit ihnen verhandeln.

Der vormalige Filialleiter führte die Männer in die Stube und schloss die Tür, selbstsicher und geheimnistuerisch, als wäre er ein großer Herr und die beiden irgendwelche Kleinbauern. Er bot Zigaretten an und krempelte die Hemdsärmel auf. Wartete ruhig, bis die Kerle ihr Anliegen vorgetragen hatten; es wäre nie beabsichtigt gewesen, das Camp bis in alle Ewigkeit da stehen zu lassen, das Haus wäre jedem Bebauungsplan im Wege, ohne Baugenehmigung errichtet, und nun müsse es verschwinden. Trotzdem wolle man selbstverständlich die Bewohner nicht auf Gedeih und Verderb hinauswerfen: – Wenn ihr wollt, könnt ihr Sozialhilfe beantragen, meinten die Vertreter der Obrigkeit, – und bestimmt lässt sich eine anständige Wohnung für euch finden. Das wird immer so gemacht, wenn illegal gebaute Häuser abgerissen werden.

Tommi drückte die Zigarette aus und richtete sich im Sessel auf.

– Ihr vergesst nur eins, sagte er. – Ihr vergesst, dass ich das Haus *besitze.*

– Das kann schon sein, antworteten die Beamten ein wenig ungeduldig und lächelten flüchtig. – Aber es wurde ohne Genehmigung gebaut …

– Tja, das sagst du.

– Das sage ich, ja, meinte der zweite Beamte und setzte ein selbstgefälliges Lächeln auf; – in meinem Büro werden die Baugenehmigungen ausgestellt, und niemand hat höhere Befugnisse. – Nicht einmal der Staatspräsident, fügte er spöttisch hinzu, während der andere leise und diskret lachte.

– Und der Bürgermeister?, fragte Tommi und stand auf.

– Tja … sagte der eine, kam jedoch nicht weiter, denn nun legte Tomas, Hauseigentümer, ein Blatt Papier vor sich auf den Tisch: die eigenhändig vom Bürgermeister der Stadt Reykjavík für Tomas Tomasson ausgestellte Genehmigung, ein Haus zu bauen, und zwar genau an dieser Stelle.

Die Beamten mussten zusammenpacken und sich beschämt trollen. Diese Runde hatte der alte Tommi gewonnen. Natürlich waren die Hausbewohner überglücklich, wenn auch recht verblüfft, denn Tommi hatte sie völlig überrascht, hatte das Haus mit seiner Findigkeit gerettet. Und an jenem Tag sollte er sie noch ein zweites Mal überraschen.

– Trotzdem werden sie die Genehmigung für den Abriss kriegen, sagte er, als Dolli auf das lange Leben des Alten Hauses mit Juice anstoßen wollte.

Schweigen.

War der Mann verrückt?

– Wirst du jemand erlauben, dein eigenes Haus abzureißen?, fragte Dolli.

– Nein, sagte Tommi, – nicht, solange ich es besitze. Aber sie sind mir herzlich willkommen, wenn sie es kaufen wollen.

Alles in Aufruhr. In der Stadtverwaltung rannten die Leute auf den Fluren hin und her, man brüllte von einem Büro ins andere, telefonierte nah und fern, hielt Beratungen ab, die in Chaos endeten. Jenes Papier, das der Bürgermeister mit eigener Hand geschrieben hatte, erwies sich als echt, allerdings war dieser Bürgermeister längst abgetreten und hatte ein noch höheres, bequemeres Amt inne, und niemand konnte ihn zur Verantwortung ziehen. Die Sache schien in höchstem Maße verzwickt, ein skandalträchtiges Fressen für die Presse, und das nächste Mal, als die Beamten den alten Tommi zur Besprechung baten, hatten sie strikte Anweisung, ihn mit äußerster Höflichkeit und Aufmerksamkeit zu behandeln; ihn zu einer Übereinkunft zu bewegen, selbst wenn diese Übereinkunft etwas kosten würde.

Zu Hause im Thulecamp der gleiche Aufruhr, so viel wie auf dem Spiel stand. Der Erbsitz des Geschlechtes stand unterm Galgen, und der Hausherr war bereit, der Hinrichtung zuzustimmen. Allerdings brachte man nicht viel aus ihm heraus, und der Rest der Familie war gezwungen, ins Blaue zu raten, um das Rätsel zu lösen. Was sollte aus ihnen werden? Sollten sie zelten? Wollte der Alte sie etwa alle zusammen in eine winzige städtische Etagenwohnung quetschen, wie irgendwelches Pack? Hatte er die Absicht, die Familie aufzulösen? Schließlich hielt Dolli es nicht mehr aus, man saß beim Abendbrot, und heute hatte man kein Wort mehr von dem Alten gehört als an anderen Tagen auch:

– Wenn du sie das Haus abreißen lässt, sagte Dolli, – dann bin ich weg.

Alle schauten verblüfft auf, alle außer Grettir, der mehrmals bekräftigend nickte und recht selbstgefällig aussah.

– Was? Und wohin willst du?, fragte Lina.

– Ich kaufe mir einfach eine Wohnung, sagte Dolli hoheitsvoll.

– Woher kriegst du das Geld?

– Ich hab einiges an Geld, sagte Dolli. – Und wenn das Haus hier verkauft wird, dann kriege ich meinen Anteil davon. Wir haben es alle zusammen gebaut!

Damit hatte sich vor Tommi eine neue, unerwartete Front aufgetan. Es war ihm gelungen, die Stadtverwaltung niederzuringen, er hatte die Macht im Hause übernommen, als er beschloss, es zu verkaufen und weder Gott noch Teufel vorher zu fragen. Aber er hatte übersehen, dass es jemandem einfallen könnte, sein uneingeschränktes Eigentumsrecht am Erbsitz anzuzweifeln. Er sank in sich zusammen. Schweigend leerte er den Teller und legte sich drinnen in der Stube auf den Diwan, während das Radio Nachrichten brachte. Matt und müde von der alten Leier, und da half es auch nichts, dass Baddi zu ihm in die Stube kam und sagte: – Ich halte zu dir, Papa! Und seine nächste Bemerkung konnte man auf vielerlei Weise verstehen: – Wir folgen dir und Oma …

Der Alte lag auf dem Sofa und ließ sein Leben Revue passieren; reich und groß war er nicht geworden in dessen Verlauf, und jetzt schien es sogar, als dürfte er dieses Tal der Tränen nicht einmal verlassen, ohne dass es Streit um sein bisschen Eigentum gäbe; was dann erst, wenn er wirklich dahinschied? Am besten man besitzt gar nichts, dachte der alte Mann, und das brachte ihn auf eine Idee.

Am folgenden Tag ging er zur Aufsetzung des Vertrages in die Stadtverwaltung. Die Beamten empfingen ihn mit übertriebener Höflichkeit und Freundlichkeit, hatten eine Höllenangst, er würde sich allzu unbillig und querköpfig anstellen, mit seinem Trumpf vom früheren Bürgermeister im Ärmel. Zu ihrer großen Erleichterung trat der Kerl sanftmütig und bescheiden auf; meinte, er würde gern das Alte Haus gegen etwas Kleineres tauschen, plus dazu vielleicht eine angemessene Entschädigung. Die hohen Herren wischten sich den Schweiß von der Stirn und sagten, die Sache so zu regeln wäre kein Problem. Und gleich am selben Tag riefen sie Tommi an und boten ihm eine kleine Wohnung als Ersatz für das Alte Haus, eine Etagenwohnung in einem Neubaugebiet am Rande der Stadt.

Das klang nicht schlecht, aber nur, bis die Wahrsagerin ihre Ansicht dazu verkündet hatte. Jetzt war der Zeitpunkt gekommen, da sie bei diesem Geschäft ihren Standpunkt geltend machte. Und für sie kam es nicht in Frage, in einem Wohnblock zu hausen wie irgendwelche armen Schlucker, zwischen allem möglichen Pack! Und Tomas wurde klar, dass sie nie in einem Mehrparteienhaus neben anderen Familien würde wohnen können. Zu allem Überfluss weigerte die Alte sich standhaft, in ein anderes Viertel zu ziehen, hegte ein tiefes Misstrauen gegen unbekannte Orte mit unbekannten Teufeln und Geistern; sie wollte weiter in ihrem alten Revier leben und nirgendwo anders; das Gebiet um den früheren Bauernhof Kleinkotten und das Thulecamp, das bald ebenfalls gewesen sein würde. Und darauf beschränkten sich ihre Möglichkeiten.

Der Obrigkeit lag jedoch viel daran, die Sache so schnell wie möglich zu klären, und nachdem sich eine ganze Abteilung der Stadtverwaltung tagelang den Kopf zerbrochen hatte, fand sich eine Lösung des Problems:

Neben dem Kauri-Fußballfeld, schräg gegenüber von Tommis Laden, stand ein kleines Haus. Lange Zeit hatte dort eine alte, sonderbare Frau gewohnt, Hühner-Magga genannt. Sie war eine Einzelgängerin, hatte keinen Kontakt zu anderen Leuten, sprach nie mit jemandem, außer wenn einer ihrer Hütte zu nahe kam, an der Seite, wo sie ihre Hühner hielt; dann kam sie angelaufen, den Stock in der Luft, und drohte demjenigen alles Schlimme an. Hühner-Magga erinnerte die Kinder des Viertels an das Märchen von Hänsel und Gretel. In grauer Vorzeit hatte sie einen Mann gehabt, der die Hütte baute und dann auf mysteriöse Weise ums Leben kam und seitdem dort im Heideland spukte; und seit einiger Zeit war auch Magga tot und hinterließ das Haus, das die Kommune übernahm, um dort vom Missgeschick verfolgte Leute unterzubringen, die von der Fürsorge lebten. Und jetzt ließ die Stadtverwaltung diese Leute in eine kleine Wohnung in einem Neubauviertel umziehen. Boten Tomas an, das Haus der Hühner-Magga instand zu setzen und ihm als Eigentum zu überlassen, plus einer angemessenen Entschädigung als Ersatz für das Alte Haus.

Lina tanzte einen wilden Regentanz mit Funken und Feuerzungen, als herauskam, dass sie in Maggas verfluchte Geisterhütte umziehen sollten, wo die Magga dort doch leibhaftig herumspukte, mit hocherhobenem Stock, zusammen mit den anderen Wiedergängern; aber auf ihre eigentümliche, verdrehte Art stimmte die Wahrsagerin schließlich dem Umzug zu, wusste wahrscheinlich, dass ein besseres Angebot nicht zu erwarten stand.

Jetzt fehlte nur noch die Vertragsunterzeichnung.

Als Tommi sich in dem feinen Büro zu den Beamten gesetzt hatte, überraschte er sie noch einmal. Er sagte, er würde gerne im Haus der Hühner-Magga wohnen, hätte jedoch kein Interesse daran, es zu besitzen.

Das ging den Repräsentanten der Öffentlichen Hand schwer ein. – Weswegen willst du denn das Haus nicht haben?, fragten sie ein ums andere Mal, während der Alte nur wiederholte, das sei aus persönlichen Gründen, als ob etwas anderes überhaupt denkbar sei; viel später, als er nach dieser Geschichte gefragt wurde, murmelte er etwas in der Art, es wäre besser, völlig mittellos zu sterben, als zu wissen, dass das ganze Pack sich sofort um das bisschen Hinterlassenschaft schlage …

Schließlich zuckten die feinen Männer die Schultern und meinten, ihnen wäre es egal; und die Übereinkunft lautete, dem Ehepaar Tomas und Karolina würde das Haus der Hühner-Magga zur alleinigen Nutzung überlassen, bis beide verstorben seien; mietfrei, die Stadt sorge für die notwendige Instandhaltung, bezahle alle Steuern und Abgaben für das Haus sowie Elektrizitäts- und Heizungskosten. Darüber hinaus erhielt Tommi einen hübschen Betrag als Entschädigung, etwa in Höhe der Anzahlung für eine Eigentumswohnung im Rohbau.

Was hatte sich geändert im Viertel? Fast die Hälfte aller Baracken war verschwunden, die übriggebliebenen standen dort, wie sie es immer getan hatten, und es war ihnen kein Kummer darüber anzusehen, dass sie zum Abriss verurteilt waren. Sie sanken in der Mitte ein, erinnerten inzwischen an Ruderboote, die Giebel an beiden Enden wie Bug und Heck aufragend. Das Viertel erlebte einen stillen Lebensabend, die meisten Kinder waren aus dem Gras des Kauri-Fußballfeldes herausgewachsen und fortgezogen. Der Fußballverein Kauri war ebenfalls aus dem Viertel verzogen, allerdings folgte er nicht den Burschen, die den ursprünglichen Kern des Vereins gebildet hatten, sondern dem Entwurf eines neuen Bebauungsplanes, der eine zweckmäßigere Aufteilung des Sportgeländes vorsah, mit Rücksicht auf die Bedürfnisse des Sportunterrichts in den Schulen. Nach der Übersiedlung stieg Kauri in allen wichtigen Leistungssportarten für Männer und Frauen in die erste Liga auf; ein vergleichbarer Erfolg war nur den wenigsten Übersiedlern aus dem Thulecamp beschieden. Selbst wenn es für die meisten im Laufe der Zeit aufwärts ging; Lui Lui beispielsweise bekam, eine Woche nach dem Abriss der mütterlichen Baracke, einen Vertrag im Hofgartencenter und zeigte dort jedes Wochenende seine Taschenspielertricks. Manche anderen schienen zu neuen, besseren Menschen gewandelt; Thord, der Hurenbock, war einer davon. Er hatte letztes Jahr in der lausigsten Baracke des Camps gehaust, solange sie stand, und lag völlig im Dreck. Noch unter dreißig, zählte er doch schon zu den gemeinsten Pennern der Stadt. Aber nachdem man ihn zusammen mit Bergen von leeren Schnapsflaschen aus der Baracke getragen hatte, erhob er sich aus dem Morast und wurde Abstinenzler. Suchte sich eine ehrenhafte Arbeit, und als er sich anschickte, eine alte Freundin der Trawlerflotte zu heiraten, die ebenfalls auf den Pfad der Tugend eingeschwenkt war, belohnte das Sozialamt sie für die Auferstehung mit einer städtischen Neubauwohnung.

Einen Rückfall gab es bei Thord; das war, als Maggi Beauty auf Besuch kam, bepackt mit Schnaps aus Cuxhaven. Zuerst versoffen sie jeden baren Pfennig und danach alle Haushaltsgegenstände, die sich zu Geld machen ließen. Dann kam der

Teppichboden an die Reihe, Herd, Kühlschrank, Badezimmereinrichtung, Küchenelemente, Türen, Türschwellen und Türrahmen; als sie eben damit beschäftigt waren, die Fenster zu verscherbeln, bekam das Sozialamt Wind davon, dass hier etwas Irreguläres vor sich ging, ließ Thord hinauswerfen (seine Frau war längst weg) und nahm die Wohnung wieder in Besitz, die jetzt einem Rohbau vor dem Eintreffen der Zimmerleute glich.

Nachdem Saeunn, die Katzennärrin, tot und ihre Baracke abgebrannt war, streunten die Katzen, die sie hinterlassen hatte, hungrig und erbärmlich durchs Viertel. Eine nach der anderen fiel den Frostnächten jenes Herbstes zum Opfer, bis Greta, Hreggvids kleine Frau, sie aus Mitleid aufnahm und das bisschen, was es in der Hütte gab, mit ihnen teilte. Damals war Hreggvid auf Sauftour, trieb sich irgendwo am Hafen herum, und als er endlich nach Hause kam, war in der Baracke kein Platz mehr für ihn. Natürlich hätte er toben können, das Unterste zuoberst kehren und sowohl Greta als auch die Katzen vor die Tür setzen können, wenn er nicht in so trauriger geistiger Verfassung gewesen wäre, wie schon öfter nach zweimonatigem Besäufnis mit Kochspiritus. Starr vor Angst und Schrecken stand er dem Katzengelichter gegenüber, das ihn aus der düsteren Baracke anstierte. Greta saß mitten in der Horde und sang den Tieren Wiegenlieder vor, die gleichen, die sie ihrer älteren Tochter vorgesungen hatte, als diese noch lebte; und auch nach ihrem Tod, wenn es Greta danach zumute war …

Hreggvid trug seinen alten Mantel, der ihn einstmals so gut gekleidet hatte. Inzwischen war er ausgeleiert, so dass Hreggvid sich zur Seite drehen und mit der einen Hand das Ende festhalten musste, damit er ihn nicht verlor. Er streifte trübsinnig durch die Ruinen des Viertels, ein Mitleid erregender Anblick, grau und krank, völlig erschüttert darüber, dass er von einer Horde ehemaliger Wildkatzen aus der eigenen Wohnung verdrängt worden war. Karolina, die Wahrsagerin, die ihn aus dem Küchenfenster beobachtete, fand es schmerzlich, den Kugelstoßer in diesem Zustand zu sehen, und bat ihn herein. Kochte ihm eine Fleischsuppe und rabenschwarzen Kaffee, und zum Abschied schenkte sie ihm eine kleine Flasche Brennspiritus, die sie eigentlich wegen ihrer wunden Füße im Hause hatte und sorgfältig vor Baddi verstecken musste …

Aus der Flasche sog Hreggvid Ruhe und Wehmut; er setzte sich auf einen Stein zwischen den Wohnblocks der Künstler und der Elektrizitätswerke und wurde dort von bittersüßen Empfindungen überwältigt, die sich in Gesang Luft machten; zuerst das gute alte Lied vom Südwester, und dann das von den Wegen, die in alle Richtungen führen, und niemand weiß, wohin. Er leerte die Spritflasche, küsste sie zum Abschied und schleuderte sie gegen die Hauswand. Stand auf und breitete die Arme aus:

»Nun Brüder eine gute Naaacht!« echote es zwischen den hohen Mauern, während sich um ihn herum eine Horde Kinder sammelte, angeführt von einigen mutigen Jungs, die zuerst versuchten mitzugrölen, dann aber aufgaben, weil sie den Text nicht kannten, und anfingen, den Sänger zu beschimpfen. Hreggvid war in sanftmütiger Stimmung, er schwieg und betrachtete die Kinderschar. Mit zärtlichem Blick kam er näher und wollte ein vierjähriges Mädchen in den Arm nehmen, das sich jedoch voller Angst von ihm losriss und schreiend nach Hause flüchtete. Die jungen Anführer wollten diesen Angriff rächen und bewarfen den Kugelstoßer mit Kies und Geröll. Er hatte sich wieder auf den Stein gesetzt und versuchte zuerst, die Sache in gütlichem Einvernehmen zu regeln;

als die Jungen jedoch ganze Brocken warfen, stand der alte Goliath auf; er riss sich den Mantel weg, schob die dreckige Hemdbrust vor und brüllte: – Wer von euch ohne Sünde ist! Gleichwohl brach keiner der Jungen unter Schuldgefühlen zusammen; sie fuhren fort, den Märtyrer zu steinigen, bis der, verletzt und erschrocken, einen Brocken aus der Luft fing und Anstalten machte, ihn zurückzuschicken; zur gleichen Zeit wurden sämtliche Telefonhörer dreier Blocks abgehoben, und aufgeregte Mütter riefen im Chor die Polizei zu Hilfe.

Im Künstlerblock hatten viele ihren Verlust noch nicht verkraftet; dort hatten sich im Sommer derart tragische Ereignisse abgespielt, dass in den Zeitungen Hochbetrieb herrschte und Gartenbesitzer im ganzen Land von Schauder gepackt wurden. Im Frühjahr hatte die Eigentümerversammlung des Blocks einen Rasenmäher erworben, da der Boden endlich mit Grassoden gedeckt worden war. Es handelte sich um einen elektrischen Rasenmäher, und im Geiste guter Zusammenarbeit zwischen den Bewohnern brachte man den Vorschlag ein, dass die Familienväter abwechselnd die Maschine über die Wiese schieben sollten. Als jedoch der Vorsitzende der Eigentümerversammlung das Kleinod einweihen wollte, bekam er plötzlich einen Schlag, der ihn tot über den elektrischen Sensenblättern zusammenbrechen ließ. Er hatte ein schwaches Herz gehabt, und alles trauerte um ihn. Die Trauerfeier fand in der Domkirche statt, und danach unternahm man einen zweiten Anlauf, der Wiese einen Bürstenschnitt zu verpassen. Auch derjenige, der diesmal die Maschine führte, die man kaum gebraucht aus Lagerbeständen der Schutzarmee erworben hatte, erstarrte beim ersten Grashalm und fiel tot um. Gleichzeitig gab es einen Kurzschluss im gesamten Block. Alle Versuche, den Mäher wiederzubeleben, misslangen. Man brachte die Maschine zur Reparatur in die Werkstatt der Gartenbaugesellschaft, wo man nach eingehender Untersuchung befand, sie arbeite tadellos. Erst als das Wundergerät das dritte Opfer gekostet hatte, wurde es an die Verkäufer zurückgeschickt, und man stellte einen alten Bauern ein, damit er sich um die Wiese kümmere, mit bewährten und weniger gefährlichen Methoden …

Als Tommi nach der Unterzeichnung des Vertrages mit der Stadtverwaltung nach Hause kam, saß die ganze Familie in der Küche.

– Tja, jetzt habe ich die Hütte verkauft!, sagte der Alte in dem Ton, den er früher immer angeschlagen hatte, als er noch rüstig war.

– Und was kriege ich?, entschlüpfte es Dolli; doch anscheinend merkte sie, dass sie ein wenig zu voreilig gewesen war, und lächelte entschuldigend. Tommi aber warf unverzüglich den gesamten Betrag, den er als Entschädigung bekommen hatte, vor sie hin auf den Tisch und sagte trocken:

– Ich hoffe, damit bist du zufrieden.

Totenstille. Dolli nahm den Scheck auf und betrachtete ihn mit schlecht verhohlener Ehrfurcht; wollte eine beiläufige Bemerkung machen, brachte jedoch nichts heraus. Tommi ging, und da stand Baddi mit bekümmertem Blick auf und stapfte aus der Küche. HveraGerda ihm nach; sogar Grettir trippelte verlegen und nutzte die Gelegenheit, sich rauszuschleichen. Zurück blieb Dolli, einen verletzten Ausdruck im geröteten Gesicht. – Das ist überhaupt nicht ungerecht!, wandte sie sich an Lina. – Ich meine, schließlich hat Grettir hier die ganzen Installationen gemacht und sogar der Halldor damals …

Doch Lina hörte nicht zu, dachte vielleicht an das Alte Haus oder die Neue Hütte und murmelte etwas vor sich hin wie: Schmähe den Glanz der Schlange …

Es war, als würde nichts Aufregendes mehr geschehen. Die Baracken verschwanden allmählich, eine nach der anderen, und mit ihnen die Leute; selten wusste jemand, wohin sie zogen, denn sie verließen das Camp ohne Abschied. Eine gewisse Ruhe hatte sich über das sonst so lebhafte Viertel gebreitet, und wahrscheinlich war diese Ruhe gut; keine betrunkenen Väter, die ihre Familien terrorisierten, keine Frauen im Nachthemd mit hysterischen Anfällen, Baddi veranstaltete nur selten nächtliche Gelage, die das Viertel aufrührten. In gewisser Weise war das in Ordnung. Doch in solchen Zeiten der Resignation wären große Ereignisse willkommen gewesen, etwas, das Aufmerksamkeit erregte, und wirklich, diesen Herbst kam ein solches Ereignis aus heiterem Himmel: das isländische Fernsehen.

Stars auf dem Bildschirm; keine Menschenseele auf der Straße …

Was den Kindern des Alten Hauses jedoch diesen Wendepunkt unauslöschlich einprägte, war die Tatsache, dass am ersten Sendeabend der Film über die Jubiläumsfeier im Ostland gezeigt wurde, und bei der Gelegenheit explodierte Dolli wie ein Feuerwerk, das sich durchaus mit dem Indianertanz der Wahrsagerin messen konnte …

Da waren die Wege, auf denen die Kinder gegangen waren. Dort sah man einen Schimmer von dem Zelt, worin sie geschlafen hatten. Einen Moment war die alte Asa zu sehen. Es war so seltsam; nie hatten sie im Fernsehen etwas anderes gesehen als Wunderwesen, ebenso weit weg wie Amerika oder das Himmelreich; und plötzlich dort auf dem Schirm die blaugrauen Bilder von Orten, wo sie selbst umhergewandert waren, in den braunen Schuhen, die vorne in der Diele lagen. Dolli schaute ebenfalls mit großen Augen zu, lachte mitunter kurz und spöttisch auf, zwischendurch seufzte sie und bekreuzigte sich: – Sieh dir diese Ochsen an! – Schaut euch bloß dieses ekelhafte Pack an. – Ich hoffe bloß, so Gott will, tauchen wir da nicht auch noch auf, da wäre das letzte bisschen vom guten Ruf dahin. Nicht mal im Milchladen würde man uns noch bedienen, hahaha! Alle würden glauben, wir wären verrückt, dass wir bei einer solchen Idiotie mitmachen! – Und vielleicht sind wir das sogar?, fügte sie hinzu und lachte kalt.

Und platzte vor Wut, als die Sendung mit einem kurzen Blick auf die Kissenschlacht zu Ende ging und Grettir nirgends zu sehen war. Sie versuchte zu telefonieren, mit Rufen und Kreischen: – Das ist Verletzung der Menschenrechte!, und als Nächstes hatte sie den Umhang übergeworfen und stand im Hof, auf dem Wege, mit jemandem abzurechnen; runter zum Sender, um zu klären, wieso man die Hauptperson ausgelassen hätte. Zum Glück konnte man sie beruhigen und wieder ins Haus lotsen, zur großen Erleichterung der Kinder, denn sicherlich wäre die Sache so ausgegangen, dass es in der Schule die nächsten Monate nicht zum Aushalten gewesen wäre …

Es ging auf Weihnachten zu, und im Bewusstsein, dass dies ihr letztes Weihnachtsfest im Alten Haus war, wurde das Freudenfest eine traurige Angelegenheit. Unmittelbar nach Neujahr sollte geräumt werden. Trotzdem fing Grettir mit seinen Reparaturen an, leimte wacklige Stühle, hobelte den Boden glatt und schraubte Türgriffe fest, die sich beim Türenknallen des letzten Jahres gelöst hatten. Aber halb abwesend, als meinte er, es lohne sich kaum. Außerdem machte keiner von den anderen mit; Dolli und Lina ließen Schrubber und Aufnehmer stehen, Baddi malte kein Bild in der Stube, und im Waschhaus war alles gefroren. Jetzt hatte Tommi keinen Laden mehr, aus dem er Weihnachtsleckereien hätte heranschaffen können, und selten sah man Geldscheine im Haushalt. Dieses Weihnachten hätte eine absolute Demütigung für sie bedeutet, wären Dolli und Grettir nicht mit dem Leichenwagen zu einer Einkaufstour in die Stadt gefahren und hätten Essen und Geschenke für die ganze Familie besorgt. Eine unerwartete Großmut vielleicht, doch gern akzeptiert; rettete viel. Nichts jedoch konnte das ersetzen, was stets am meisten dazu beigetragen hatte, Weihnachten zu einem Fest des Lichtes zu machen, wie es immer im Alten Haus gewesen war: die Pakete von Gogo aus Amerika, die dem Dasein in den elenden Jahren Leben und Farbe verliehen hatten.

Diesmal kam nichts aus dem Westen. Keine Geschenke, keine Leckereien, kein Weihnachtsschmuck; nicht einmal eine Karte. In all den Jahren, seit sie fortgezogen war, hatte sie nie versäumt, am Heiligabend anzurufen. Bis jetzt. Diese dunkelsten Tage des Jahres vergingen, ohne dass man etwas von ihr hörte.

Besorgnis und Zittern; trotzdem versuchten sie, die bangen Ahnungen zu vertreiben, indem sie von morgens bis abends am Telefon hingen, die ganze Zeit zwischen Weihnachten und Neujahr. Ohne Erfolg; es war, als hätte man im Hause der Familie Brown in Kansas, USA, weiße Tücher über die Möbel gebreitet und die Menschen auf Bahren hinausgetragen; niemand antwortete …

Never show your feelings

In Dunkelheit nahm das neue Jahr auf der Insel seinen Anfang, und die Dunkelheit hob sich nicht, obgleich es dem Kalender nach Frühling und Sommer werden würde. Es war, als hätten sämtliche finsteren Gewitterwolken des Himmels die wellenbelagerten Strände des Landes heimgesucht. Alles verblasste, die starken Farben verwischten, die Wangen der Kinder wurden bleich. Und der Hering, das Silber des Meeres, verschwand völlig aus den Fischgründen. An Bord der früher sonnengebadeten Schiffe sangen die Fischer nicht länger bei der Arbeit, sie streiften durch graue Gewässer, die so leblos lagen wie geschmolzenes Blei. Irgendwo dann fing man ein paar magere Fischlein zwischen dem Treibeis am Polarkreis, doch auch diese bedeuteten keine Wende zum Guten. Die Isländer mussten versuchen, mit unromantischen Fischen wie dem graubraunen Kabeljau und dem grauen Schellfisch durchzukommen; tatsächlich verirrten diese sich weiterhin in die Netze, doch vielleicht waren die reichen Nationen beleidigt, dass sie ihren eingelegten Hering nicht mehr bekamen, jene wohlschmeckende Katermedizin; jedenfalls weigerten sie sich, Fisch zu kaufen, außer zu indiskutablen Preisen. Kein Aufschwung mehr, niemand hätte sich zu Tode schuften können; stattliche Männer, Helden der Arbeit, hingen unter zerlöcherten Schutzdächern an den Wänden der Ämter herum und mussten um ihre kümmerliche Arbeitslosenunterstützung betteln. Nicht mehr zogen Penner singend aus zu den Fangplätzen, niemandem war mehr nach Liedern zumute; wer froh und glücklich war, hatte mit Sicherheit ein unsauberes Gewissen. Die Regierung war nicht länger beliebt; die Leute fingen sogar an, das eigene Land zu verfluchen, und die Folge war, dass ganze Familien übers Meer flüchteten; mancher verkaufte sein Hab und Gut, um in den Kontinent der ehemaligen Gefangenenkolonie auf der anderen Seite des Globus zu gelangen. Nur die ihre Zukunft bedacht hatten, blieben relativ wenig betroffen, solche, die sich etwas zur Seite gelegt oder Vorräte für die mageren Jahre gesammelt hatten; Leute wie Fia und Toti zum Beispiel. Und solche vorausschauenden Weisen hätte man wahrhaftig nicht in der Familie von Karolina aus dem Alten Haus zu finden vermutet.

Daher waren alle völlig baff, als Dolli sich nun von einer neuen Seite zeigte, eine ganz ungewöhnliche Facette in dieser Familie. Sie erwies sich als sparsame, vernünftige Frau mit Geldverstand. Die ganzen Jahre über hatte sie regelmäßig etwas von Grettirs Einkünften auf ein Sparbuch getragen, und jetzt, als das Heer der Maschinen die letzten Baracken niederlegte und nur noch darauf wartete, das Alte Haus abzubrechen, unternahm das Ehepaar eine Expedition zu den größten Maklern der Stadt und bezahlte eine nagelneue Etagenwohnung fast bar auf die Hand.

Später, nachdem sie ausgezogen waren, fort von Oma und Opa, zum größten Kummer von Gilli, Mundi und Bobo das Alte Haus verlassen hatten, das die drei Kinder als ihr verlorenes Paradies betrachteten, da begann die Steuerprüfung sich über diesen großen, unverhofften Reichtum Grettirs zu wundern, dem es irgendwie gelungen war, die ganzen Jahre ohne nennenswerte Steuerzahlungen davonzukommen. Alle seine Steuererklärungen und finanziellen Transaktionen wurden eingehend geprüft, und daraufhin forderte die Staatskasse einen schwindelerregend hohen Betrag. Als Dolli anrief und sich aufregte und die Steuereintreiber beschimpfte, gelang es ihr immerhin, die Summe auf Raten über mehrere Jahre zu verteilen. Mehr konnte sie nicht herausschinden; als sie es mit Drohungen versuchte, bekam sie zu hören, sie könne sich glücklich preisen, dass Grettir seine Freiheit und sie die Wohnung behielte.

Und es begannen wahrhaft magere Jahre dort in dem Wohnblock, wo Dolli den täglichen Kampf mit allen Nachbarsfrauen bestehen musste …

Es war der kälteste Tag des Winters, als das Alte Haus endgültig geräumt wurde. Die städtischen Arbeiter hatten das Haus der Hühner-Magga instand gesetzt. Jenes Haus neben dem Kauriplatz war das älteste Gebäude im ganzen Stadtviertel, bekam jedoch gleich den Namen Neue Hütte.

Man hatte die Neue Hütte außen und innen gestrichen, zerbrochene Fenster, gesprungene Waschbecken und Kloschüsseln ersetzt. Der Fußboden war so verfault und löchrig gewesen, dass Leute mit schweren Schuhen manchmal durch die Dielen brachen. Daher rissen die von der Stadt den alten Holzfußboden ganz heraus und legten einen neuen; gossen eine Lage Beton auf den Kies, auf dem das Haus stand. Und wahrscheinlich war diese Betonschicht dünn und schlecht isoliert, denn wenn Frost herrschte, war der Boden entsetzlich fußkalt; in bitterer Kälte wie an jenem Tag, als sie einzogen, war er so eisig, dass jeder verschüttete Tropfen Kaffee sofort gefror, obwohl die Heizung auf vollen Touren lief. – Auf diesem Boden würde sogar Quecksilber gefrieren, murmelte Tommi …

Für den Umzug wurde Verstärkung geholt: der Taube Grjoni, Lui Lui und Onkel Snjolf. Die drei, zusammen mit Tommi, schleppten die Sachen, während Baddi die Oberaufsicht führte und gute Ratschläge gab. Die Entfernung war nicht so groß, dass es sich gelohnt hätte, einen Möbelwagen zu bestellen; also schleppten sie sich selbst damit ab. Die größten Stücke wie zum Beispiel der biestig schwere Diwan wurden ihnen auf halbem Wege so schwer, dass sie eine Pause einlegen mussten, und dafür wurden sie von Baddi aufgezogen:

– Ihr packt das wohl nicht, was? Brüderchen Danni hätte zwei solche Diwane auf einmal transportiert, das reinste Kinderspiel!

Doch obwohl hier die Rede von Diwanen war, handelte es sich in Wirklichkeit um gewaltige Möbelstücke; im Alten Haus hieß eben alles »Diwan«, wenn mehr als eine Person darauf sitzen konnte. Altertümliche Sprungfederrahmen, Pritschen, Sofas jeder Art; sogar Kinosessel und Kirchenbänke nannte Karolinas Familie Diwan.

Lina war hinübergegangen in die neue Heimstatt, stiefelte dort schimpfend und fluchend umher, tat, als müsse man gebückt gehen, weil man sich in dieser Nissenhütte nicht aufrichten könne. In dieser verfluchten Geisterhöhle. Tsa tsa tsa. Zuerst kam man in eine kleine Grube, von der eine Tür in einen winzigen dunklen Verschlag mit Sandboden führte (vielleicht der Kartoffelkeller), von dort in eine kleine Stube, dann in eine geräumige Küche und dahinter in die Waschküche. Aus der Grube führte eine steile Treppe ins Dachgeschoss, zwei enge Schlafzimmer unter schrägen Wänden. Das Ganze war wie eine Hundehütte im Vergleich zum Alten Haus, und sie wussten sofort, dass man hier nur schwerlich alle Möbel unterbringen würde. Zunächst jedoch stand an diesem kälteklirrenden Tag ein anderes, schwierigeres Problem an: Die großen amerikanischen Möbel des Alten Hauses passten erst gar nicht durch die Tür. Wahrscheinlich wären sie in einem großen Haufen draußen auf dem nackten Boden stehengeblieben, wenn Tommi nicht auf die Idee gekommen wäre, dieses Familieninventar dort verkantet hineinzuziehen. Trotzdem musste man die Türrahmen von Wohnzimmer und Küche abmontieren, nur damit der Kühlschrank hindurchging.

Aus dem Küchenfenster sah man den alten Stammsitz, die Festung, die ihnen nie gewaltiger vorgekommen war. Dort drüben erhob sich die Lehnsburg, düster und verlassen; die Baracken waren verschwunden, und zweifellos schwebten heimatlose, verirrte Gespenster durch das Gelände, wenn die kalten Winde wie hungrige Hunde über den Schotter heulten.

Aber das Alte Haus sollte gewiss nicht lange unter Einsamkeit leiden. Am Tag nach dem Umzug trat der Bagger in Aktion, der mit seinem Galgen auf der Hauptstraße in Lauerstellung gewartet hatte. Er drehte sich auf der Stelle, bis der Ausleger direkt auf das Haus zeigte, dann schoss mit gewaltigem Knall eine Rauchwolke aus dem Dach dieser schwarzen Maschine, ihre Ketten drehten sich, und langsam schlich das Monstrum auf das Alte Haus zu, das schwermütig und unerschütterlich wartete, was geschehen würde. Gilli, Mundi und Bobo waren zu Besuch bei Oma und Opa in der Neuen Hütte, und als sie sahen, wie der Drachen auf Ketten sich vorwärtsbewegte, fuhren sie in die Anoraks und liefen hinüber. Folgten ihm langsam, das kurze Stück, das er noch bis zum Alten Haus zurücklegen musste, im Beerdigungstempo.

Vor der Eingangstür, da wo Baddi immer seinen Wagen abgestellt hatte, hielt das Ding an und ruhte sich eine Weile auf seinen Ketten aus. Alsdann fauchte es laut, zog die stahlbewehrten Schaufeln bis an die Spitze des Auslegers hoch. Das

Maul öffnet sich; jetzt fieren die Stahlseile auf, und mit Geheul graben sich die Schaufeln ins Dach.

Risse taten sich auf, Wellblechplatten knickten zusammen, Fensterscheiben barsten, Dachstücke lösten sich und fielen polternd herunter.

Als die Schaufeln ihre Mäuler voll Schutt auf den Kipplader gespuckt hatten, klaffte im Dach, wo das Schlafzimmer des alten Paares gewesen war, ein großes Loch.

Der Bagger fauchte aufs Neue und hieb ein zweites Loch ins Dach.

Und ein drittes,

viertes …

Endlich bereitete er sich auf den letzten Schlag vor, und binnen kurzem würde das Haus in Trümmern liegen. Doch diesmal, als die Winden anfingen sich zu drehen, um das massivste Stück des Daches und einen Teil des Ostgiebels hochzuziehen, hörte man aus dem schwarzen Monstrum eine Art Explosion, ein scharfes, schneidendes Geräusch, und alles schwieg.

Aus dem Wrack hüpfte der rußige Baggerführer und fluchte gottserbärmlich. Der LKW-Fahrer eilte ihm zu Hilfe, und gemeinsam betrachteten sie den Schaden: zerbrochene Schaufelzähne, Achse und Kurbelwelle verbogen, die Seile gerissen; schwarzes Öl tropfte auf den Kies. Später erschien ein ganzer Trupp Mechaniker am Ort des Geschehens, doch auch sie konnten nichts machen; zu allem Überfluss war es ein Riesenaufwand, das Wrack wegzuschaffen; als es schließlich von einem Bulldozer aus dem Viertel gezogen wurde, sah man das Alte Haus spöttisch grinsen, angeschlagen, doch aufrecht.

Mittlerweile wohnten sie seit vierzehn Tagen in der Neuen Hütte, Tommi und Lina in dem einen Schlafzimmer, Baddi und HveraGerda in dem anderen, und jede Minute rechnete man jetzt mit dem großen Ereignis: der Geburt des ersten Kindes.

Aber es herrschten nicht eitel Freude und Sonnenschein; alle mussten noch die umwälzenden Veränderungen verkraften, die während des letzten halben Jahres eingetreten waren: Wenige Monate erst war es her, dass sie den hoffnungsvollen Daniel verloren hatten, und danach brachen die stärksten Pfeiler des familiären Wohlergehens zusammen: Tommis Laden ging verloren; sie wurden aus dem Alten Haus geworfen. Aller Wohlstand hatte damit begonnen, dass Gogo den Amerikaner Charlie Brown heiratete und dass sie auch weiterhin drüben westlich des Meeres war, gab ihnen Hoffnung; aber nach diesem langen Schweigen erwartete man gewichtige Nachrichten von dort. Sie warteten auf Neuigkeiten, gute Neuigkeiten, ein großes Paket nach alter Sitte, ein Lebenszeichen …

Und lange brauchten sie nicht mehr zu warten.

An jenem Tag hatte man Telefon in die Neue Hütte gelegt, und kaum waren die Männer aus der Tür, da schrillte der Apparat.

Aus dem Hörer drang Gogos fröhliche, lebhafte Stimme. Die Wahrsagerin begann sofort, das technische Wunder und den Fortschritt zu preisen: – Da rufst du aus solch einer Entfernung an, und man hört dich, als wärst du im Haus nebenan! Und Gogo bekam einen Lachanfall, fand das so lustig, dass sie vor lauter fröhlichem Gekicher kaum ein Wort herausbrachte:

– Aber ich *bin* doch im Haus nebenan! Ich bin hier bei meiner Freundin Fjola!

Eine halbe Stunde später stand sie in der Neuen Hütte, redete und lachte, schwungvoll und lebenslustig wie immer.

Von Charlie geschieden! Jajaja, was sollte man sich ewig mit ein und demselben Kerl abgeben? Pah, noch dazu so ein alter, abgeschlaffter. Fünfzehn Jahre, das reicht doch wohl?, fragte sie Lina, die seit mehr als vierzig Jahren verheiratet war …

Obwohl sie die Sache mit der Scheidung nicht selbst ins Rollen gebracht hatte; nach dem Begräbnis und dem langen Besuch in Island wurde sie bei ihrer Rückkehr nach Kansas von einem Anwalt erwartet, mit einer detaillierten Anklageschrift von Charlie über die Eheunfähigkeit seiner Frau, dem Scheidungsbegehren. – Und ich sag bloß: *Lend me a pencil and I'll sign this!*

– Und was ist mit euren Gütern?

– Gütern? Das Haus und dieser Mist? Diese blöden Anwälte meinten, es könnte Monate und Jahre dauern, das alles auseinanderzudividieren, bloß *double trouble*, und ich hab doch keine Lust, mein ganzes Leben wegen so einem Geharke zu verschleudern, da hab ich gesagt: *Gimme five hundred bucks*, und ich bin weg!

– Und hast du sie gekriegt?

– Ja klar, bloß: *Sign this, and byebye,* weg wie der Blitz, ich hätte tausend fordern sollen, das meiste ist schon für den Flug hierher draufgegangen …

Jetzt schwieg sie; Baddi war vom Zahnarzt gekommen und lächelte so sanft und hübsch mit seinem neuen Gebiss.

Es gab schließlich keinen Grund zu Klagen. Sie organisierten ein Fest; Lina kochte Kaffee, Baddi legte Elvis auf, und Gogo zauberte aus ihren Koffern: TV-dinner, Baby Ruth, roten Lakritz und zwei Kartons mit amerikanischem Kaugummi. Diesmal tauchten keine Verwandten oder Nachbarn auf, aber das machte nichts; wo Gogo war, war man glücklich, und gegen Abend brachte sie eine Literflasche Schnaps aus dem Duty-free an. Und den beiden, die sich darüber hermachten,

Mutter und Sohn, schmeckte er so gut, dass Lina anbot, sich um die hochschwangere Frau zu kümmern, die jeden Augenblick die Wehen erwartete, damit das junge Volk sich amüsieren gehen konnte. Und Baddi verließ die Hütte mit glücklichem Blick und mit seiner Mutter am Arm, während der alte Tommi sie mit müdem Lächeln an der Tür verabschiedete; er wusste, egal wie die Sache lief, solche Freudenfeiern endeten immer auf die gleiche Weise …

Was kann eine solche Familie retten? Sie hatten kaum das Salz in der Suppe, doch wenigstens gelang es Tommi durch Beziehungen, Arbeit zu finden, Arbeit auf der Werft. Jeden Morgen zog er in die Kälte hinaus, angetan mit seiner alten gefütterten Windjacke, und arbeitete bis abends, schlug mit einer Stange Eisklumpen und Reif von den Schienen der Zugbrücken ab. Und Baddi hatte das Seine getan, indem er den Grundstein für eine neue Generation legte; ihm und Gerda wurde ein großer, hübscher Junge geboren, den man zu Hause in der Neuen Hütte auf den Namen Frank Daniel Bjarnason taufte. Was anderes kam nicht in Frage. Der Name Frank Daniel war wie Jesus Maria in den katholischen Ländern. Dolli war ebenfalls schwanger, und falls es ein Junge würde, sollte auch der Frank Daniel heißen, das war beschlossene Sache. Dolli machte die Schwangerschaft zu schaffen, wie die früheren auch; legte sich schwer auf Leib und Seele, und in der Etagenwohnung weinten die Zwillinge dem Alten Haus nach, und Oma und Opa; der kleine Bobo mit seinem Holzfuß lief eines Nachts von zu Hause weg und ward nicht mehr gesehen, obwohl er viel zu dünn angezogen war und nichts zu essen dabeihatte. Den ganzen Tag suchte man nach ihm, gegen Abend wurde die Polizei eingeschaltet, und da fand man ihn versteckt unter ein paar Sackfetzen in der Neuen Hütte, im Abstellraum mit dem Sandboden. Man zog den heulenden Jungen aus der Hütte und nach Hause; Dolli behauptete, Lina hätte die ganze Zeit gewusst, wo er steckte, hätte das Kind versteckt, es stehlen wollen, und Lina war zu erschrocken, um zu protestieren, hatte an der ganzen Sache keine Schuld. Beschloss jedoch bei sich, wenn der Junge noch einmal zu fliehen versuchte, dann sollte ihr Augenstern bleiben dürfen, solange sie lebte und ihre Kräfte reichten, um ihn zu verteidigen …

Lina war immer kampfbereit, und derzeit forderte sie die Hausgespenster heraus. In der Neuen Hütte war sie auf der Hut vom ersten Tage an, von der ersten Nacht; fuhr beim leisesten Rascheln mit Bibelsprüchen und Beschwörungen hoch. Diese verfluchte Hühner-Magga ging da um, wie erwartet, obwohl ihre Spukerei noch gemäßigt war, verglichen mit dem Hochbetrieb der anderen. Selbstverständlich wachte der verstorbene Pilot über seine geliebte Familie; Lina spürte seine Gegenwart; dort hing auch sein Bild an der Wand des Wohnzimmers, unter dem Holzkreuz, das er im Werkunterricht der Volksschule geschnitzt hatte. Man fand das Kreuz in seinem Zimmer, als sie aus dem Alten Haus auszogen. Und in der Neuen Hütte gab es noch einen anderen Gegenstand aus Dannis Alkoven: das Neue Testament vom Gideonverlag, ein kleines Buch, das die Wahrsagerin unter ihr Kopfkissen legte, zu den Passionsliedern des großen Dichters und zu der alten schwarzen Bibel.

Mehr nahmen sie aus seinem Zimmer nicht mit. Kleidung, Bettdecke und Kopfkissen gingen an die Heilsarmee. Die Möbel, ein Diwan und ein kleiner Nachttisch, waren unbrauchbar, hatten den Transport über die steile Treppe des Alten Hauses nicht überstanden und wurden zusammen mit anderem Gerümpel auf die Müllkippe gefahren.

Aber alle seine Bücher, gedruckte Bücher und vollgekritzelte Schreib- und Rechenkladden, und all das Spielzeug und die Flugzeugmodelle: das war das größte Problem. Tommi verbrachte einen ganzen Nachmittag damit, alles in Pappkartons zu packen, traute sich jedoch nicht, die Kartons selbst aufzubewahren. Als Gogo kam, schien es nur natürlich, dass sie die Kartons bekam, den hinterlassenen Kram ihres seligen Sohnes. Nur, Gogo hatte keinen festen Wohnsitz; sie wollte den Leuten nicht zur Last fallen und nächtigte bei der Heilsarmee oder in billigen Hotels. Zog dann ab nach Norwegen, wollte zunächst bei ihrer Tante Hugrun bleiben und da ihr Glück versuchen, vielleicht ein neues Leben anfangen; bevor sie abreiste, durfte sie die Kartons im Abstellraum von Dollis und Grettirs Keller unterbringen. Doch vielleicht war dieser Abstellraum eine getarnte Müllentsorgungsanlage; nachdem sie dort gelandet waren, tauchten die Kartons, soweit man weiß, nie wieder auf.

Einiges war in den Mauern des Alten Hauses zurückgeblieben; als die stahlbewehrten Zähne der Baggerschaufel in Dannis Alkoven einschlugen, das letzte Mal, dass sie überhaupt irgendwo einschlugen, wirbelte aus dem Schutt ein Haufen Papier auf, wie Flugblätter im Wind oder wie erschreckte Tauben; und die nächsten Tage flatterten die Papiere durch das tote Viertel, bis sie auf der Erde verfaulten, wie das Laub von den Bäumen oder verhungerte Spatzen im Winter …

Ich habe aufgehört zu atmen, denn so gebe ich das Leben hin. Alle harren der Auferstehung, der Auferstehung aus dieser dunklen Höhle. Sogar mein Bruder Baddi.

Am Jüngsten Tage wird die Frage sich erheben nach den Gerechten. Ich will mich mit dir vereinen am Jüngsten Tage, nein,

auf dem höchsten Gipfel
hier unten ist der Tod, nur einen Schritt weiter nach unten.

Manches Jahr ist nun vergangen
das Kinderweinen ist verstummt
mein Kissen, das ich von dir empfangen
hat die Tränen getrocknet zu mancher Stund.
Doch als Kind wacht ich im Dunkel allein
es heulte der Sturm in den Räumen
kein Freund trat je aus der Kälte herein
darum such ich dich in meinen Träumen.

Talk to me Jesus

Your love is waiting across the miles
but I met hate instead of smiles
Oh no
somebody up there likes me

Talk to me brother!

Jeder andere als Baddi wäre in jener Nacht auf dem Friedhof erfroren; wäre mit kaltem Lächeln zum Eiszapfen erstarrt auf irgendeinem Grab, neben dem Gedenkstein seines Bruders, den er lange suchen musste, obgleich er dort in der Dunkelheit rufend umherstreifte, abwechselnd bittend und drohend. Ab und zu setzte er sich hin und verbarg das Gesicht in den Händen, vielleicht wegen der Müdigkeit nach vierundzwanzigstündiger Sauferei oder wegen der Kälte. Versuchte, die dünne Jacke um sich zu wickeln, wenn der Wind sich mit jammerndem Geheul erhob und den Schnee von den graugefleckten Wehen längs der Gräber aufwirbelte …

– Danny-Boy! Ich weiß, dass du da bist!

– Sag was!

– Hahaha …

– Ja, antworte mir. *Or I'll …*

– Hölle und Teufel.

– Sind alle tot hier, oder was!

– Ahahahah!

– Na, da bist du ja …

– … *white as a marble …*

– Der einzig vernünftige Mensch.

– *Welcome to my world. Won't you please come in?*

– *Now look,* ich hab neue Zähne. Sieh mal, *shinin' bright* … Du hast nie so was gekriegt! Vielleicht hättest du Papas Gebiss leihen können, hahaha, nein, lassen wir das, Daniel, ich bitte dich nicht noch mal … Siehst du, ich leih dir meine. Kein bullshit. Sind wir nicht Brüder? Siehst du, ich leg sie hier oben auf diesen … *this white tombstone …*

– Jetzt bist du smart. So hab ich dich noch nie gesehen, *what a smile …*

– Aij …

– Weißt du, wovon ich die Nase voll hab, Danny-Boy?

– Nein? Du weißt das nicht?

– Von deinem ganzen Gejammere. Alle jammern. Aijaijai …

– Erinnerst du dich, was ich dir gesagt hab?

– NEVER SHOW YOUR FEELINGS!!!

– Weißt du das nicht mehr?

– Vielleicht erinnerst du dich nicht mehr, wie die Ulla starb, unsere Schwester? *You were just a little boy then.* Und ich sage, Oma, warum liegt sie so. Da war das kleine Kind gestorben, dieses Kind …

– GLAUBST DU VIELLEICHT, DU BIST DER EINZIGE, DER GESTORBEN IST? WAS?!!

– Iiiich habe schon viele zu Grabe getragen, Danny-Boy. Ich erinner mich an die Ulla, auch wenn du dich nicht mehr erinnern kannst. Sie haben gesagt, es wär Diphtherie. Wusstest du das? Man musste uns alle isolieren!

– Aber ich wusste, es war …

– Du weißt auch nicht alles!

– Weißt du, dass Bony tot ist? Und ist er irgendwie *Saint Holy Spirit?*

– Vielleicht endet er hier, hier bei dir, wenn sie ihn irgendwann auf diesem Scheißtrawler finden.

– Sie haben den Bony umgebracht! Gesprungen? Gesprungen *my a … My goodness!*

– *Goodness gracious great balls of fire!*

– *Can I have my teeth back?* Sonst vergess ich sie.

– Verdammt, die sind gefroren …

– Weißt du, was ich nicht ertraaage, Danny-Boy? Das sind die Weiber. Frauen! Die haben mich kaputtgemacht. Sieh dir Oma an. Völlig durchgedreht. Gogo, meine Mutter. *Unsere* Mutter. Schwester Dolli … ich *erschlag* sie! Und jetzt Gerda. Die dreht auch durch …

– Hast du was mit einer Frau gehabt? Was war mit der großen, *heavy weight champ* … Tuuu doch nicht so. *I saw you …*

– Oder die *sweet little sixteen* da in Kansas City.

– Wegen der hast du doch wohl nicht die ganze Zeit geheult?

– *My oh my …*

– Ich mein, weswegen hast du immer geheult, Daniel … weswegen? Auch wenn Charlie manchmal besoffen war und ein Idiot und Mama voll und durchgeknallt, *whoring and bitching …*

– Ich mein …

– *Splish splash I was taking a bath …*

– Nein! Nicht das, da war immer dieses eine Lied, was du ununterbrochen gespielt hast: *Dream lover, where are you? …*

– Ist das immer so kalt bei dir?

– Verfl…

– Ist es verboten, hier zu fluchen?

– Ahaha!

– *Pardon me.*

– *Pardon me, if I'm sentimental, when we say goodbye, now and then, there's a fool, such as I …*

– He, sag mal, Daniel. Was soll ich tun? Ich meine, wo soll ich arbeiten? Soll ich diesen Bauscheiß machen, zusammen mit Grettir? Ein Schlappschwanz werden, so wie der? *Maybe, if I was a carpenter, and you …*

– Ich meine, ich will ja arbeiten. Ich war schon auf dem Schiff, alles prima, mit dem Maggi, hatte meinen Krempel schon in der Koje verstaut, alles *cosy.* Stand da *on the waterfront* und alles bestens, und da kommt Oma an, Mensch! Im Taxi. Völlig bekloppt, *hallelujah, here comes my heart again,* und macht den Kerl da zur Schnecke. Sagt, sie würde die gesamte Flotte versenken und schnappt sich eigenhändig die Tasche aus meiner Koje!

– Ich durfte nicht mitfahren!

– Ich hab Frau und Kind, Frank Daniel …

Wusstest du das? FRANK DANIEL …

– Der reine Wahnsinn!!

– Und Oma mit ihrem Indianertanz und knallhart: Soll es dir so ergehen wie deinem Freund Bony?

– Die sind alle verrückt geworden, Mensch, und so viel ich weiß, ist der Bony bei einer spiritistischen Sitzung erschienen, ganz nass und verwirrt, und hat gesagt, er wäre der Jakob, den ich im Klo eingeschlossen hätte … Jesus …

– Und ich wäre irgendein Bony Morony …

– Jesus Christ. Jeee …

– Nein, Danni, Brüderlein, wo würdest du arbeiten?

– Sieh dir Papa an. Was hat er davon? *Up in the morning / out to the job / I work like a devil for my pay …*

– Und was dann? *What do you get? Another day older … maybe.*

– Kann ich mich hierhin schmeißen?

– Einmal hab ich versucht, in deinem Schrank zu schlafen. *Ok boy,* diese verfluchten Schweißfüße …

– *I'll be back, Danny-Boy.*

Unterdessen schlief die Neue Hütte. Schlief in der Dunkelheit. Mit dem alten Paar und HveraGerda und Frank Daniel junior. Nichts wissend von dem Gespräch auf dem Friedhof. Von den Pfaden, die dieser durchfrorene Mann in jener Nacht wandelte. Wahrscheinlich war er wie schon so oft auf der Flucht vor der Polizei, hatte durch das Wohnviertel gegrölt, das an den Friedhof grenzte, und sich hinter den Mülltonnen versteckt … Tauchte dann mit Sicherheit im Block bei Dolli auf, machte einen Heidenspektakel, und sie war sauer über das Geschwätz von einem Gespräch mit dem toten Bruder auf dem Friedhof.

– Du warst nun manchmal richtig eklig zu Dan…

– Das ist nicht wahr, vaaaaa…

Gegen Morgen erwacht die Neue Hütte kurz aus dem Schlaf, als sie sich an der Tür begegnen, der flotte Baddi auf dem Weg in die Wärme nach der bitteren Nacht und der alte Tommi in seiner Windjacke, auf dem Weg zur Arbeit auf der Werft …

Jetzt, wo das Alte Haus fast eingestürzt war und die Bewohner es verlassen hatten, konnte man da nicht annehmen, es selbst sei tot, alles Leben entschwunden? Gibt es etwas, das noch mehr an den Tod erinnert als ein fast zerfallenes, verlassenes Haus?

Indes, es ist noch Leben darin … Nur wenige Tage später wuchs neues Leben im Küchenschrank; ein dichter weicher Teppich aus Schimmelpilz, der seine Farbe veränderte, sich ausbreitete auf alten Brotresten und wuchs; die Farbe des Waldes annahm, wenn er im Frühling ergrünt und vom Summen der Fliegen erwacht.

Es ist ganz und gar nicht so, dass die Häuser sterben, wenn die Menschen sie verlassen. Während das rotbraune Wellblech auf den Außenmauern sich verbiegt, das Glas in den Fensterrahmen wie von selbst zerbröckelt, ein kalter Wind bläst und Tropfen mit gespenstischem Echo vom eingesunkenen Dach fallen, krabbeln kleine Wanzen über die Wände, Mäuse richten sich ihr Nest in den Ecken, ihnen folgen die Wildkatzen; eine neue Lebensgemeinschaft bildet sich dort, und am Ende ist alles wie früher.

Doch vielleicht ist es allein der Mensch, der als einziges Geschöpf auf Erden über Leben und Tod bestimmt. Ein Geschöpf, das nichts verschont: Aus der Dämmerung des ersten Frühlingsmorgens tauchen kräftige Männer auf, ein Stoßtrupp im Auftrag der Räumungsabteilung, auf senfgelben, fauchenden Maschinen. Mit einer Gewalt, die zehnmal ausgereicht hätte, jedes Leben auf diesem Flecken zu zerstören, fallen sie über die Reste des Alten Hauses her; wie durch einen Blitzschlag wird es der Erde gleichgemacht. Der Schutt auf Laster geladen und weggefahren. Als Letztes zerschmettert man das Fundament mit einem Presslufthammer, und dann kommt ein Bulldozer mit Hauzähnen und pflügt das Terrain.

Und immer noch scheint die Zerstörungswut nicht befriedigt. Anstatt nach alter Sitte Salz in die Pflugspur zu werfen, nahen zwei stämmige Männer mit Strickmützen, kommen auf einem alten Traktor mit Anhänger, und nachdem sie einige Schaufeln Erde verteilt haben, decken sie grüne Grassoden über das Stück Erde, wo das Alte Haus gestanden hat …

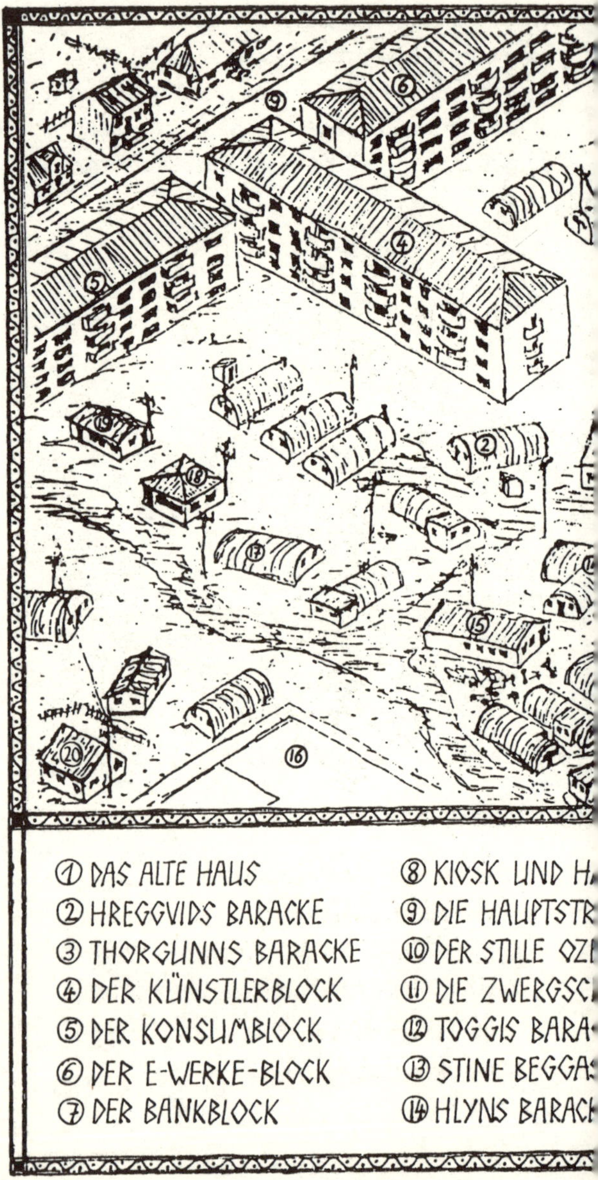

① DAS ALTE HAUS
② HREGGVIDS BARACKE
③ THORGUNNS BARACKE
④ DER KÜNSTLERBLOCK
⑤ DER KONSUMBLOCK
⑥ DER E-WERKE-BLOCK
⑦ DER BANKBLOCK

⑧ KIOSK UND H
⑨ DIE HAUPTSTR
⑩ DER STILLE OZ
⑪ DIE ZWERGSC
⑫ TOGGIS BARA
⑬ STINE BEGGA
⑭ HLYNS BARAC

⑮ HLYNS AUTOWERKSTATT
⑯ KAURI-PLATZ
⑰ HÖSKULDS UND SAEUNNS BARACKE
⑱ TOMMIS KOLONIALWARENLADEN
⑲ MILCHLADEN
⑳ DIE NEUE HÜTTE

Inhaltsverzeichnis